18E09204 Walker, Dan: Zoya : Heldin der Lüft

Zoyas (12 Jahre) Leben ändert sich vollkommen, als sie eines Tages von einer Bande von Himmelsdieben aus dem Waisenhaus entführt wird. Ein fliegendes Piratenschiff ist von nun an ihr Zuhause. Ein spannendes Piratenabenteuer beginnt. Ab 10.

Zoya
Heldin der Lüfte

Dan Walker lebt gemeinsam mit seiner geliebten Frau Dominika mitten in England, etwas außerhalb von Nottingham. Seine Kindheit verbrachte Dan damit, die Hügel im Peak District rauf- und runtergescheucht zu werden, wie wahnsinnig Computerspiele zu zocken und das Buchregal seines Cousins zu plündern, um an die bunten Bücher ranzukommen. Später studierte er Englisch an der Universität von Derby – und seitdem arbeitet er mit wunderbaren Menschen in Buchläden, Bibliotheken und Schulen zusammen. Mittlerweile lässt Dan kaum mehr die Finger von seinem Computer, und wenn doch, dann versucht er, seiner Gitarre schöne Melodien zu entlocken, seine Lieblingsbücher zum achtundachtzigsten Mal zu lesen oder er tut alles dafür, die letzte Blaubeere aus der Tüte zu ergattern.

Mehr über unsere Bücher, Autoren und Illustratoren auf:
www.planet-verlag.de

Dan Walker

ZOYA

Heldin der Lüfte

Aus dem Englischen
von Nadine Mannchen

PLANET!

1

Das Erste, was in der Decke des Büros auftauchte, war ein Fuß.

Er schob sich durch die oberen Balken, dicht gefolgt von einem Bein, bis schließlich der ganze Körper eines jungen Mädchens sichtbar wurde. Das Bein zappelte wild herum, als würde es tanzen. Kurz darauf kehrte Ruhe ein. Fuß, Bein und Po hingen in der Luft, bevor Zoya DeLarose sich geschickt auf den Boden hinabließ, wobei sie tief in die Knie ging. Ihre Augen funkelten in der Dunkelheit.

Die Luft ist rein, dachte sie.

Zoya ging durchs Zimmer und legte einen Schalter um, woraufhin der Raum in oranges Licht getaucht wurde. Kaum hatten sich ihre Augen an die Helligkeit gewöhnt, erschrak sie vor sich selbst, als sie ihr blinzelndes Ebenbild im Spiegel entdeckte. Ihr lockiges Haar war völlig zerzaust und voller Spinnweben, und ihr Gesicht ganz zerkratzt. Ihre Kleidung war an mehreren Stellen eingerissen.

»Mist«, murmelte sie, als sie an einem losen Faden zog. »Das Oberteil mochte ich.«

Sie stand im Büro ihres Waisenhausbesitzers und -leiters, Mr Whycherley. Seit Zoyas letztem Besuch hier hatte sich kaum etwas verändert. Mr Whycherley war ein schlichter Mann, was man seinem Büro und der durchschnittlichen Einrichtung darin – Schränke, Kalender, Garderobenständer, Wasserkocher,

Tassen und Papierkorb – deutlich anmerkte. Sein einziger Spleen war seine Begeisterung für Luftpiraten und ihre fliegenden Schiffe, eine Faszination, die Zoya teilte. Trotz der wiederholten Warnungen an die Kinder, sich von den Dieben der Lüfte (»Rabauken und Halunken, die in ihrem Leben noch keinen Tag gearbeitet haben!«) fernzuhalten, hatte deren raue Natur Mr Whycherley nicht davon abgehalten, die weltgrößte Sammlung von Andenken an die Luftpiraten zusammenzutragen – einschließlich Gemälden, Schlüsselanhängern und Schiffsmodellen. Der Bücherschrank des Büros hatte sogar einen eigenen Abschnitt nur für die Himmelsdiebe. Eins dieser Bücher stach Zoya nun ins Auge: *Luftpiraten: Räuber des Himmels*. Sie nahm sich vor, Mr Whycherley bei ihrer nächsten Unterhaltung zu fragen, ob sie es sich borgen konnte.

Ansonsten gab es nur einen Gegenstand im Raum, der auffiel: Mr Whycherleys reich verzierter Holzschreibtisch. Und darin, das wusste Zoya, musste ihr Anhänger sein. Mr Whycherley hatte ihre Kette vor drei Tagen konfisziert, als Strafe dafür, dass sie einen Wettbewerb organisiert hatte, um zu sehen, welcher ihrer Freunde die meisten rohen Eier essen konnte, ohne sich zu übergeben. Wie sich herausgestellt hatte: Keiner hatte auch nur ein einziges heruntergebracht. Im Anschluss daran hatte Mr Whycherley ihre Kette für eine Woche beschlagnahmt. Für Zoya war das reine Folter. Jede Stunde ohne den Anhänger fraß sie innerlich auf, bis sie kaum noch atmen konnte. Er war ihr Ein und Alles, ihr Talisman, das Einzige im ganzen Waisenhaus, das wirklich ihr gehörte. Es war nur eine Frage der Zeit gewesen, dass sie versuchte, ihn sich zurückzuholen.

Zoya griff in die Hosentasche und holte eine Haarklammer heraus. In einem Waisenhaus aufzuwachsen hatte sie viele Tricks gelehrt, doch der eindeutig nützlichste davon war, wie man Schlösser knackte. Sie bog die Klammer, bis sie einer Nadel ähnelte, und schob sie dann ins Schloss der obersten Schreibtischschublade. Konzentriert legte sie den Kopf zur Seite und begann, die Nadel mal nach links, dann nach rechts zu bewegen und in der Öffnung zu drehen, bis ein Klicken ertönte.

Zoya öffnete die Schublade. Da lag ihre Kette und schimmerte im Licht der Lampe. Sie legte ihre Hand darauf, atmete erleichtert ein und blickte dann zu dem Loch in der Decke.

»Alles klar. Dann nichts wie weg.«

»Zu spät, wie ich fürchte«, hörte sie hinter sich eine Stimme.

Zoya wirbelte herum, wusste aber natürlich längst, wer es war. Im ganzen Waisenhaus hatte nur einer so eine tiefe Stimme. »Hallo, Mr Whycherley.«

2

»Zoya DeLarose, ich hätte es mir denken können«, sagte Mr Whycherley.

»Ich hatte Sie erst in fünf Minuten erwartet«, meinte Zoya.

»Oh, ich bitte vielmals um Verzeihung«, erwiderte Mr Whycherley. »Pünktlichkeit war noch nie meine Stärke. Würdest du mir nun bitte erklären, was du in meinem Büro zu suchen hast und warum ein Stück Decke auf meinem Schreibtisch liegt?«

Zoya dachte nach.

»Wenn ich es dir abkaufen soll«, ergänzte Mr Whycherley, »muss es eine wirklich gute Ausrede sein, Zoya, selbst für dich.«

Zoya ließ sich jede denkbare Erklärung durch den Kopf gehen: dass sie ein Feuer bemerkt hatte, dass sie einen Einbrecher gehört hatte, dass sie schlecht geträumt hatte. Nichts davon klang glaubhaft. Mr Whycherley würde ihr eher noch abnehmen, dass sie geschlafwandelt war, als irgendeinen Blödsinn über Feuer und Einbrecher.

»Sir«, gestand Zoya, »mir fällt nichts ein, was mir nicht noch mehr Ärger einbrockt.«

»Kluge Entscheidung«, meinte Mr Whycherley. »Wie wäre es dann mit der Wahrheit? Zur Abwechslung.«

Mr Whycherley beobachtete Zoya, die ihren Fuß in den Teppich bohrte, und begriff, dass er die Wahrheit nie aus ihr herausbringen würde. Er zog sein Jackett aus und hängte es an den Kleiderständer. Er war groß und hatte dickes, struppiges rotbraunes Haar, das grundsätzlich so aussah, als wäre er gerade einem Wirbelsturm entkommen. Sein Hemd war immer zerknittert, voller Flecken und zwei Nummern zu groß. Alles in allem erinnerte er viel mehr an einen verwahrlosten Piraten als an den Besitzer eines Waisenhauses.

Trotzdem war Mr Whycherley nicht zu unterschätzen. Ganze Generationen von glücklosen Waisenkindern hatte er dazu inspiriert, etwas aus ihrem Leben zu machen, wodurch er sich einen besonderen Platz in Zoyas Herzen verdient hatte. Er war der einzige Mensch, den sie ehrlich respektierte.

Mr Whycherley wusste das und nutzte es zu seinem Vorteil, wann immer es nötig war. So wie jetzt. Er setzte sich hinter seinen Schreibtisch, die Füße auf die Platte gelegt, und fixierte Zoya lange und schweigend, während das Zimmer von Stille erfüllt war. Schließlich wandte Zoya den Blick ab. Da erst fing Mr Whycherley an, zu reden. »Wie lange bist du nun schon in meinem Waisenhaus, Zoya?«

»Zwölf Jahre, Sir.«

»Und wie oft warst du in dieser Zeit in meinem Büro?«

»Ich weiß nicht, Sir.«

»Nein? Na, zum Glück führe ich Buch.« Mr Whycherley öffnete die unterste Schublade seines Schreibtischs und holte ein rotes Buch heraus. Nachdem er es auf den Tisch gelegt hatte, schlug er es ungefähr in der Mitte auf, fuhr mit seinem Finger eine Spalte an der Seite entlang, bis er Zoyas Namen gefunden hatte, und schloss es dann wieder. »Achtundachtzig Mal«, sagte er. »Neunundachtzig, wenn man heute mitzählt. Das sind neunundachtzig Situationen, in denen ich dein Benehmen tadeln musste. Allmählich habe ich den Verdacht, dass meine Worte bei dir zum einen Ohr hinein- und zum anderen wieder herausgehen, ohne auf der Durchreise auch nur eine Nacht zu verbringen.«

Mr Whycherley hob erwartungsvoll die Augenbrauen und hoffte auf eine Antwort, die jedoch ausblieb. »Soll ich dir etwas verraten?«

»Sir?«

»Ich mache diese Arbeit nun schon recht lange. Ich habe Hunderte von Kindern durch meine Türen kommen sehen – einige verrückt, einige verschlagen, manche strohdumm. Sogar intelligente Kinder waren dabei, auch wenn die selten sind. Ich verrate dir etwas, Zoya: Du bist, ganz ohne jeden Zweifel, das intelligenteste Kind, für das ich je gesorgt habe.«

Zoya lächelte.

»Das ist kein Kompliment«, sagte Mr Whycherley. »Weißt du, schlau sein ist einfach. Mit Verstand wird man geboren. Was dagegen schwer ist, ist zu entscheiden, was man mit seinem Verstand anfängt. Ich habe den Eindruck, mit deinem fängst du rein gar nichts an.

Ich habe dir längst erklärt, was du machen musst, um in Zukunft nicht mehr in meinem Büro zu landen«, fuhr er fort. »Ich habe dir eingeschärft, nicht negativ aufzufallen, Bücher zu lesen, gute Noten zu schreiben. Du willst später mal fliegen, nicht?«

Zoya zuckte zusammen. Mr Whycherley hatte recht. Schon lange träumte sie davon, dem Waisenhaus zu entkommen und in den Himmel abzutauchen. Ob als Frachterpilotin für die Post, als Soldatin des Fliegerheers oder sogar als Crew-Mitglied auf einem der berüchtigten Luftschiffe der Himmelspiraten, war Zoya völlig egal. Hauptsache, sie schaffte es in die Wolken.

»Tja, es spricht eigentlich nichts dagegen. Du könntest Pilotin, Anwältin oder Ärztin werden, alles. Aber es liegt allein an dir, Zoya. Ich kann das nicht für dich regeln.«

Mr Whycherley holte Luft. Zoya konnte praktisch sehen, wie die Rädchen in seinem Kopf arbeiteten.

Wenig später beugte er sich vor und griff noch einmal in die Schublade, die Zoya entriegelt hatte. Er holte Zoyas Kette heraus – der Anhänger, der daran baumelte, war oval und tiefschwarz. Zoya wollte danach greifen, doch Mr Whycherley hob ihn außer Reichweite. »Ich vermute, du hattest es darauf abgesehen?«

Zoya sah zu der Kette, dann zu Mr Whycherley. Sie nickte.

Mr Whycherley schüttelte den Kopf und warf ihr den Anhänger zu. »Nun, ihn zu konfiszieren hat nichts gebracht, was?«

Zoya legte sich das Schmuckstück um den Hals. Zum ersten Mal seit Tagen verschwand das nagende Gefühl in ihrem Bauch.

»Etwas in mir ist davon überzeugt, dass es nichts bringt, dich zu bestrafen«, seufzte Mr Whycherley. »Es hält dich auch nicht davon ab, so etwas noch einmal zu tun. Doch den anderen gegenüber wäre es nicht fair, dich einfach so davonkommen zu lassen.« Er knirschte mit den Zähnen und spähte dann zu einem Kalender über dem Bücherregal. »Ah ja, das sollte gehen.« Mit einem verschlagenen Grinsen wandte er sich Zoya zu. »Morgen früh findet ein Besuch im Luftmuseum statt.«

Zoyas Herz machte einen Satz. Ein Ausflug, um die weltgrößte Sammlung von Luftschiffen zu sehen?!

»Mr Maxim geht mit den Jüngeren dorthin. Du wirst sie begleiten. Geht auf mich.« Er zwinkerte.

Der Gedanke an die Kleinkinder verdarb Zoya die Vorfreude schlagartig. »Aber …«

Mr Whycherley blickte Zoya scharf an. »Du gehst mit«, sagte er bestimmt. »Und je nachdem, wie du dich benimmst, entscheiden wir, ob eine weitere Strafe nötig ist. Einverstanden?«

Zoya öffnete den Mund, um etwas zu sagen, schloss ihn dann jedoch und nickte nur. Mr Whycherley schwang die Füße vom Schreibtisch, stand auf und öffnete seine Bürotür. »Und jetzt schnell raus mit dir, bevor ich meine Meinung noch ändere.«

3

Garibald Amstads Fabelhafte Welt der Flugmaschinen war vom reichsten Luftschiffhersteller der Welt (»Können Sie es fliegen, können wir es bauen!«) gegründet worden. Amstad wollte all den Menschen, die seine billigen Schiffe gekauft und einen Multimillionär aus ihm gemacht hatten, etwas zurückgeben.

Sobald der lärmende Pulk aus Kleinkindern durch die Türen trat, tat sich vor ihnen eine Parade aus Frachtschiffen, Airbussen, Touristenfliegern, Kriegsflugzeugen, Kreuzern und Himmelspiraten-Luftschiffen auf.

»Ladys und Gentlemen – und kleine Ladys und Gentlemen, willkommen in der Fabelhaften Welt der Flugmaschinen!«, begrüßte sie der Museumsführer, den man ihnen zugeteilt hatte, herzlichst. »Eure Habseligkeiten könnt ihr hinter dem Tresen ablegen, während ich alles für eure fabelhafte Flugreise vorbereite.«

Der Mann hatte eine Figur wie eine Birne. Er trug einen grünen Anzug, einen grünen runden Filzhut und über seiner Oberlippe einen schmalen Schnauzer, der sich nach links und nach rechts wie ein Fächer ausbreitete.

»Mein Name ist Roger Bartholomew Panklehurst und ich bin heute euer Museumsführer. Mein Arbeitgeber, Mr Amstad, hat mir anvertraut, dass er euch alle für etwas ganz Besonderes hält. Daher hat er mich gebeten, euch eine ganz besondere Führung zu geben. Du, junger Mann«, er zeigte auf einen der Kleinen aus Zoyas Gruppe, »wie heißt du?«

Das Kind erstarrte mit dem Finger in der Nase, in der es gerade fleißig gebohrt hatte.

Marvy linste zu seinem Lehrer, Mr Maxim, der ihm mit einem Nicken die Erlaubnis zum Sprechen gab.

»M-M-Marvy …«

»M-M-Marvy, schöner Name. Marvy, was meinst du, wie die meisten Menschen die Fabelhafte Welt der Flugmaschinen besichtigen?«

»Zu Fuß?«

»Ganz genau. Zu Fuß. Findest du, die Kinder aus Mr Whycherleys Waisenhaus sollten sich die Schuhe abwetzen müssen?«

»Ja«, antwortete Marvy, der alles richtig machen wollte.

»Aber ganz und gar nicht!«, erwiderte Roger Panklehurst. »Geschätzte Gäste wie euch den ganzen Tag lang herumlaufen lassen? Nie und nimmer! Für ganz besondere Besucher habe ich etwas ganz Besonderes.«

An der Wand hinter dem Museumsführer war ein roter Knopf angebracht, neben dem ein Schild mit der Aufschrift ›Nicht drücken!‹ hing. Roger schritt zu dem Knopf, zwinkerte den Kindern verschwörerisch zu und drückte darauf. Ein leises Klicken ertönte, bevor die Wand hinter ihm beiseiteglitt und den Blick auf Schienen mit mehreren Waggons in Form von Amstads berühmtem Luftschiff freigab. Die kleineren Kinder rissen vor Staunen den Mund auf und selbst Zoya schnappte nach Luft. Nachdem sie das Gefährt einen Augenblick bewundert hatten, hüpften die Kinder an Bord und stritten sich um die besten

Plätze, während Mr Maxim auf den letzten übrig gebliebenen Sitz kletterte. Roger sprang auf die Plattform an der Spitze und breitete die Arme aus. »Wer hat Lust auf fliegende Schiffe?«

Die Kinder jubelten.

»Wer will das erste Luftschiff sehen, das je gebaut wurde?«

»Ja!«, riefen die Kinder.

»Wer will die Überreste der *Sternenwippe* sehen, des ersten Luftschiffs, mit dem die großartigen Brüder Wangle um die Welt geflogen sind?«

»Wir!«

»Wer will«, Roger kostete jedes Wort aus, »das schwarze Schiff des Verderbens von Käpt'n Schmierbart dem Grausigen sehen?«

»Wir!«

»Na dann«, sagte Roger, »schnallt euch an, denn wir fliegen LOS!«

Für Zoya war die Fabelhafte Welt der Flugmaschinen eine Offenbarung. Die Luftschiffe, von denen sie bisher nur gelesen hatte, wirklich zu sehen ... es raubte ihr fast den Verstand. So oft hatte sie beim Spielen mit ihren Freunden so getan, als wären sie die Brüder Wangle, oder hatte die anderen als Käpt'n Schmierbart der Grausige über die Planken geschickt, dass sie nun inmitten der echten Schiffe den Eindruck hatte, als würde sie in eine Geschichte eintauchen.

Als sie ausstiegen, trat Zoya zu dem Gefährt, das sie am meisten faszinierte: Schmierbarts Schiff. Ein wahres Ungeheuer mit Turbomotoren und einer Artillerie, die dem Fliegerheer das Fürchten gelehrt hätte. Zoya fuhr mit den Fingern über den Kiel, dessen Metall sich ganz kalt anfühlte. Weiter hinten befand sich im Rumpf ein gewölbter Eingang, vor dem eine Gruppe Besucher herumwuselte, bevor sie schließlich mit eingezogenem Kopf hindurchtrat. Zoya folgte der Gruppe. Sie kam in eine große, von Laternen beleuchtete Kajüte, in der mehrere Familien auf Bänken Platz genommen hatten und sich einen Imbiss gönnten. Die komplette Rückwand wurde von Gemälden eingenommen, auf denen Luftpiraten zu sehen waren. Diese waren pyramidenförmig angeordnet: Unten befanden sich die harmlosesten Halunken, bis man schließlich ganz oben bei den furchtbarsten Luftpiraten angelangte. Einige der Himmelsräuber kannte Zoya: Fixyx, Goldsplitter und den Mann, in dessen Schiff sie sich gerade aufhielten: Schmierbart. Der einzige Freibeuter, der nicht abgebildet war, befand sich ganz oben an der Spitze – ein Pirat, der so grausam war, das nur wenige ein Treffen mit ihm überlebt hatten: Lendon Kane.

Zoya suchte sich eine Bank vor der Wand aus und holte ihr Mittagessen aus der Tasche. Kurz darauf nahm neben ihr ein abgehetzter Mr Maxim Platz. »Ich gebe auf«, keuchte er. »Wenn es Mr Whycherley so wichtig ist, dass die Zwerge das Museum hier zu sehen bekommen, soll er sie nächstes Mal selbst herbringen!«

Zoya kicherte, als Mr Maxim sich unterbrach, um ein Waisenkind in der Nähe zurechtzuweisen, weil es ein Sandwich auf Schmierbarts Deck geworfen hatte.

»Ich kann noch immer nicht glauben, dass Mr Whycherley Luftschiffe mag«, sagte Zoya.

»Er liebt die Dinger«, meinte Mr Maxim.

»Wie ist das gekommen?«

»Durch das Fliegerheer. Als er jünger war, wäre er beinahe

beigetreten. Doch eine Woche vor der Grundausbildung hat er alles hingeschmissen.«

»Wieso?«

»Das Waisenhaus. Ein Freund hat ihm nach einem verlorenen Kartenspiel seine alte Fabrik angeboten und Mr Whycherley fand die Gelegenheit zu günstig, um sie auszuschlagen. Als Kind hat er selbst auf der Straße gelebt. Ich glaube, deshalb ist er auch auf die Idee gekommen, ein Zuhause für euch aus dem Boden zu stampfen. Also hat er aus der Fabrik ein Waisenhaus gemacht. Ich bin sicher, dass er vorhatte, dem Heer irgendwann später beizutreten, aber dann hatte er mit dem Waisenhaus alle Hände voll zu tun.«

»Was ist mit Ihnen?«, wollte Zoya wissen. »Wie sind Sie bei uns gelandet?«

»Das ist schnell erklärt: Mr Whycherley. Vor eurem Waisenhaus habe ich woanders gearbeitet – dieselbe Arbeit, nur bessere Bezahlung.«

»Warum haben Sie dann gewechselt?«

»Als ich mein Vorstellungsgespräch bei Mr Whycherley hatte, war mir sofort klar, dass ich es mit einem großen Mann zu tun hatte. Und als ich klein war, hat mein Dad immer zu mir gesagt: Finde einen großen Mann und lerne von ihm. Also habe ich das getan.« Mr Maxim biss in sein belegtes Brot und betrachtete die Wand mit den Piraten. »Ihr Kinder wisst gar nicht, was ihr für ein Glück habt.«

Zoya dachte an all die zweiten Chancen, die Mr Whycherley ihr gegeben hatte. Sie verstand, was Mr Maxim meinte.

4

Auf dem Heimweg vom Museum war der Verkehr sogar noch schlimmer als sonst. Zoya saß abseits der anderen Kinder allein vorne im Bus. Normalerweise hätte sie sich über die Verspätung geärgert, aber an diesem Nachmittag machte es ihr nichts aus. Sie wollte Zeit zum Nachdenken. Sie holte ihre Kette unter dem T-Shirt hervor und hielt sie fest in der Hand. Mit geschlossenen Augen konzentrierte sie sich auf ihre Gedanken und eine Minute später schaffte sie es, komplett in die Stille ihres Geistes abzutauchen.

Mr Whycherley hatte nicht übertrieben, als er sagte, Zoya wäre zum neunundachtzigsten Mal in seinem Büro gewesen – ganz im Gegenteil. Das waren sogar nur die Situationen, in denen sie erwischt worden war. Wäre sie jedes Mal zu ihm bestellt worden, wenn sie etwas falsch gemacht hatte, hätte die Zahl eher bei dreihundert gelegen.

Zoya war nicht stolz auf ihr Benehmen. Und sie war genauso wenig stolz darauf, Mr Whycherley zu enttäuschen. Außer ihm hatte sie noch keinen Erwachsenen kennengelernt, der von ihr verlangte, dass sie sich selbst respektierte. »Wenn ihr euch selbst keinen Respekt entgegenbringt, Kinder«, sagte er gerne, »dann beschwert euch nicht, wenn es auch sonst keiner tut.«

Zoya öffnete die Augen. Es war Zeit für eine Veränderung. Aus ihrer Tasche holte sie Papier und einen Stift.

Lieber Mr Whycherley,
es tut mir leid, dass ich Sie enttäuscht habe. Es wird nicht wieder vorkommen. Ich werde nicht den Rest meines Lebens damit verbringen, durch Dachböden zu klettern.
Zoya

In die Ecke malte sie einen Smiley. Dann faltete sie den Zettel so klein wie möglich zusammen und steckte ihn in die Hosentasche.

Schließlich bog der Bus um die letzte Ecke vor dem Waisenhaus, und da wurde deutlich, warum die Straßen so verstopft waren. Der Weg wurde von zahlreichen Schaulustigen blockiert, die von den Gehsteigen auf die Straße strömten. Die Menge war so gewaltig, dass daraus eine unüberwindbare Mauer geworden war. Alle Köpfe waren dem Waisenhaus zugewandt. Jeder gab sich Mühe, über den Vordermann hinweg etwas zu erspähen. Als Zoya den Blicken folgte, entdeckte sie direkt vor dem Gebäude eine noch größere Menschenansammlung. Mr Maxim, der es ebenfalls gesehen hatte, drehte sich zum Fahrer um. »Bitte halten Sie hier an.«

Der Busfahrer fuhr an die Seite.

»Was ist los?«, fragte Zoya.

»Das finde ich raus«, antwortete Mr Maxim. »Bleib du bei den Kleinen.«

Mr Maxim sprang aus dem Bus, joggte über die Straße und bahnte sich einen Weg durch die Umstehenden direkt zum Waisenhaus. Etwas stimmte nicht. Zoya rief dem Fahrer zu, er solle auf die Kinder aufpassen, und hüpfte dann selbst auf das Kopfsteinpflaster hinaus. Sie sprintete Mr Maxim nach und schlängelte sich an den vielen Menschentrauben vorbei. Als sie dem Gebäude näher kam, entdeckte sie eine Absperrung, die man vom Bus aus nicht hatte sehen können. Das rot-weiße Band war einen knappen Meter über dem Boden gespannt worden.

»Sieht nicht gut aus«, hörte sie jemanden sagen.

Auf dem Rasen vor dem Haus standen die übrigen Waisenkinder. Ihre Lehrer standen mit blasser Miene dicht zusammengedrängt und unterhielten sich leise. Das Letzte, was Zoya wollte, war, aufgehalten zu werden, bevor sie herausfinden konnte, was passiert war. Also sorgte sie dafür, dass sich immer mindestens eine Person zwischen ihr und den Lehrern befand, während sie sich über den Hauptweg in Richtung Eingangstür stahl. Das gesamte Waisenhaus war von dem rot-weißen Absperrband eingerahmt. In regelmäßigen Abständen hatten Soldaten des Fliegerheers davor Posten bezogen, die an ihren breiten Schultern und den tadellosen burgunderroten Uniformen leicht zu erkennen waren. Zoya überlegte kurz, ob sie es schaffen würde, sich an ihnen vorbei ins Gebäude zu schleichen. Nein, zu riskant. Sie richtete ihre Aufmerksamkeit stattdessen den umstehenden Menschen zu. Wenn sie nur jemand finden könnte, den sie kannte, jemand, dem sie vertraute …

5

Die Menschenmenge um Zoya war dicht. Einige wollten unbedingt sehen, was im Inneren des Gebäudes los war, während bereits neue Schaulustige aus den nahe gelegenen Straßen dazukamen. Als Zoya inmitten der Menschen nach einem vertrauten Gesicht Ausschau hielt, bemerkte sie auf einmal den Mann in Schwarz.

Er stand ein wenig abseits der Menge und trug einen kohlrabenschwarzen Anzug mit einem schwarzen Mantel darüber. Auf seinem Kopf saß ein Zylinder, unter dem dichte, fettige Haarbüschel hervorragten. Er war groß und schmal und wirkte, als hätte er irgendwie die falschen Proportionen – sein Oberkörper war länger als seine Beine, wodurch er merkwürdig und instabil erschien. Auf seiner Oberlippe prangte ein buschiger Schnurrbart.

Zoya erwischte sich dabei, wie sie ihn anstarrte, und begriff zu spät, dass der Fremde ihren Blick neugierig erwiderte. Seine blassen Augen bohrten sich in die von Zoya. Dabei lächelte er – allerdings war dieses Lächeln nicht freundlich, sondern so kalt, dass es Zoya bis ins Mark hinein frösteln ließ. Einen Moment lang hielt sie seinem Blick noch stand, unfähig, sich loszureißen, bis eine dicke Dame ihr die Sicht verstellte. Als die Frau vorbeigegangen war, schaute Zoya noch einmal zu der Stelle, an der der Mann gestanden hatte, doch er war fort. Bevor sie wusste, was sie davon halten sollte, hörte sie einen Schrei. »DeLarose, ich habe dir doch gesagt, dass du im Bus bleiben sollst!«

Mr Maxim marschierte übers Gras auf sie zu.

»Was ist denn passiert?«, fragte Zoya.

»Ich weiß es nicht.« Mr Maxim deutete mit dem Kinn auf zwei Soldaten hinter sich. »Diese Idioten glauben mir nicht, dass ich hier arbeite.«

»Glauben Sie, es ist etwas Schlimmes?«, wollte Zoya mit besorgtem Blick auf das Absperrband wissen.

»Bestimmt ist alles bestens. Jetzt geh zurück zum Bus, solange ich mich um alles kümmere.«

Mr Maxim lief zurück zu den Soldaten des Fliegerheers. Der Anflug von Panik in seiner Stimme trieb Zoya nur umso mehr dazu, zu bleiben. Sie folgte ihm unauffällig durch die Menge und blieb einige Schritte hinter ihm, verdeckt von mehreren Menschen, stehen. Von ihrem Versteck aus hatte sie einen guten Blick auf Mr Maxim und die Soldaten – große, breite Männer mit düsteren Augenbrauen. Sie schienen sich bei ihm zu entschuldigen. »Sir, es tut uns leid. Wir haben Anweisung, niemand durchzulassen, der sich nicht ausweisen kann. Inzwischen hat man uns gesagt, wer Sie sind. Sie können durch.«

Sie gaben ihm den Weg frei.

»Ich will nicht durch!«, fuhr Mr Maxim sie an. »Ich habe da drüben einen Bus voll hungriger Kinder, die in dieses Haus wollen. Verraten Sie mir nun endlich, was geschehen ist, oder muss ich mich an Ihren Vorgesetzten wenden?«

Der Soldat, der sich entschuldigt hatte, schaute zu seinem Kollegen, der zustimmend nickte. Zoya schlich näher.

»Mr Maxim, es hat einen Vorfall gegeben. Einen Einbruch. Nach dem Mittagessen sind zwei Männer eingedrungen. Sie haben nach einem der Kinder gesucht. Nach allem, was wir bisher wissen, hat Mr Whycherley sich ihnen widersetzt …«

Der Beamte verstummte, dann deutete er auf das Waisenhaus hinter sich. Aus dem Nebeneingang traten ein Mann und eine Frau, die eine Rolltrage schoben, auf der unter einer Decke etwas Großes lag. Mr Maxim brauchte einen Moment, bis er begriff, was er da sah. Anders als Zoya. Sie spürte es sofort, wie ein Messer, das ihr ins Herz fuhr.

Mr Whycherley war tot.

6

Zoya fehlte die Luft zum Atmen. Die ganze Welt brach um sie herum zusammen, alles löste sich auf: die Soldaten, die Menschen, Bäume, Busse, alles. Die Stimmen der Schaulustigen schienen von weit, weit her zu kommen, als stünde sie einsam am Grund des Meeres. Zoya kannte keine Welt ohne Mr Whycherley. Seit sie ein Jahr alt war, war er in ihrem Leben das einzig Verlässliche gewesen. Wenn Mr Whycherley tot war … wenn das wirklich stimmte, dann war etwas in der Welt zerbrochen. Zoya fühlte das so sicher wie die Tränen auf ihren Wangen.

Wenig später verstand auch Mr Maxim, und es verging eine Minute, bevor er sich wieder im Griff hatte. Er holte ein Taschentuch hervor, wischte sich die Augen trocken und atmete tief ein. »Was ist mit den Kindern?«, fragte er. »Wurde eins von ihnen verletzt?«

»Den Kindern geht es gut«, versicherte der Soldat, der eben gesprochen hatte. »Einer der Lehrer hat einen Schlag auf die Nase abbekommen und Mr Whycherley …« Der Soldat hielt inne. »Nun, den Kindern geht es gut.«

»Und Sie sagen, die Eindringlinge hatten es auf ein Kind abgesehen? Wissen wir, welches?«

»Ja«, antwortete der Beamte und suchte in seiner Tasche nach einem Notizblock. »Ich habe es hier irgendwo stehen.« Er blätterte durch die Seiten, bis er fand, wonach er suchte. »Der Name war … Zoya DeLarose.«

Zoya schoss das Blut in die Wangen. Ihr erster Impuls war es, wegzulaufen, weit weg von dem Waisenhaus und allem, was passiert war. Doch sie wusste ja nichts von den Einbrechern, nicht einmal, wie sie aussahen. Also war weglaufen genauso gefährlich wie bleiben, daher blieb sie vorerst, wo sie war.

»DeLarose«, wiederholte Mr Maxim. »Was wollen sie von ihr?«

»Keine Ahnung«, gestand der Soldat, »ich weiß nur, dass mein Vorgesetzter so schnell wie möglich mit ihr sprechen will.«

»Zoya war den ganzen Nachmittag bei mir«, sagte Mr Maxim. »Wenn Sie zu ihr wollen, sie ist in dem Bus da –«

Bevor er zu Ende reden konnte, trat Zoya vor. »Ich bin hier.«

Als Mr Maxim ihre Stimme hörte, wirbelte er zu ihr herum. Sobald er sie sah, wurde er ganz blass. Dann lief er zu ihr und brachte sie zu den Soldaten. Die Beamten wechselten einen Blick.

»Das ist DeLarose?«

»Ja.«

Zitternd, knallrot und ziemlich durcheinander stand Zoya vor den Beamten.

»Komm her, meine Kleine«, sagte einer von ihnen freundlich. »Wir müssen dich zu unserem Stützpunkt bringen, damit du uns einige Fragen beantwortest. Meinst du, du schaffst das?«

Zoya schaute zu Mr Maxim, der nickte. »N-natürlich.«

»Gut«, sagte der Beamte. Er klopfte seine Taschen ab, um sicherzugehen, dass er alles bei sich hatte. »Wir müssen sofort los. Je früher, desto besser. Danke, Sir.«

Er legte Zoya eine Hand auf die Schulter, bevor er sich noch einmal an Mr Maxim wandte. »Die Befragung sollte nicht lange dauern. Wenn Sie in etwa einer Stunde zum Stützpunkt kommen, können Sie sie bestimmt wieder mit nach Hause nehmen.«

Damit geleiteten die Soldaten Zoya fort von der Menschenmenge und zur Seite des Waisenhauses, wo vorhin die Leiche von Mr Whycherley abtransportiert worden war. Der Gedanke daran traf Zoya hart, und als die Männer sie zu einer Nische in der kleinen Nebengasse führten, nahm sie ihre Umgebung kaum noch wahr.

»Warte kurz hier, solange wir den Transporter holen.«

Zoya gehorchte, froh darüber, einfach nur dazustehen und nicht denken zu müssen. Sie sah zu, wie einer der Männer davonmarschierte und merkte kaum, wie der andere hinter sie trat. Erst als sie einen massigen Unterarm um den Hals spürte und man ihr einen stinkenden Sack über den Kopf stülpte, begriff Zoya, dass sie einen schweren, schweren Fehler gemacht hatte.

Dann wurde alles schwarz.

7

Als Zoya erwachte, herrschte ringsum Dunkelheit. Erst meinte sie, in ihrem Bett im Waisenhaus zu liegen, und rollte sich zur Seite, um nach ihrer Decke zu fischen. In diesem Moment wurde ihr bewusst, dass es keine Decke gab und ihr Bett sich viel härter anfühlte als sonst. Und kälter. »Hmm.«

Kaum hatte der Laut Zoyas Kehle verlassen, strömten die Ereignisse des Tages auf sie ein: das Museum, die Menschen vor dem Waisenhaus, Mr Whycherley, die Entführung. Panik ergriff sie, als sie an den Überfall in der Gasse dachte. Diese Fliegerheersoldaten, diese … *wer auch immer sie waren*, sie hatten sie gekidnappt! Instinktiv fasste sie an ihre Brust, um nach dem Anhänger zu tasten, und spürte den vertrauten Abdruck unter ihrem T-Shirt. *Wenigstens habe ich dich noch.*

Knarr.

Zoya lag still. Sie atmete langsam in die Dunkelheit hinein und dachte nach. Wo sie auch war, sie wollte weg. Egal, wer diese Männer waren, bei ihnen wollte sie nicht bleiben. Das bedeutete Flucht. Und das hieß, sie musste ihren Verstand gebrauchen. Sie konzentrierte sich auf ihre Sinne und überlegte.

Knarr.

Bingo! Das Geräusch war so gleichmäßig, so rhythmisch, dass sie es kaum wahrgenommen hatte. Aber es war da, im Hintergrund – begleitet von einem sanften Schaukeln.

Kriek-krak-kriek-krak.

»Komisch.«

Leise, für den Fall, dass die Heeressoldaten, die sie entführt hatten, vor der Tür herumlungerten, ließ Zoya sich zu Boden gleiten. Inzwischen hatten sich ihre Augen einigermaßen an das fehlende Licht gewöhnt und sie konnte ihre Umgebung ein wenig besser sehen. Die Wände schienen aus Holz zu sein. Außerdem war der Raum leer, abgesehen von einem Wischmopp in der einen und einem Heizrohr in einer anderen Ecke. Im Schein eines schmalen Lichtstrahls, der durch eine Ritze in der Wand fiel, huschten Hunderte winziger Käfer hin und her. Zoya schauderte.

Sie setzte ihren Weg entlang der Wände fort und fuhr mit den Händen auf der Suche nach der Tür über die Holzbretter. Wenig später hatte sie sie gefunden. Zoya tastete nach der Klinke. Als sie einen Knauf berührte, wurde sie ganz aufgeregt – und ein bisschen ängstlich. Sie atmete tief durch und zwang sich zum Weitermachen. Zoya legte die Finger um den Türknauf und drehte diesen – nur ein winziges bisschen –, um zu sehen, ob er sich bewegen ließ.

Natürlich nicht.

Wozu sollten sie dich auch entführen, um dich dann in ein unverschlossenes Zimmer zu stecken?!

Zoya kramte in ihren Hosentaschen. Vergraben unter einer Handvoll Münzen und Zetteln lag die verbogene Haarnadel, mit der sie Mr Whycherleys Schreibtisch geknackt hatte. »Na also.«

Dreißig Sekunden später war das Schloss offen. Während Zoya den Draht zurück in die Tasche schob, ließ sie sich ihre nächsten Schritte durch den Kopf gehen. Wenn sie die Tür nun öffnete und floh, würde sie ihren Kidnappern vermutlich direkt in die Arme laufen. Andererseits würden sie früher oder später sowieso zurückkommen, um sie zu holen. Und wer konnte schon wissen, was sie mit ihr vorhatten? Falls es dieselben Leute waren, die Mr Whycherley ermordet hatten …

Sie drehte den Knauf.

Kalte Luft blies Zoya ins Gesicht. Direkt vor ihr befand sich eine Wand aus Kisten, die doppelt so hoch war wie sie selbst. Rechts von ihr verlor sich der Blick in der Dunkelheit und links von ihr war nichts zu sehen außer dem Mond.

Als ihr eine zweite Bö ins Genick wehte, schlug Zoya ihren Jackenkragen hoch. Der Wind fuhr durch den kleinen Gang, heulte in ihren Ohren und jagte ihr noch größere Furcht ein, als sie ohnehin schon hatte. Nun waren auch andere Geräusche zu hören, das Scheppern von Metall und das Knarren von Bodenbrettern. Irgendwo in der Nähe flatterte etwas und weiter entfernt ertönte der raue Schrei eines Mannes.

Zoya drückte sich flach gegen die Kisten und schlich langsam den Gang entlang, wobei sie die Ohren spitzte und nach allem lauschte, was auf Menschen hindeuten könnte. Nach einer Weile stieß sie auf eine weitere Gasse, die ihren Weg kreuzte. Dahinter wurde der Weg von einer schulterhohen Wand versperrt. Zoya reckte den Kopf und überlegte, was sich dahinter verbergen mochte, doch außer Schwärze entdeckte sie von hier aus nichts. Es war, als würde die Welt hinter dieser Wand aufhören.

Verwirrt lief sie auf Zehenspitzen weiter, bis sie an die Stelle gelangte, an der die Kreuzung abknickte. Sie lugte um die Ecke und sah nach, ob die Luft rein war. Zufrieden näherte sie sich der Wand und kletterte daran hoch, bis sie über die Kante sehen konnte. Der Anblick war so unerwartet, dass sie den Halt verlor und zu Boden plumpste. Sie blieb eine Weile dort sitzen und starrte auf die Bohlen, bevor sie sich noch einmal aufrichtete, um sicherzugehen, dass sie sich nicht getäuscht hatte. »Das kann doch nicht sein …«

Zoya betrachtete die Wand, die in beiden Richtungen so weit verlief, wie sie nur sehen konnte. Da dämmerte ihr, was wirklich vor sich ging. Dieser Wind, das knarrende Holz, das Flattern – jetzt ergab alles Sinn. Und es erklärte, warum ihre Entführer sich nicht die Mühe gemacht hatten, sie zu fesseln oder in einen Raum zu sperren, aus dem man nicht so leicht entkommen konnte. Wozu auch? Obwohl Zoya aus ihrer Zelle ausgebrochen war, blieb sie eine Gefangene, solange, wie es ihre Kidnapper wollten. Zoya DeLarose befand sich über eineinhalb Kilometer hoch in der Luft und glitt durch die Wogen des Himmels. Sie saß auf einem riesigen Luftschiff fest.

8

Zoyas Herz klopfte so schnell, dass sie zwischen den einzelnen Schlägen gar keine Pause mehr wahrnahm. Ihr Atem passte sich an, fuhr flatternd hinein und hinaus, während die Kälte ihre Lunge gefrieren ließ. In der Ferne zeichnete sich ein leuchtend klarer Mond am schwarzen Nachthimmel ab, umgeben von wallenden Wolken, die bis ans Schiff reichten: dunkelblaue und silberne Wattebäusche mit wehenden faserigen Rändern.

Ein Luftschiff! Erschrocken öffnete Zoya den Mund.

Das Gefährt erinnerte sie an die Luftschiffe in Garibald Amstads Museum – geschwungene Holzgaleonen mit einem Labyrinth aus Stegen und Laufwegen, Aussichtsplattformen, Segeln, Decks und Quartieren. Nur war dieses hier viel, viel größer. Mittlerweile hatte Zoya auch begriffen, dass die hölzerne Wand neben ihr die Reling des Schiffs war. Von ihrem Platz aus konnte sie das Hauptdeck sehen, auf dem drei enorme Masten standen, von dem jeder breiter als sie selbst und mit silbrigen Netzen und hölzernen Ausgucken reich geschmückt war. Ausladende weiße Segel hingen daran, die sich im Nachtwind blähten und gegen das Holz klapperten. Dahinter verlor sich das Schiff im Nebel. Zoya konnte noch den ungefähren Umriss der Brücke nahe dem Heck ausmachen: eine niedrige viereckige Plattform, zu der mehrere Treppen führten. Auf der Brücke ragte das Steuerrad des Luftschiffs, dessen Metall im Mondlicht glänzte.

Neben Zoya befanden sich mehrere Aufbauten, die hufeisenförmig angeordnet waren. Eine Seite davon stellte ihre Gefängniszelle dar. Weiter rechts auf dem Deck – hinter den Aufbauten – kamen Backbord und Steuerbord zusammen und formten den Bug, dessen Galionsfigur so weit nach oben hinausragte, dass sie sich beinahe auf einer Höhe mit den niedrigsten Segeln befand. Trotz des majestätischen Erscheinungsbilds schien das Luftschiff heruntergekommen und alt.

Rumms.

Weiter hinten im Gang knallte eine Tür zu. Zoya war auf den Beinen und in Bewegung, noch bevor sie blinzeln konnte. Links von ihr standen einige Holzfässer an der Wand. Sie hechtete darauf zu und ging in dem schmalen Raum zwischen ihnen und der Reling in Deckung. Noch in derselben Bewegung drehte sie sich auf den Zehen herum und machte sich sprungbereit. Zoya hielt den Atem an, während ihr Herz noch immer wie wild klopfte, und wartete.

Eine volle Minute verstrich, bevor sie sich einen Blick erlaubte. In der Ferne leuchtete ein Mann mit einer Laterne in die Ritzen und Ecken des Schiffs. Er ging an den Kisten vorbei, an denen Zoya vorhin vorübergeschlichen war und versetzte der einen oder anderen einen Tritt, wenn er meinte, etwas gesehen zu haben. Dann verschwand er um die Ecke und außer Sicht. Zum ersten Mal seit einer gefühlten Ewigkeit atmete Zoya aus. »Ich muss hier weg.«

Das einzige andere Crewmitglied an Deck war ein Junge, der vielleicht ein oder zwei Jahre jünger sein mochte als Zoya. Sie entdeckte ihn in einem der Krähennester am Hauptmast, wo er mit einem Fernglas spielte und mit einer Katze plauderte, die sich zu ihm gesellt hatte. Während Zoya überlegte, was ein so freundlich wirkender Junge mit ihren Kidnappern zu tun hatte, fiel ihr Blick auf die Fallschirme.

Insgesamt waren es drei, die über einem der Quermasten lagen. Genau solche hatte Zoya auch im Museum gesehen, was bedeutete, dass sie wohl ziemlich alt waren. Das Material der Rucksäcke war tatsächlich ganz schön ausgefranst und die Tragriemen wirkten zerschlissen. Trotzdem waren sie ihre einzige Chance, um vom Schiff entkommen zu können. Lieber versuchte sie ihr Glück mit einem Fallschirm, als abzuwarten, was die Entführer mit ihr vorhatten.

Zoya tastete den Boden nach etwas ab, das sie werfen konnte. Zu ihren Füßen fand sie nichts, aber der Pfropfen von einem der Fässer ragte in ihre Richtung. Wenn es ihr gelang, ihn herauszudrehen und hinter den Jungen zu werfen, könnte sie losrennen und sich einen der Schirme schnappen, solange er nach dem Rechten sah. Dann könnte sie ihn anschnallen und in die Freiheit springen.

Zoya packte den Verschluss mit beiden Händen und zerrte daran. Zuerst schien er sich keinen Millimeter zu rühren, doch nach einigem Drehen und Ziehen löste er sich langsam, bis Zoya ihn schließlich in der Hand hielt. Kurz sah sie noch zu, wie der Junge mit der Katze spielte, dann wartete sie darauf, dass er sich umdrehen oder *sonst was* tun würde, um ihr eine Möglichkeit zur Flucht zu geben. Am Ende war die Katze ihre Rettung, die Zoya in ihrem Versteck bemerkte und anfing, zu miauen.

»Was maunzt du denn so?«, fragte der Junge.

Zoya wusste, das war die Gelegenheit! Sie warf den Pfropfen mit aller Kraft von sich und sah zu, wie er in hohem Bogen durch die Luft flog, bis er etwa einen Meter über dem Kopf des Jungen gegen einen Metallhaken knallte. Augenblicklich riss er den Kopf hoch und spähte zu dem Haken, während er überlegte, was den Lärm verursacht hatte.

Zoya schoss hinter den Fässern hervor und rannte zu den Fallschirmen. Noch im Laufen entschied sie, welcher im besten Zustand zu sein schien, sprang hoch und zerrte daran. Zunächst verfing sich der Rucksack an einem Balken, doch nachdem Zoya ein paarmal daran gezogen hatte, lockerte er sich endlich. Mit erhobenen Armen stellte sie sich darunter und betete, dass sie ihn fangen konnte, bevor er laut aufschlug. Noch ehe sie den Gedanken zu Ende gebracht hatte, landete der Fallschirm in ihren Armen. Zoya machte auf dem Absatz kehrt und sprintete, während sie sich den Fallschirm anlegte, so schnell sie nur konnte, zurück zu ihrem Versteck.

Dort justierte sie die Gurte, sodass der Rucksack bequem auf ihren Schultern lag, bevor sie sämtliche Riemen straff zog. Sie überprüfte das Gewebe und riss einmal kräftig daran – schien in Ordnung zu sein. Dann linste Zoya hinter den Fässern hervor und suchte entlang der Reling nach einer geeigneten Stelle zum Springen. Ein Stück vor ihr war eine Lücke im Holz. Sie war klein, würde aber ausreichen.

Sobald die Luft rein war, krabbelte Zoya zu der Öffnung und quetschte sich hindurch. Wenn sie überhaupt je entkommen wollte, dann musste es jetzt sein. Ein letztes Mal zurrte sie die Riemen ihres Fallschirms fest und beugte sich dann über den

Rand des Luftschiffs. Kurz verlief der Rumpf unter ihr gerade in die Tiefe, doch dann bog er sich nach innen, sodass man den Rest nicht mehr sehen konnte. Darunter lag der Himmel und erst in einem guten Kilometer Tiefe waren die schwachen orangefarbenen Nachtlichter einer Stadt zu erkennen. Inmitten der Schwärze war das ein wunderschöner, warmer Anblick. *Dann wird das wohl mein Ziel.*

Zoya schloss die Augen und trat ins Leere. Ein stummer Schrei löste sich aus ihrem Mund und begleitete sie einige Sekunden, bis sie merkte, dass der Sturz aus einem Luftschiff gar nicht so schlimm war, wie sie erwartet hatte. Es war sogar recht still. Kein Wind peitschte ihr entgegen oder brüllte in ihren Ohren, während sie die Atmosphäre durchschnitt. Alles war ganz ruhig und friedlich.

Zoya öffnete die Augen.

Etwas stimmte nicht. Die geisterhaften Nachtwolken schwebten noch in genau denselben Formationen wie gerade eben an ihr vorbei. Und hinter ihr war noch immer der Schiffsrumpf zu sehen. Sie schaute nach links, dann nach rechts. Nichts. Erst als Zoya über sich blickte, entdeckte sie den wohl größten Mann auf dem Planeten. Sein Arm, der dicker war als Zoyas Taille, hatte sich um die Riemen des Fallschirms geschlungen.

9

»Käpt'n«, brummte der Riese ein paar Minuten später, als er Zoya in einem alten Ledersessel absetzte.

»Danke, Beebee«, ertönte eine zweite Stimme, deren Besitzer Zoya allerdings nicht sehen konnte. Beebee warf Zoyas Fallschirm in die Zimmerecke, schenkte ihr ein breites Lächeln und ging.

Zoya schaute sich um. Man hatte sie in einen großen, reich dekorierten Raum voller antiker Uhren, Bücherschränke, Sofas und genug Gemälden für eine ganze Galerie gebracht. Für Licht sorgte eine Handvoll Öllaternen, die allem eine verträumte Atmosphäre verliehen. Zoyas Fallschirm war neben einem massiven Esstisch gelandet, der über und über mit den Krümeln Tausender Mahlzeiten übersät war. In der gegenüberliegenden Ecke stand ein Schreibtisch, ebenfalls voller Essensreste. Doch keins der beiden Möbel nahm den Mittelpunkt des Zimmers ein – diese Ehre kam einer mechanischen Himmelskarte zu, die auf einem Sockel im Zentrum des Raums aufragte. Schon der erste Blick verriet Zoya, dass sie noch nie eine so detaillierte Karte zu Gesicht bekommen hatte. Sie umspannte den gesamten Globus und zeigte jeden Berg, Fluss, Ozean und jede Stadt. Zoya stand auf, um sie sich näher anzusehen.

»Nicht schlecht, was?«

Diesmal erkannte Zoya zumindest, aus welcher Richtung

die Stimme gekommen war, und drehte den Kopf. Nahe dem Schreibtisch saß ein Mann, dessen Körper und Gesicht im Schatten verborgen lagen. Zoya kniff die Augen zusammen und spähte ins Zwielicht. Der Fremde lehnte in seinem Sessel und musterte sie. Er trug ein Paar robuster Lederstiefel, die gut zu seiner schwarzen Weste und dem weißen Hemd passten. Kurzes, grau meliertes Haar rahmte buschige Augenbrauen und einen gepflegten Schnurrbart ein. Als er bemerkte, dass Zoya ihn entdeckt hatte, rutschte er etwas vor, sodass der Dolch an seinem Gürtel dumpf klappernd gegen das Holz der Lehne stieß. »Hab keine Angst«, sagte er, »hier bist du in Sicherheit.«

Zoya antwortete nicht. Stattdessen nahm sie Anlauf und warf sich mit aller Kraft auf den Fremden. »Was wollen Sie von mir?«, rief sie zwischen zwei Schlägen auf seinen Bauch. »Ich hasse Sie! Sie haben Mr Whycherley umgebracht! Was wollen Sie von mir?«

Der ganze aufgestaute Zorn brach in diesem Moment aus Zoya heraus. Sie prügelte mit Fäusten auf den Mann ein, ohne einen Gedanken an den Dolch an seiner Seite zu verschwenden. Er ließ zu, dass Zoya auf seine Brust und seine Arme trommelte, bis sie ganz rot im Gesicht war und erschöpft auf den Boden sackte. Dann hob er sie auf und trug sie zurück zu dem Ledersessel, bevor er selbst an seinen Schreibtisch trat.

»Ich hoffe, nach diesem Ausbruch geht es dir ein wenig besser, Zoya DeLarose.« Er richtete seine Kleidung. »Die letzten Stunden waren hart für dich. Aber glaub mir, das ist das letzte Mal, dass du Hand an mich oder ein Mitglied meiner Crew gelegt hast! Verstanden?«

Zoya betrachtete ihn durch die Tränen, die ihr inzwischen die Sicht verschleierten. »Wer sind Sie?«

»Mein Name«, antwortete er, »ist Carlos Manuel Vaspine. Und wir beide haben etwas zu besprechen.«

10

Zoya schwieg gespannt. Trotz ihrer Erschöpfung und ihrer Anspannung war sie neugierig – der Mann hatte etwas an sich, das sie dazu brachte, ihm tatsächlich zuhören zu wollen. Vaspine ging zu dem Tisch, neben den der Hüne Beebee Zoyas Fallschirm geworfen hatte, und deutete darauf. »Gut, dass Beebee dich erwischt hat. Wir haben die Leinen der Dinger schon vor Monaten rausgeschnitten. Haben sie gebraucht, um Gefangene zu fesseln. Du wärst als Pfannkuchen geendet.«

Zoya runzelte die Stirn.

»Zoya«, fuhr Vaspine fort, als er merkte, dass sein kleiner Scherz nicht den gewünschten Erfolg gehabt hatte. »Weißt du, wo du bist?«

»Bei dem Mann, der Mr Whycherley ermordet hat.«

Vaspine warf ihr einen scharfen Blick zu. »Pass besser auf, wen du beschuldigst, junge Lady! Richard Whycherley war ein guter Freund. Sein Tod trifft mich schwer.«

Zoya starrte ihn an. Falls er die Wahrheit sagte – wenn die Crew dieses Mannes nicht für Mr Whycherleys Tod verantwortlich war –, wer waren diese Leute dann? Und warum hatten sie sie entführt?

»Eigentlich«, sprach Vaspine weiter, »ist die Freundschaft zwischen mir und Richard sogar der Grund, warum du hier bist. Also weißt du nun, wo du bist, oder nicht?«

Zoyas einziger Hinweis waren die Soldaten, die sie verschleppt hatten. »Auf einem Luftschiff des Fliegerheers?«

Vaspine stieß abfällig die Luft aus. »Diese Trottel? Die könnten nicht mal einen Affen aus dem Zoo retten.«

»Die Männer, die mich entführt haben, trugen Heeresuniformen«, beharrte Zoya.

»Du solltest Situationen nicht so leichtfertig allein anhand dessen beurteilen, was du siehst«, meinte Vaspine. »Ich habe meine Männer aus gutem Grund als Soldaten verkleidet nach unten geschickt. Was meinst du wohl, wie weit zwei Luftpiraten an einem Mordschauplatz ohne Tarnung gekommen wären?«

Das Wort »Luftpiraten« fand zwar den Weg in Zoyas Ohren, doch die Bedeutung wollte nicht sofort folgen. Obwohl sie ihr ganzes Leben lang von den Dieben des Himmels gelesen und in jeder freien Minute Luftpirat gespielt hatte, hätte sie nie damit gerechnet, einmal im Quartier von einem ihrer Anführer zu sitzen. Aufgeregt sprang sie aus ihrem Sessel. »Sie sind ein Luftpirat?«

»So wie jeder auf diesem Schiff«, sagte Vaspine. »Genau wie du, zumindest für eine Weile.«

Zoyas Lächeln verschwand. »Dann bin ich eine Gefangene?«

»Sagen wir einfach, du wirst dieses Schiff eine Zeit lang nicht verlassen. Alles andere wäre im Augenblick zu gefährlich.«

»Und hier soll ich etwa sicher sein?«, meinte Zoya zweifelnd. »Bei Luftpiraten? Den gefährlichsten Menschen der Welt?«

»Wie bitte kommst du denn darauf?«

»Das weiß doch jeder.«

Vaspine lächelte. »Vermutlich haben die meisten Freibeuter

diesen schlechten Ruf tatsächlich verdient. Aber vergiss nicht, was ich dir eben darüber gesagt habe, vorschnell ein Urteil zu fällen. Nicht alle von uns sind, was wir zu sein scheinen.«

Stille breitete sich aus, durchbrochen nur vom Knistern der Öllampen. Vaspine blickte Zoya an. »Dann erzähl mir mal, Miss DeLarose, hast du je von der *Dragonfly* gehört?«

Und ob. Die *Dragonfly* gehörte zu den wenigen Luftschiffen, von denen Mr Whycherley immer positiv gesprochen hatte. Die Piraten der *Dragonfly* kämpften und töteten nicht. Sie raubten nur Luftschiffe aus, die es sich leisten konnten, und gaben anschließend jeden Cent den Bedürftigen – Menschen, die weder genug zu essen noch genügend Kleidung oder auch nur ein Dach über dem Kopf hatten.

»Sie waren auf der *Dragonfly*?«, fragte Zoya staunend.

»Ob ich dort war?« Vaspine lachte. Er breitete die Arme aus. »Mir gehört das verfluchte Ding!«

11

Zoya schaute sich verblüfft im Zimmer um. »Das hier ist die *Dragonfly*?«

Vaspine nickte. »Aber denk dir nicht zu viel dabei. Mag sein, dass sie prächtig aussieht, aber im Innern fällt sie auseinander.« Er fuhr mit den Fingern über die Wand. »Doch genug davon. Sag, was weißt du über die *White Knight*?«

Zoya zog verdutzt die Schultern hoch. »Nicht viel. Nur, was wir im Waisenhaus gelernt haben.«

Vaspine breitete erneut die Hände aus, als würde er ein unsichtbares Banner entrollen. »Die Geißel der Himmel. Der schlimmste aller Schrecken«, zitierte er und schüttelte den Kopf. »Alles nicht wahr. Dieses Schiff war kein Plagegeist, wie das Fliegerheer jedem einreden will. Es gehörte zwei der gütigsten Menschen, die ich je gekannt habe.«

»Jupiter und Dominika …«, warf Zoya ein.

Vaspine nickte, sichtlich beeindruckt.

»Aber das sind zwei der grausamsten Piraten der Geschichte«, widersprach Zoya. »Sie haben Hunderte von Menschen getötet!«

»Stimmt nicht«, konterte Vaspine. »Sie haben keiner einzigen Seele je etwas zuleide getan.«

»Woher wollen Sie das wissen?«

»Ich weiß es«, sagte Vaspine und holte tief Luft, »weil ich bei ihnen war, als sie all diese Verbrechen angeblich begangen haben.«

Zoya lachte nervös auf. »Sie … Sie haben auf der *White Knight* gedient?«

»Ich und ein Mann namens Lendon Kane. Wir waren Jupiters Leutnants.«

»Wie waren sie so?«

»Jupiter und Dominika?« Vaspine dachte nach. »Gute Menschen. Großzügig, liebevoll. Wie die gesamte Besatzung. Sie haben andere nie zum eigenen Vorteil ausgeplündert. Und sie haben niemanden verletzt.«

Zoya runzelte die Stirn. »Von Kane habe ich gehört.« Vor ihrem geistigen Auge tauchte die Piratenpyramide aus Garibald Amstads Fabelhafter Welt der Flugmaschinen auf. »Sie können mir nicht erzählen, dass *er* gütig war.«

»Das stimmt, er ist der Teufel in Person.«

»Was genau ist damals passiert?«

Vaspine seufzte. »Lange ist alles gut gegangen. Dann bekam Dominika ein Kind und Jupiter hat das Schiff nicht mehr verlassen. Er fand Raubzüge fortan zu gefährlich für einen Vater mit Baby. Also hat er mir und Kane die Verantwortung übertragen. Zuerst lief alles wie gewohnt, doch dann hat Kane sich verändert. Er schien mit den Leuten, die wir ausraubten, grober umzugehen. Hat sie herumgeschubst. Dann hat er allen befohlen, sich ab sofort zu bewaffnen.

Und er hat es gehasst, dass Jupiter unsere Beute verschenkte. Kane hat die Mannschaft hinter Jupiters Rücken aufgestachelt. Der Kapitän wusste zwar Bescheid, hat es ihm aber durchgehen lassen. Böser Fehler. Kane hat die Männer monatelang bearbeitet. Er hat sie so gegen Jupiter und Dominika aufgehetzt, dass er sie schließlich zu einer Meuterei überreden konnte.«

Zoya rutschte unruhig auf ihrem Sitz herum.

»Wochenlang hat er es geplant. Ich habe erst davon erfahren, als Jupiter und Dominika eines Nachts mit ihrem Kind in mein Quartier kamen. Noch nie hatte ich Jupiter so betroffen und aufgebracht erlebt. Er erzählte mir von der Meuterei, dass Kane alle umgebracht hatte, die sich geweigert hatten, und dass die restliche Crew nun das Schiff nach Jupiter durchkämmte, um es zu Ende zu bringen.

Ich meinte, wir sollten kämpfen, und er sagte, genau das hätte er vor. Aber ohne mich. Für mich hatte er eine andere Aufgabe. Er zog ein Amulett hervor, legte es in eine Decke, die er um das Kind wickelte, und drückte mir beides in die Arme. ›Bring sie in Sicherheit‹, sagte er. ›Du wirst einen guten Ort finden. Ich werde mich hier solange um alles kümmern.‹ Natürlich habe ich widersprochen. Ich war der beste Säbelkämpfer an Bord, besser noch als Jupiter. Mir war klar, dass er mich brauchte. Doch er und Dominika haben darauf bestanden, dass ich floh, also habe ich es getan. Ich bin ins Transportboot gesprungen, zur Oberfläche geflogen und habe das Kind in ein Waisenhaus gebracht. Als ich zurück an Bord der *White Knight* wollte, war sie fort. Gesucht und gesucht habe ich, aber es war sinnlos. Also schwebte ich schließlich zurück zur Oberfläche, um einen Plan zu schmieden. Einige Tage später hörte ich Gerüchte darüber, dass Kane und seine Männer Jupiter und Dominika einfach überwältigt hatten. Sie haben sie kaltblütig ermordet.«

Nachdem Vaspine seine Geschichte beendet hatte, trat langes Schweigen ein. Zoya betrachtete den Kapitän, der stumm in den Raum blickte.

»Was war mit dem Kind?«, fragte sie schließlich.

»Du bist doch nicht dumm, Zoya. Du weißt ganz genau, was daraus wurde.«

»Bitte sagen Sie es. Ich muss es einfach hören, damit ich weiß, dass ich mich nicht täusche.«

Vaspine sah sie fest an. »Zoya, dieses Kind warst du.«

12

Zoya schüttelte ungläubig den Kopf.

»Oh doch«, bestätigte Vaspine. »Ich habe dich persönlich bei Mr Whycherley abgegeben. Und ich habe all die Jahre regelmäßig nach dir gesehen.«

»Meine Eltern waren …«

Vaspine nickte.

»Warum haben Sie mich nicht früher geholt?«

»Im Waisenhaus warst du sicher. Ich habe niemals jemandem erzählt, wohin ich dich gebracht hatte, und ich wusste, Richard Whycherley konnte ich vertrauen. Es war ausgeschlossen, dass Kane dich dort finden würde.«

»Mich finden?« Zoya richtete sich auf. »Wozu sollte er mich denn finden wollen?«

Vaspine öffnete den Mund, zögerte dann jedoch. Als er antwortete, bohrte sich sein Blick in den von Zoya. »Zoya, du musst verstehen, mit wem du es zu tun hast. Kane kennt keine Gnade. Und du bist die Letzte aus Jupiters Geschlecht. Natürlich hat er nach dir gesucht.«

»Aber wozu Mr Whycherley töten?«

»Wahrscheinlich ist Richard ihm in die Quere gekommen, als Kane eingebrochen ist. Der Himmel weiß, wie er dich aufgespürt hat, aber du hattest großes Glück, dass du nicht im Haus warst. Es überrascht mich, dass er dich nicht trotzdem erwischt hat. Meine Männer haben mir berichtet, dass er da war, als sie dich abgeholt haben.«

Zoya dachte an die Menschenmenge vor dem Waisenhaus. Der Mann in Schwarz fiel ihr ein. »Wie sieht er denn aus?«

Vaspine legte den Kopf schief. »Groß, schlank, schwarzes Haar. Schnurrbart. Ach, und er trägt gerne einen Zylinder …«

»Ich habe ihn gesehen!«, rief Zoya. »Er hat mich vor dem Waisenhaus beobachtet.«

»Dann hatten wir sogar noch mehr Glück, als ich angenommen habe. Diese Kanaillen vom Fliegerheer könnten dir allein durch ihre Anwesenheit das Leben gerettet haben.« Der Kapitän blinzelte müde und rieb sich die Augen. »Na gut. Also fürs Erste bleibst du auf der *Dragonfly*. Gott weiß, wir könnten Kanes Schiff niemals entkommen, falls er uns findet – kein Schiff am ganzen Himmel kann es mit der *Shadow* aufnehmen. Trotzdem bist du nirgends sicherer als bei uns.«

»Woher weiß ich eigentlich, dass *Sie* nicht Kane sind?«, fragte Zoya plötzlich. »Immerhin sind Sie derjenige, der mich verschleppt hat. Woher soll ich wissen, dass das kein Trick ist?«

Vaspine zuckte mit den Schultern. »Gar nicht. Aber im Augenblick bleibt dir nichts anderes übrig, als mir zu vertrauen.« Der Kapitän trat ans Fenster seiner Kabine, öffnete die Läden einen Spaltbreit und schaute aufs Deck hinaus. Als er sich Zoya zuwandte, wirkte er nachdenklich. »Obwohl du nicht ganz unrecht haben könntest, Zoya. Alte Schiffe wie dieses haben große Ohren und lose Zungen. Es wäre klug, wenn du deine Vergangenheit vorerst für dich behältst.«

»Und wenn mich jemand fragt?«

»Dann sagst du die Wahrheit«, antwortete Vaspine. »Zumindest einen Teil davon.« Er ging in die Ecke seines Zimmers, zauberte einen Besen hervor und reichte ihn ihr. »Sag, dass du ein Waisenkind bist, das wir von der Oberfläche aufgelesen haben, damit es uns an Bord zur Hand geht. Beim Deckschrubben und Saubermachen. Lass dir was einfallen. Nur erwähne auf keinen Fall deine Eltern oder Kane – oder«, er deutete auf Zoyas Hals, »den Anhänger.«

Zoya stand auf und blickte den Kapitän an. »Und dann wird alles gut?«

»Möglich«, sagte er, »wenn du tust, was ich dir sage, und mir Zeit zum Nachdenken gibst. Und jetzt schlage ich vor, dass du nach draußen gehst, bevor noch jemand stutzig wird. Beebee wartet auf dich, er zeigt dir, wo du schlafen kannst.«

Zoya trat an die Tür.

»Kein Wort zu niemand, Zoya.«

Sie nickte.

Als Zoya ins Freie ging, erhob Beebee sich stumm von einem Metallgitter und lief geduckt durch den hölzernen Torbogen, der zum Rest des Schiffs führte. Zoya folgte ihm, vorbei an ihrem provisorischen Gefängnis und einen schmalen Gang entlang. Sie erreichten einen kleinen Verschlag, ein Lager aus Holzplanken und alten Lumpen. Erleuchtet wurde es von einer einzigen Öllampe. »Hier?«, fragte Zoya zögerlich.

Beebee zeigte auf die Öffnung zwischen den Tüchern und wandte sich zum Gehen. »Entweder du schläfst hier oder in der Zelle. Aber in der Zelle ist es so nass wie in einer Gießkanne. Deine Entscheidung.«

Zoya sah ihm nach, seufzte und hob dann den überhängenden Stofffetzen an, um in das Zelt zu klettern.

Draußen pfiff der Wind nach Kräften, blähte den Stoff über ihrem Kopf auf und pustete Wassertropfen zu ihr hinein. Auf dem Boden vor Zoya lag ein Stück Teppich, noch fadenscheiniger als das Lumpendach. Zwar war es hier drin dunkel, doch das schummrige Licht der Lampe genügte, um die Flecken erkennen zu lassen. In einer Ecke lag eine mit Heu gestopfte Decke, von so viel Staub überzogen, dass Zoya schauderte. Sie hob sie an, schüttelte draußen auf Deck den Schmutz aus, legte sich anschließend auf den Teppich und deckte sich damit zu. Während sie schlotternd dalag, lauschte sie auf das Surren des Luftschiffs und das Plätschern des Regens. Das Schiff erschien lauter, als es sich von der Zelle aus angehört hatte – und größer. Eine Stunde lang warf Zoya sich unruhig von einer Seite auf die andere und versuchte, einzuschlafen. Sie dachte nach über Jupiter, Kane, Käpt'n Vaspine, ihren Anhänger. Dann erst wurden ihre Lider schwer und schwerer, bis die Müdigkeit sie überwältigte wie der Wind eine Kerze und sie einnickte. Zoya DeLarose verbrachte ihre erste Nacht auf einem Luftschiff.

13

Als Zoya aus ihrem Verschlag kroch, stand bereits die Sonne am Himmel. Dazu wehte eine frühmorgendliche Brise, die über den Schiffsrumpf blies und ihr Zelt aufblähte. An Deck tummelte sich bereits geschäftig die Besatzung. Jeder ging einer bestimmten Aufgabe nach und die entschlossenen Blicke verrieten Zoya, dass diese Aufgaben auch erledigt werden würden. Insgesamt waren es etwa ein Dutzend Menschen in zerrissenen Hosen, zerschlissenen Pullovern und Baumwollwesten. Einer oder zwei hatten auf Händen und Nacken Tätowierungen. Zoya lief mitten zwischen die wirbelnden Frauen und Männer und musste höllisch aufpassen, dabei niemandem in die Quere zu kommen. Fast erwartete sie, dass alle plötzlich innehalten und sie anstarren würden, aber die meisten ignorierten sie einfach. Die Einzige, die sie ansprach, war eine alte Frau, bewaffnet mit mehreren Wischmopps, die Zoya bat, ihr aus dem Weg zu gehen.

Als Zoya zur Seite sprang, geriet sie ins Stolpern, da sie sofort einem anderen Piraten ausweichen musste, der ihr aus der Gegenrichtung entgegenkam. Als sie das Gleichgewicht wiedergefunden hatte, fand sie sich am Rand des Luftschiffs wieder; ganz in der Nähe der Stelle, von der sie am Abend zuvor hatte springen wollen. In der Dunkelheit hatte alles unheimlich und bedrohlich gewirkt, doch bei Tag erschienen das Schiff und alles daran eindrucksvoll und prächtig. So viel Raum und der weite Himmel vermittelten Zoya das Gefühl, auf einem Riesenrad am obersten Ende der Welt zu sein. Sie sah zu, wie der Bug der *Dragonfly* durch die Wolken pflügte, bevor sie sich über die Reling beugte und auf die Erde blickte. In der Nacht hatte sie nur schwache orange Schemen ausmachen können. Jetzt lag die Landschaft wie ein Flickenteppich aus Bergen, Flüssen, Seen, Wäldern und Feldern unter ihr da. Ein Vogelschwarm hatte sich unterhalb des Schiffes versammelt, der im Rhythmus der *Dragonfly* nach links oder rechts flog.

Während sie den Vögeln zusah, erntete Zoya ihre erste Luftpiratenbeleidigung. »Hey! Krötenkopf!«

Sie hörte die Stimme, hatte aber keine Ahnung, woher sie kam. Sie schaute sich um und erwartete fast, Kapitän Vaspine oder Beebee zu sehen.

»Hallo?«, rief Zoya.

»Hier oben.«

Zoya folgte dem Ruf zu einer Stelle einige Meter über ihrem Kopf. Auf einem Holzbalken hockte ein Junge. Als er sicher war, dass sie ihn entdeckt hatte, rollte er rückwärts vom Balken, schlug in der Luft einen Salto und landete auf sicheren Füßen an Deck. Zoya erkannte ihn. Es war der Junge, der gestern Abend im Krähennest Ausschau gehalten hatte.

Er sah merkwürdig aus, fand Zoya. Er war etwas jünger als sie. Unter einem alten hellblauen Hemd trug er eine zerschlissene schwarze Hose, die von orangefarbenen Hosenträgern gehalten wurde. Einer der Träger war allerdings reichlich zerfranst. Neben seinem sonnengebräunten, durchtrainierten Körper besaß er zudem ein schmales Gesicht. Seine Augen, die unter einem hellbraunen Wuschelschopf hervorlugten, musterten Zoya neugierig und etwas misstrauisch.

»Das war ein fieser Trick, gestern Abend«, sagte er und spielte mit dem Pfropfen, den Zoya als Ablenkungsmanöver benutzt hatte. »Hab ich heute Morgen gefunden.« Er warf ihr den Stöpsel zu, der von ihr abprallte und zu Boden fiel.

»Tut mir leid.« Zoya zuckte mit den Schultern. »Ich musste dich ablenken.«

»Fies«, wiederholte der Junge. »Ich sollte dich dafür verprügeln, dass du einfach so auf mein Schiff platzt und Ärger machst.«

Zoya schnitt eine entschuldigende Grimasse.

»Warum bist du überhaupt noch hier?«, fragte der Junge, linste zu den Piraten in ihrer Nähe und wieder zurück zu Zoya. »Warum hat der Käpt'n dich nicht wie jeden anderen blinden Passagier über Bord geworfen?«

Nachdem sie den Kapitän nun kennengelernt hatte, bezweifelte Zoya, dass er so etwas je getan hätte. Doch sie schwieg dazu. Ihre Stille veranlasste den Jungen, einen drohenden Schritt auf sie zuzumachen. »Wegen dir hab ich gestern echt Ärger gekriegt.«

»Dann solltest du dich nicht so leicht austricksen lassen.«

Der Junge wollte etwas erwidern, schloss den Mund dann aber. Als er endlich sprach, schwang ein scharfer Unterton mit. »Was hast du überhaupt hier zu suchen?« Er machte einen weiteren schnellen Schritt vorwärts und schubste Zoya gegen die Brust. »Du kommst auf mein Schiff.« Schubs. »Bringst mich in Schwierigkeiten.« Schubs. »Dann tanzt du hier an und wirst frech.« Schubs. Mit jedem Stoß wich Zoya ein Stück zurück und versuchte, die Arme des Jungen abzuwehren. Mit jedem Schritt brodelte es ein wenig mehr in ihr. Bilder von Mr Whycherleys Gesicht und dem Waisenhaus vermischten sich mit dem Gesicht des Jungen, bis sie rot sah. Sie wartete darauf, dass der Junge die Hände noch einmal hob, schnappte sich dann seine Handgelenke und zog kräftig daran. Ohne den Griff zu lockern, schleuderte sie ihn gegen einen Mast. Als er benommen aufs Deck plumpste, schaute Zoya sich erschrocken um, um zu sehen, wer sie beobachtet hatte. Einige der Piraten waren ganz in der Nähe, allerdings schienen die meisten zu beschäftigt, um etwas bemerkt zu haben. Zoya wandte sich wieder dem Jungen zu. Durch den Aufprall war einer seiner Hosenträger gerissen, den er jetzt mit einer Hand festhielt. In seiner Miene spiegelte sich erst Verwirrung, dann Wut. Mit fliegenden Fäusten ging er auf Zoya los, worauf sie mit Hieben gegen seine Arme und Beine antwortete. Schon bald rollten sie raufend über den Boden; jeder wollte die Oberhand gewinnen und den anderen zu Boden drücken. Eine halbe Minute ging das so weiter – Zoya steckte ein paar heftige Schläge ein und teilte einige aus. Dann hörten sie hinter sich einen mächtigen Schrei. »Es reicht!«

Zoya und der Junge erstarrten.

»Was zum Teufel glaubt ihr eigentlich, was ihr da treibt?«

Zoya entwirrte ihre Arme aus denen des Jungen und stieß ihn von sich weg. Auf der anderen Seite des Decks stand ein alter Mann, der die Arme mürrisch in die Hüften gestemmt und die Augenbrauen zu einer steilen V-Falte verzogen hatte. Um ihn herum standen einige andere Piraten, die allesamt ihre Arbeit eingestellt hatten und die Kinder anglotzten.

»Hätte der Käpt'n das gesehen, hätte er euch den Hals umgedreht«, schimpfte der Alte. »Eine Prügelei auf der *Dragonfly*! Das darf ja nun wirklich nicht wahr sein!«

Zoya sah zu dem Jungen, der verlegen dreinschaute. »Ich wollte nur …«

»Na, jetzt bin ich aber gespannt«, grollte der Alte und verschränkte die Arme. »Wenn ich mich nicht irre, hast du dir schon gestern Abend Ärger eingehandelt, weil du deinen Posten verlassen hast. Dann lass uns mal die Ausrede für heute hören!«

Zoya stand auf und klopfte sich den Staub von der Kleidung. »Ich habe ihn um Hilfe gebeten.«

Der Mann stutzte. »Wie bitte?«

»Ich habe ihn um Hilfe gebeten.«

Der Alte hielt Zoyas Blick stand. »Hast du, so, so? Und du bist die Neue, von der ich schon gehört habe?«

Zoya nickte. »Ich hab mich verlaufen und ihn nach dem Weg gefragt.«

»Verstehe.« Der Alte musterte sie von Kopf bis Fuß. »Tja, eine der Regeln auf unserem Schiff, kleines Fräulein, ist es, andere nicht von der Arbeit abzuhalten. Du tätest gut daran, dir das zu merken!«

Zoya lächelte. »Mach ich.«

»Na schön«, sagte der Alte, blickte ein letztes Mal zu dem Jungen, schüttelte den Kopf und gab den Umstehenden dann mit einem Wink zu verstehen, dass sie sich wieder an die Arbeit machen sollten. Zoya wartete, bis alle weg waren, dann streckte sie dem Jungen die Hand hin. Er starrte darauf und schaute Zoya misstrauisch an, bevor er sie nahm.

»Tut mir leid wegen gestern«, sagte Zoya. »Und tut mir auch leid wegen …« Sie nickte zu einem blauen Fleck, der sich allmählich auf dem Arm des Jungen bildete.

Der Junge betrachtete seine Fäuste, dann den dazu passenden blauen Fleck auf Zoyas Wange. »Und mir tut«, er zeigte darauf, »das da leid.« Zoya lächelte, während er das abgerissene Ende seines Hosenträgers in sein Hemd stopfte. »Der Alte hat recht, oder?«, sagte er. »Du gehörst jetzt zu uns?«

Zoya nickte.

»Wie heißt du?«

»Zoya DeLarose.«

»Also ich bin Bucker Blake«, sagte der Junge. »Und ich schätze, ich bin dir was schuldig. Willst du mit rauf ins Krähennest? Ich zeig dir alles.«

»Klar«, sagte Zoya. »Wie kommen wir da hoch?«

Bucker sah sie an, als hätte sie ihr Hirn über die Reling geworfen. »Wir klettern natürlich, du Doofi!« Und damit flitzte er auf den nächsten Mast zu.

14

Als Zoya am Fuß des Masts ankam, war Bucker längst auf den Quermast geklettert, der die Ausgucksplattformen des Schiffs miteinander verband. Zoya folgte ihm, so gut sie konnte, war aber viel langsamer.

»Mach schon!«, rief Bucker. »Du bist ja langsamer als eine Schnecke!«

Als sie den Hauptmast erreichten, lieferten sie sich ein Wettklettern zum obersten Ausguck. Zoya zog sich an der Takelage hoch und nahm immer zwei Sprossen auf einmal, weil sie unbedingt zeigen wollte, wie schnell sie sein konnte. Doch Bucker hatte bereits einen so großen Vorsprung, dass ihn nicht einmal mehr eine Spinne in ihrem eigenen Netz eingeholt hätte. Als Zoya ihn schließlich erreichte – keuchend und völlig außer Atem –, warf er ihr ein mitleidiges Lächeln zu. »Wenn ich dich beim nächsten Mal tragen soll, sag einfach Bescheid.«

Das Krähennest befand sich am obersten Ende des Hauptmasts. Auf den ersten Blick schien es keinem anderen Zweck zu dienen, als der Besatzung einen Ort zu bieten, an dem sie ihre Ruhe hatten. Sobald Zoya sicher auf den Holzplanken saß, fühlte sie sich richtig wohl. Der Wind, der durch ihr Haar strich, erinnerte sie an ganz ähnliche Tage auf dem Dach des Waisenhauses.

»Ist ein bisschen eng hier oben«, sagte Bucker und rückte ein Stück zu ihr rüber.

»Ein bisschen.«

»Die ganzen Instrumente hier haben früher mal dem Doc gehört.« Bucker deutete auf die Teleskope und Messgeräte, die überall herumlagen. »Er war unser Schiffswissenschaftler. Ist vor einem Jahr oder so gegangen. War der klügste Mann der Welt!« Bucker zwinkerte. »Fand er zumindest selber. Wenn du mich fragst, trifft es alter Griesgram viel besser.«

Er warf Zoya ein Fernglas zu und forderte sie auf, es auszuprobieren. Zoya setzte es zuerst verkehrt herum an die Augen, und Bucker stieß sie in die Seite, um sie auf ihren Fehler aufmerksam zu machen. »Wo haben die dich denn aufgesammelt?!«

Von hier oben konnte Zoya das ganze Schiff überblicken. Die Mannschaft, die noch immer die Aufgaben des Vormittags verrichtete, wirkte wie ein Heer aus Ameisen.

»Okay«, sagte Bucker und schnappte sich ein anderes Fernglas, »dann lass dir mal erklären, wer wer ist. Den Wichtigsten hast du natürlich schon kennengelernt.«

»Den Kapitän.«

»Mich, du Trottel! Obwohl der Käpt'n wahrscheinlich auch ziemlich wichtig ist.«

Zoya kicherte.

»Als Nächstes musst du dich mit Cid Flinkfuß gut stellen«, sagte Bucker. »Er ist der Pilot.«

Bucker zeigte zum Achterdeck. Auf einer erhöhten Plattform stand ein großer, durchtrainierter Mann mit schulterlangem, von der Sonne ausgebleichtem Haar, das von einem roten Band in Zaum gehalten wurde. Über einem weißen Hemd trug er eine braune Fliegerjacke aus Leder, die Zoya an eine erinnerte, die sie in Garibald Amstads Museum gesehen hatte. Mit einer Hand warf er eine Goldmünze auf und ab, während die andere fest auf dem Steuerrad ruhte.

»Siehst du, wie er brüllt?«, fragte Bucker.

Und ob Zoya das sah. Ohne Unterbrechung brüllte er ein zu Tode erschrecktes Crewmitglied an.

»Eigentlich ist er echt nett«, meinte Bucker. »Er wird nur beim Fliegen immer ein bisschen nervös. Sagt Mum zumindest.«

»Wo ist deine Mum?«

»Sie«, sagte Bucker, zog die Knie ans Kinn und wirbelte auf seinem Po herum, »ist da drüben.« Er zeigte auf eine kräftige Lady um die vierzig, die an der Wand aus Kisten lehnte, hinter der Zoya sich am Abend zuvor versteckt hatte. Vor ihr übten zwei Piraten fechten.

»Deine Mum unterrichtet Schwertkampf?«, fragte Zoya beeindruckt.

»Rosie Blake, im ganzen Himmel ist keiner besser als sie!«

Zoya sah zu, wie sie einem ihrer Schüler den Säbel abnahm und den anderen mit einer Abfolge aus Hieben attackierte. Der junge Mann ließ sein Schwert fallen und schüttelte verblüfft den Kopf.

Zoya drehte sich zu Bucker. »Was ist mit Beebee?«

»Beebee? Er ist mein bester Freund auf dem ganzen Schiff.«

Er beugte sich über den Rand des Krähennests. Zoya ignorierte das mulmige Gefühl in ihrem Magen und machte es ihm nach. Sie entdeckte Beebee unter sich, wo er versuchte, mit einem Vogel zu spielen, der nahe der Backbordreling gelandet war. Der Vogel, der womöglich Angst hatte, zu Eintopf verarbeitet zu werden, hopste jedes Mal, wenn Beebee einen Schritt nach vorn machte, weiter zurück. Der verwirrte Ausdruck im Gesicht des Riesen brachte Bucker zum Kichern. Er nickte zu Beebee. »Warte, bis du ihn kämpfen siehst.«

Beebee war gigantisch, sogar noch größer, als Zoya ihn am Vorabend geschätzt hatte. Sein Kopf war so groß wie ihr Oberkörper und darauf saß eine dicke geriffelte Strickmütze. Sein enormer Bizeps drohte das weiße T-Shirt an den Achseln zu sprengen. »Echt wahr?«, fragte sie.

»Und ob«, antwortete Bucker. »Er könnte den meisten Leuten mit nur einer Hand den Schädel zerquetschen. Und er ist Champion im Boxen. Hat keinen einzigen Kampf verloren.«

»Cool.« Zoya hob das Fernglas erneut an die Augen, doch bevor sie einen zweiten Blick auf Beebee werfen konnte, bemerkte sie etwas am Horizont. Zuerst hielt sie es für ein anderes Luftschiff, das durch die Wolken brach. Allerdings hätte dieses Schiff dann eine Kappe aus wallendem Schnee gehabt. Der Anblick kam ihr seltsam vor. Sie machte Bucker auf den Umriss aufmerksam. »Was ist das?«

Bucker wandte sich von einem der Instrumente des Doc ab, mit dem er herumgespielt hatte, und spähte durch sein Fernglas. Als er verstand, was er vor sich hatte, wurde seine Miene starr. »Oh mein Gott«, wimmerte er. »Nicht schon wieder. Cid wird mir den Hals umdrehen!«

»Was ist denn los?«, wollte Zoya wissen.

»Siehst du einen schwarzen Gipfel?«

»Nein«, meinte Zoya.

»Ganz genau.« Bucker ließ sich rücklings vom Ausguck gleiten und kletterte am Tauwerk hinab. »Hey, tut mir leid wegen der Rauferei vorhin. War schön, dich kennenzulernen, komm mich mal wieder besuchen!«

Und schon hatte Zoya ihn zwischen den Segeln aus den Augen verloren. Sie hob das Fernglas, um sich die Sache vor ihnen noch einmal anzusehen. Ihr Magen machte einen Satz. Vor dem Schiff erhob sich ein Berg, der jede Sekunde größer wurde. Nur dort, wo der Gipfel hätte sein sollen, loderte ein Meer aus feurigem, dampfendem Orange. *Oh wow*, dachte Zoya und wäre um ein Haar aus dem Krähennest gefallen. *Ein Vulkan.*

15

Zoya eilte aus dem Ausguck und kletterte und purzelte die Takelage hinab. Beim Versuch, mit Bucker mitzuhalten, der schon weit unter ihr war, schürfte sie sich die Handflächen auf. Auf halbem Weg hielt Zoya inne, um noch einmal mit großen Augen den Vulkan zu betrachten, der seit ihrem letzten Blick erheblich gewachsen war. Aus seinem blubbernden Krater spien mächtige Rauchschwaden, die auf das Schiff zuwaberten und Zoya die Sicht raubten. Sie vermutete, dass ihnen noch etwa eine Minute blieb, bevor sie in den Qualm eintauchten, und dann vielleicht noch eine weitere, bevor das Luftschiff den Fels rammte.

Zoya beeilte sich noch mehr, nach unten zu kommen, und erreichte das Deck mit klopfendem Herzen und wunden Händen. Sie suchte nach Bucker, der längst am anderen Ende der *Dragonfly* war und zu Cid sprintete. Nachdem ihr nichts Besseres einfiel, folgte sie ihm.

Als Zoya die Brücke erreichte, rief Bucker gerade: »… da drüben. Ein Vulkan!«

Cid beäugte den Jungen, als hätte er diesen Witz schon mal gehört und wäre nicht in der Stimmung, ihn sich noch einmal anzuhören. Doch als Bucker nicht nachgab, klappte dem Piloten die Kinnlade hinunter. In Windeseile steckte er die Pfeife weg, die ihm im Mundwinkel hing, und spähte in die Ferne. Er wurde aschfahl. Er nahm ein Fernglas und starrte mit angestrengtem

Gesicht eine weitere Sekunde hindurch, bevor er es sinken ließ und Bucker anschaute. »Hast dir diesmal ganz schön Zeit gelassen, Kleiner!«

Bevor Bucker antworten konnte, drehte Cid sich weg und gab Befehle. »Fahrt aufnehmen!«, brüllte er. »Volle Segel setzen!«

Sobald er allen ihre Aufgaben zugeteilt hatte, wandte der Steuermann sich Bucker zu. »Okay. Besser, du bringst mir in den nächsten dreißig Sekunden Beebee, sonst gibt's zu Mittag Lava!«

Bucker schoss auf den Bug zu und ließ Zoya mit Cid allein. Sie wartete gespannt, was der Pilot als Nächstes tun würde, doch er rührte keinen Finger. Stattdessen lehnte er sich gegen das Steuer und starrte den Vulkan an, der Sekunde für Sekunde gewaltiger vor ihnen aufragte. Am liebsten hätte Zoya ihn gepackt und angeschrien, etwas zu unternehmen! Es kostete sie alle Überwindung, nicht zu ihm zu springen und selbst das Steuer zu greifen.

»Warum ändern wir den Kurs nicht?«, platzte es aus ihr heraus.

Cid drehte den Kopf langsam in ihre Richtung. »In etwa zehn Sekunden taucht dieses Schiff in heiße Luft ein. Und dann wird alles an diesem Holzbrocken wie ein Tamburin zittern. Hätten wir zehn von dir und zehn von mir, wären wir immer noch nicht stark genug, das Steuer zu halten. Auf diesem Schiff gibt es nur einen, der das kann …« Cid linste über Zoyas Schulter, »… und da kommt er.«

Zoya fuhr herum. Quer über das Schiff sprintete Bucker, gefolgt von Beebee, Vaspine und Buckers Mutter.

»Hab ihn gefunden«, meldete Bucker, als er bei ihnen war.

»Braver Junge.« Cid wandte sich an Beebee. »Beebee, schnapp dir das Steuer und zieh, so fest du kannst.«

»Welche Richtung?«

»Egal!«

Beebee setzte sich in Bewegung. Als er an Cid vorbeilief, legte der Steuermann ihm eine Hand auf den Arm. »Was du auch machst, lass auf keinen Fall los!«

Beebee nahm hinter dem Steuer Position ein, während Vaspine und Rosie zu ihnen traten.

»Was ist los?«, wollte der Kapitän wissen.

»Ich hoffe, ihr habt Würstchen mitgebracht«, meinte Cid und nickte auf einen Punkt hinter dem Kapitän, »wir landen nämlich gleich auf dem Grill.«

Vaspine drehte sich um. Vor ihnen ragte der Vulkan auf, dessen Krater wütend Rauch in den Himmel spuckte. Vaspine schaute zu Beebee und grinste ihn grimmig an. »Gut festhalten, Junge.«

Beebee packte gerade noch das Steuer mit beiden Händen, als sie auch schon von der ersten heißen Luftströmung erfasst wurden. Die Besatzung wurde dabei wie Puppen durcheinandergeworfen, ganz so, als würden sie von einem Erdbeben erschüttert. Nur Beebee hielt sich auf den Beinen – er umklammerte das Steuer mit seinen mächtigen Pranken und riss die Speichen herum. Schließlich hatte das Rad den Anschlag erreicht und Beebee stemmte sich mit aller Kraft dagegen, damit es nicht zurückschnellte. Die Muskeln unter seiner Haut spannten sich an und traten deutlich hervor.

Während die *Dragonfly* auf den Vulkan zudriftete, wurde sie immer heftiger aus der Bahn geworfen. Zoya und die restliche Crew wurden ordentlich durchgeschüttelt. Zoya hatte Glück und wurde gegen einen der kleineren Masten geschleudert, um den sie schnell die Arme schlang. Sobald sie einen festen Griff hatte, umrundete sie ihn, bis sie den Vulkan sehen konnte. Inzwischen waren am Hang einzelne Geröllbrocken zu erkennen und sie konnte die Hitze bereits deutlich spüren, die auf ihrem Gesicht regelrecht zu brennen schien. Schwefelgeruch lag in der Luft, so schneidend, dass sie eine Hand vom Mast lösen musste, um sich die Nase zuzuhalten.

Auf der Brücke fing Beebee an zu zittern. Jedes Mal, wenn er ausatmete, drang ein tiefer, ächzender Laut aus seiner Kehle und an der Seite seines Schädels pochte eine Ader, als wollte sie jeden Moment platzen.

»Noch zehn Sekunden«, rief Cid.

Beebee stieß ein Brüllen aus, so laut, dass Bucker erschrocken zusammenzuckte. Er stemmte sich gegen das Steuer, um ein letztes Mal alles zu geben, jeder einzelne Muskel in seinem Körper angespannt und hart wie Granit. Langsam drehte das Schiff ab und auf den freien Himmel zu. Als sie endlich etwas Raum zwischen sich und den Vulkan gebracht hatten, beruhigte sich ihre Fahrt allmählich. Nach und nach rappelten sich die Crewmitglieder einer nach dem anderen wieder auf. Nur Beebee ließ das Steuer los und sank erschöpft zu Boden, sobald er sicher war, dass sie der Gefahr entkommen waren. »Nächstes Mal«, meinte er keuchend zu Bucker, »wenn du sagst, du hast eine Überraschung für mich …«

»Ja?«

»… hätte ich lieber ein Eis.«

16

Sie verbrachten den restlichen Tag fast vollständig damit, das Schiff wieder auf Vordermann zu bringen. Zoya wuselte zwischen den Piraten hin und her, bot ihre Hilfe an und gab sich Mühe, ihre Enttäuschung zu verbergen, wenn sie fortgeschickt wurde. Hin und wieder hatte jemand Mitleid mit »der Neuen« und gab ihr etwas zu tun. Während sie ihnen zur Hand ging, fragte Zoya die Crewmitglieder nach ihrem Leben an Bord und tat ihr Bestes, Fragen nach ihrer eigenen Vergangenheit auszuweichen.

Bei Sonnenuntergang waren der Großteil des Rußes von den Decks geschrubbt, die Feuer gelöscht, das Geschirr zurück in die Schränke gestellt und die Betten wieder aufgerichtet. Zoya ging mit der Besatzung zum Abendessen nach drinnen, bevor sie an Deck schlendertc, um sich mit weiteren Himmelsdieben bekannt zu machen. Zuerst unterhielt sie sich mit einem ehemaligen Zirkusakrobaten. Dessen Aufgabe auf der *Dragonfly* bestand darin, seinen Körper so zu verbiegen, dass er auf den Schiffen, die sie plünderten, selbst in die kleinsten Verstecke gelangte. Dann plauderte sie mit einer Frau, die damit angab, auf der Oberfläche zehn Kinder zu haben – und für jedes einzelne wünschte sie sich ein eigenes Luftschiff: »… genau wie der Käpt'n eins hat.«

Schließlich marschierte Zoya zur Brücke, wo vorhin, während des Beinahe-Zusammenstoßes mit dem Vulkan, so große Aufregung geherrscht hatte. Jetzt war alles ruhig. Das Steuer – das unter Beebees Händen fast zerbrochen war – ragte im Zentrum des Achterdecks auf, als wäre nie etwas passiert. Zoya schlich sich an und stellte sich vor, sie wäre Kapitän ihres eigenen Luftschiffs. Sie packte auf jeder Seite eine der Speichen und probierte aus, wie weit sie das Steuer drehen konnte.

»Ohne Vulkan geht es viel leichter«, sagte jemand.

Hinter Zoya hockte Beebee, den Rücken an die Reling des Achterdecks gelehnt. Neben ihm stand eine Flasche mit Desinfektionsmittel, das er auf seine geschundenen Hände auftrug. Zoya ging zu ihm. »Die müssen echt wehtun.«

»Ach, die haben schon Schlimmeres mitgemacht.«

»Was du da getan hast, war ganz schön beeindruckend.«

»Wenn man so groß ist wie ich, ist das ganz leicht«, meinte Beebee bescheiden. »Zoya, richtig?«

Zoya nickte.

»Und, hast du das Springen von Luftschiffen inzwischen aufgegeben?«

Zoya wurde rot wie eine Tomate, als er sie daran erinnerte. »Danke übrigens.«

»Nicht der Rede wert.«

Beebee verarztete die restlichen Schnitte und wunden Stellen mit Desinfektionsmittel, bevor er aufstand und ans Steuer trat, um zu sehen, ob er es irgendwie beschädigt hatte. »Tut mir nur leid, dass ich dich an den Trägern packen musste«, fuhr er fort. »Dabei hätte dir das Genick brechen können. Andererseits warst du dumm genug, dich von einem Luftschiff zu stürzen, also sind wir wahrscheinlich quitt.«

»Ja«, stimmte Zoya ihm zu und stellte sich neben Beebee ans Steuer. »Weißt du, von allen Leuten hier an Bord bist du der, der am meisten so aussieht, wie ich mir einen Luftpiraten immer vorgestellt habe.«

»Du meinst groß?«

»Ja, und dann die Muskeln, die Zahnlücken, die Tattoos.«

Beebee lachte. »Schätze, im Vergleich zu den anderen gebe ich ein ziemlich verwegenes Bild ab. Aber du darfst nicht vergessen, dass der Käpt'n kein *normales* Piratenschiff befehligt.« Beebee schaute auf ein vorbeiziehendes Luftschiff in der Ferne. Zoya folgte seinem Blick. Am Hauptmast der Flugmaschine flatterte eine schwarze Flagge. »Ein normaler Pirat würde es bei unserem Käpt'n nicht lange aushalten.«

»Und wie hältst *du* es aus?«

Beebee lachte, so herzhaft, als hätte Zoya einen wirklich guten Witz erzählt. »Ich bin nicht so fies, wie ich aussehe«, sagte er schließlich. »Mag sein, dass ich den Eindruck mache, als hätte mich jemand vom Stiefel des Teufels persönlich gekratzt, aber als ich klein war, hat man mir beigebracht, dass man gut und gerecht zu sein hat – und das bin ich.«

»Und deine Narben?«

Beebee überlegte, bevor er antwortete. »Manchmal muss man für Gerechtigkeit kämpfen.«

17

»Ich habe gesehen, wie du mit dem Vogel gespielt hast«, sagte Zoya.

Beebee rollte mit den Augen. »Hast du, ja? Ich versuche schon die ganze Zeit, mit den Knirpsen Freundschaft zu schließen, aber sie bleiben immer auf Abstand. Dabei hab ich alles versucht: stehen, sitzen, sie ignorieren, sie füttern – sogar lächeln!« Er grinste Zoya an und zeigte dabei seine Zähne, die so schief waren, dass sie gut verstehen konnte, warum die Vögel davor Angst hatten. »Dabei will ich nur mal einen halten.«

Während ihrer Zeit im Waisenhaus hatte Mr Whycherley sich als begeisterter Vogelkundler erwiesen, und oft genug hatte Zoya von anderen gehört, dass er mehr über Vögel wusste als die Tiere selbst. Er hatte eine Reihe von Futterstellen im Garten des Waisenhauses aufgestellt, und eine von Zoyas regelmäßigen Bestrafungen war es gewesen, sie zu putzen und neu zu befüllen. Daher kannte Zoya sich mit Vögeln aus, und sie war ziemlich sicher, dass sie Beebee beibringen konnte, wie man sich mit ihnen anfreundete.

Zoya ließ den Blick über die Brücke schweifen und hielt Ausschau. Außer einer Taube, die auf dem Deck hinter der Brücke herumpickte, konnte sie keine Vögel entdecken. Den Taubenruf beherrschte Zoya recht gut, also probierte sie es damit. Das Tier legte den Kopf schief und schaute Zoya neugierig an. Während sie ihr in die Augen sah, ging Zoya langsam auf sie zu, bis sie nur noch knapp dreißig Zentimeter entfernt war.

»Pass auf, sonst fliegt sie weg!«, warnte Beebee, doch Zoya unterbrach ihn mit einer Handbewegung. Die andere Hand legte sie flach aufs Deck und streckte sie dem Vogel hin. Die Taube betrachtete sie zögerlich, bevor sie ein paar behutsame Schritte darauf zu machte. Zoya blieb völlig reglos und wartete ab, bis der Vogel die letzten Schrittchen gemacht hatte und auf ihre Hand sprang. Beebee blickte auf die Taube, dann zu Zoya. »Wie?« Mehr brachte er nicht heraus.

»Durch die Imitation des Gurrens«, wisperte sie. »Ich kann es dir beibringen, aber es wird ein Weilchen dauern.«

Beebee trat auf die Taube zu – aber seine Bewegung war zu plötzlich und der Vogel flatterte davon. Gemeinsam sahen sie zu, wie er seitlich vom Schiff aufflog und in den Himmel verschwand. »Siehst du, was ich meine?«

»Du musst nur behutsamer sein«, meinte Zoya.

»Behutsamkeit ist nicht gerade meine Stärke. Hör mal, zeigst du mir, wie man das macht, einen Vogel auf die Hand locken?«

»Klar«, antwortete Zoya. »Und du kannst mir vielleicht mal zeigen, wie man kämpft?«

Beebee kicherte. »Ich wusste, du bist ein Raufbold, gleich als ich dich zum ersten Mal gesehen habe. Aber von mir aus – wenn du mir beibringen kannst, wie man Vögel anlockt, mache ich aus dir die beste Boxerin auf dem ganzen Schiff.« Er zwinkerte. »Abgesehen von mir natürlich.«

»Natürlich.« Zoya grinste.

Sie unterhielten sich noch ein Weilchen, bevor Beebee sich

verabschiedete und sich zu den Mannschaftsquartieren aufmachte. Als er die Brücke überquert hatte, hob er einen Finger und drehte sich noch einmal um. »Fast vergessen«, sagte er. »Der Käpt'n hat es geschafft, dir eine Kabine zu organisieren. Willst du sie sehen?«

Zoya dachte an ihre letzte Nacht in dem Verschlag und schauderte. »Ja, gerne.«

Sie folgte Beebee übers Deck, vorbei an drei Piraten, die an einem der Querbalken Klimmzüge machten, und weiter Richtung Kapitänskajüte. Vor dem Gang, der zu Vaspine führte, duckte Beebee sich unter einem Bogendurchgang hindurch, wandte sich nach links und blieb neben einer niedrigen Holztür stehen. »Hier wären wir«, sagte er. »Meinst du, du findest morgen früh den Weg zurück an Deck?«

Zoya lächelte. »Glaube schon.«

Beebee neigte den Kopf und machte sich davon.

Zoyas Kajüte war einigermaßen gemütlich eingerichtet. Je länger sie sich umsah, desto überzeugter war sie davon, hier alles zu haben, was sie brauchte: ein Bett, einen Tisch, einen Stuhl, eine Lampe und sogar einen Stapel Bücher zum Lesen, falls sie sich einmal langweilen sollte.

Einige Sekunden stand Zoya in der Stille, gleichzeitig aufgeregt und etwas ängstlich. Dann fielen ihr allmählich die Augen zu. Da sie nun ein Bett hatte, das nicht unbedingt bequem, aber immerhin ein richtiges Bett war, schlüpfte sie aus den Schuhen und unter die Decke.

18

Trotz der Müdigkeit konnte Zoya nicht sofort einschlafen. Unruhig warf sie sich hin und her. Einmal strampelte sie sogar ihre Decke zu Boden, später krabbelte sie aus dem Bett, um sie wieder aufzuheben. Vaspines Geschichte wollte ihr einfach nicht aus dem Kopf gehen. Sie hatte so viele Fragen über ihre Mutter und ihren Vater. Wie waren sie gewesen? Wie hatten sie gesprochen? Wie hatten sie sich bewegt? Auch Kane spukte durch ihre Gedanken. Was, wenn sie ihm nicht entkommen konnten? Was, wenn er niemals aufgeben würde?

Schließlich nickte sie für ein paar Stunden ein, bevor sie mitten in der Nacht von einem Klopfen geweckt wurde. Zuerst war sie nicht sicher, ob sie es wirklich gehört oder nur geträumt hatte, also drehte sie sich zur Seite und achtete nicht darauf. Doch dann ertönte es erneut – diesmal lauter – und sie begriff, dass tatsächlich jemand vor ihrem Zimmer stand. Mit verschlafenem Blick rollte sie sich aus dem Bett und öffnete. »Hallo?«

Im Gang stand Bucker, der ziemlich genervt aussah. »Gut, dass du endlich aufgemacht hast«, sagte er. »Ich wollte schon Beebee holen, damit er sie eintritt.«

»Sehr witzig«, grummelte Zoya.

»Zu den Frühaufstehern gehörst du nicht, was?«, meinte Bucker und hob die Augenbrauen. »Hör mal, du musst dich anziehen. Der Käpt'n will dich sehen.«

»Mich?«

»Nein, den Kaiser von China. Ja, dich!«

»Warum?«

»Jetzt setz dich schon in Bewegung!«

Zoya zog sich an und folgte Bucker, der zielstrebig auf Vaspines Quartier zulief. Der Vollmond verriet ihr, dass es noch mitten in der Nacht war, trotzdem war auf dem Schiff viel los. Überall wuselten Piraten umher – setzten die Segel, schleppten Nahrung, Rüstungen, Waffen. Zoya fiel auf, dass jeder in Schwarz gekleidet war und abgesehen von drei gedimmten Laternen sämtliche Lichter an Bord gelöscht waren.

»Was ist los?«, fragte sie Beebee, an dem sie vorbeikamen.

»Kleines Vogelfräulein!«, sagte der Riese nur. Bevor Zoya eine vernünftige Antwort von ihm bekommen konnte, hatte Bucker sie am Arm gepackt und weitergezerrt. Als sie bei Vaspine ankamen, drängten sich dort zahlreiche Menschen. Sobald der Kapitän Zoya erblickte, bat er alle außer ihr und Rosie zu gehen.

»Viel Glück!«, rief Vaspine noch, als die Besatzung in alle Richtungen davoneilte.

»Bis später, Zoya«, verabschiedete sich Bucker von ihr und schloss die Tür.

Vaspine bot Zoya einen Stuhl an. »Buckers Mutter hast du bereits kennengelernt, oder?«

»Eigentlich nicht.«

»Ich bin Rosie«, stellte die Frau sich vor und reichte ihr die Hand. »Schön, dich kennenzulernen. Bucker hat mir alles über dich erzählt.«

Vaspine hockte vor Zoya auf dem Schreibtisch. »Zoya, es hat

sich etwas ergeben. Eine Gelegenheit, die zu gut ist, um sie sich entgehen zu lassen.«

»Okay«, sagte Zoya und wartete auf weitere Erklärungen.

»Wir haben steuerbord ein Luftschiff gesichtet«, erklärte Rosie und trat ans Fenster, um die Läden ein Stück zu öffnen. »Schau's dir an.«

Zoya ging zu ihr und schaute auf den Punkt, auf den Rosie zeigte. Weit in der Ferne erspähte sie zwei parallele Linien aus schwankenden, blinkenden Lichtern. Von Vaspines Fenster aus wirkten sie winzig, doch wenn das Schiff tatsächlich so weit weg war, wie es den Anschein hatte, und Zoya es trotzdem sehen konnte, musste es gigantisch sein!

»So viel Glück haben wir nicht oft«, fuhr Rosie fort. »Das ist ein Vergnügungskreuzer, mit dem Passagiere um die Welt reisen. Bestimmt sind eine Menge reicher Leute an Bord. Das Geld, das wir einnehmen können, wird die Menschen an der Oberfläche ein ganzes Jahr lang ernähren.«

»Wir gehen heute Nacht an Bord«, sagte Vaspine. »In etwa zehn Minuten. Ich werde die Mannschaft anführen. Normalerweise nehmen wir neue Rekruten mit, damit sie die Grundlagen lernen. Aber nachdem du buchstäblich eben erst zu uns gestoßen bist, will ich, dass du stattdessen einen der Ausgucke besetzt ...«

Zoya sprang auf. »Nein!«

»Wie bitte?«

»Ich will mitkommen.«

Vaspine schaute zu Rosie, die noch immer am Fenster stand. Sie hob eine Augenbraue. »Rosie«, sagte der Kapitän, »würdest du uns für einen Moment entschuldigen?«

Rosie nickte, lächelte Zoya zu und verließ die Kajüte. Als sie draußen war, beugte Vaspine sich zu Zoya. »Zoya, ich rette dich nicht vor Kane, um dich anschließend sofort in die nächste Gefahr zu bringen.«

»Aber ich muss mit«, widersprach Zoya. »Wenn Kane auftaucht und ich keine Ahnung habe, wie man kämpft, bin ich ihm hilflos ausgeliefert.«

Vaspine nickte zu den schwachen Lichtern, die durch das Fenster zu sehen waren. »Es wird gefährlich. Sie könnten Sicherheitspersonal an Bord haben, Heeresflieger. Wir wissen, was wir tun, du nicht.«

»Aber wie soll ich es denn dann je lernen?«

»Wirst du schon. Eins nach dem anderen.«

Zoya überlegte fieberhaft, wie sie ihn überreden könnte, und hob dann einen Finger. »Ich kann euch aber behilflich sein«, beharrte sie. »Ich bin gut im Anschleichen. Und ich kann Schlösser knacken. Ich bin auch aus der Zelle ausgebrochen, in die Sie mich gesteckt haben.«

Vaspine betrachtete sie nachdenklich von der Seite. Als Zoya merkte, dass sie eine Chance hatte, suchte sie im Zimmer nach einem Schloss, das sie knacken konnte. Die einzige Möglichkeit war der Safe des Kapitäns – ein schwarzer Metallkasten, der neben seinem Schreibtisch auf dem Boden stand. Zoya ging hin, kniete sich auf den Boden und machte sich an die Arbeit. Nach einer Minute ertönte aus dem hinteren Teil des Kastens ein Klicken und das Geräusch einer Sprungfeder. Die Tür öffnete sich.

Der Kapitän sah sie an und ging dann zu seinem Safe. Er beugte sich vor, musterte das Schloss, fuhr mit den Fingern darüber und dachte sichtlich angestrengt nach. Dann schloss er die Tür und brachte das Schloss wieder an. Tief in Gedanken versunken, richtete er sich auf und trat an seinen Schreibtisch. Währenddessen blieb Zoya ganz still. Sie hatte schon lange gelernt, dass sie besser den Mund hielt, nachdem sie ihren Standpunkt deutlich gemacht hatte. Schließlich wandte der Kapitän sich ihr zu. »Falls du mitkommst, bleibst du dicht an meiner Seite und bewegst dich keinen Millimeter weit fort. Verstanden?«

»Ja.«

»Und du machst genau, was ich dir sage.«

Zoya nickte.

»In diesem Fall«, sagte Vaspine, »hast du zehn Minuten, um dich fertig zu machen.«

19

Insgesamt hatten sich ein Dutzend Piraten an Deck aufgereiht und zum Entern bereit gemacht. Sie alle trugen Schwarz, selbst ihre Gesichter und Haare hatten sie geschwärzt. Einige tauschten überraschte Blicke, als sie Zoya sahen, doch Zoya lächelte sie einfach an. Links von ihr schärfte Rosie ihren Säbel, während sie mit einem der Diebe plauderte. Auch Beebee war da und umwickelte seine Hände und Gelenke, als stünde er kurz vor einem Boxkampf. Rechts von ihm stand Cid, und vor allen hatte sich Vaspine aufgebaut, der seine Mannschaft nun ansprach.

Zoya entdeckte Bucker an der Reling. Er lehnte sich darüber und schenkte dem Kapitän keinerlei Beachtung. Auf Zehenspitzen trat sie hinter ihn und tippte ihm auf die Schulter. Erschrocken wirbelte Bucker herum. Schon holte er zu einer Ausrede aus, warum er nicht zugehört hatte, als er Zoya erkannte und sich entspannte. »Mach das ja nicht noch mal!«, beklagte er sich. »Ich dachte schon, du bist Mum!«

Zoya schaute zu Rosie, die dem Kapitän lauschte. »Ähm, danke!«

Bucker lachte. »Dann kommst du also mit?«

»Solange ich mich dicht bei ihm halte.«

Bucker kam näher. »Keine Sorge. Das hat er zu mir bei meinem ersten Raubzug auch gesagt. Das hat er gleich wieder vergessen, wenn er erst merkt, dass du dich nicht so blöd anstellst.«

Zoya kletterte auf die Reling.

»Kannst du das Schiff sehen?«, fragte Bucker. »Wir verfolgen es schon eine ganze Weile.«

In der Ferne ragte der Umriss des gigantischen Himmelskreuzers auf. Selbst aus so weiter Ferne war er beinahe groß genug, um den Mond zu verdecken, sodass eine Art Strahlenkranz in Form eines Schiffs entstand, der gleichzeitig schön, aber auch ganz schön gruselig war. Am Rumpf des Kreuzers prangten die schwachen Lichter, die Zoya von der Kapitänskajüte aus beobachtet hatte. Nun konnte sie erkennen, dass es Bullaugen waren. Außerdem sah sie bunte Blitze über dem Schiff, die aufflammten und wieder verloschen: Spinnennetze, Fontänen und Kreisel.

»Wow«, flüsterte Zoya. »Ich dachte, Feuerwerke wären auf Luftschiffen nicht erlaubt.«

»Sind sie auch nicht«, sagte Bucker. »Sie könnten andere Piloten erschrecken. Aber die Kreuzer brennen sie trotzdem ab. Ist schon krass, womit man durchkommt, wenn man reich ist.«

Zoya betrachtete den Kreuzer und runzelte die Stirn. »Wie ist eigentlich der Plan?«

»Heute Abend findet auf dem Schiff ein besonderes Galadinner statt – für stinkreiche Familien, die in diesem Himmelsabschnitt mit Waffen handeln«, erklärte Bucker. »Deshalb auch das Feuerwerk. Wir schleichen uns an Bord, bahnen uns einen Weg durch die Schiffsräume und treffen uns am Speisesaal. Damit rechnen die nie.«

Zoya nickte. Nachdenklich trommelte sie mit den Fingern auf der Reling.

Bucker sah zu ihr. »Hast du Angst?«

»Wegen des Überfalls?« Zoya hörte mit Trommeln auf. »Wahrscheinlich. Ein bisschen. Obwohl es da für mich wohl auch nicht gefährlicher ist als hier.«

Zoya biss sich sofort auf die Zunge, aber es war schon zu spät. Bucker riss die Augen auf, als er begriff, was sie da gesagt hatte. Ein Geheimnis! Zoya schätzte, dass ihr etwa fünf Sekunden blieben, um sich eine Erklärung einfallen zu lassen, und zerbrach sich angestrengt den Kopf. Doch bevor Bucker etwas sagen konnte, kam Rosie Zoya zu Hilfe und zupfte sie am Ärmel. »Zoya, du hast uns gebeten, dich mitzunehmen, also hör jetzt wenigstens zu!«

Rosie drehte sich wieder zum Kapitän um. Zoya schaute zu Bucker, lächelte und zuckte entschuldigend mit den Schultern. Bevor er sie festhalten konnte, schlängelte sie sich bereits durch die Umstehenden bis an die Spitze der Gruppe. Als sie ihr Ziel erreicht hatte, war Vaspine mit seiner Ansprache fast fertig. Seine letzten Worte entlockten den versammelten Piraten ein lautes Jubeln. Er wartete, bis sie sich beruhigt hatten, dann drehte er sich Cid zu, der an der Reling lehnte und seine Pfeife rauchte. »Cid?«

»Boss?«

»Bring uns rüber.«

20

Während der nächsten Stunde steuerte Cid die *Dragonfly* auf den Kreuzer zu. Als sie in Sichtweite der Ausgucke kamen, gab Vaspine den Befehl, auch die letzten Lichter an Bord zu löschen. Am Nachthimmel so gut wie unsichtbar, sollte das Luftschiff seinen Kurs in völliger Stille weiterverfolgen. Zoya reckte den Kopf über die Außenwand und lauschte dem Wind, der über den Rumpf wehte. Der Mond, der inzwischen völlig verdeckt war, warf einen schwachen Schimmer aufs Schiffsdeck. Als Zoya genauer hinsah, konnte sie die Silhouetten von Menschen ausmachen.

Jemand tippte sie auf die Schulter. »Es geht los«, wisperte Beebee.

In der Dunkelheit konnte man schwer erkennen, wohin Beebee sie führte, daher hielt Zoya sich am Rücken seines T-Shirts fest und hoffte das Beste. Nachdem sie eine Zeit lang leise vorwärtsgeschlichen waren, erreichten sie den Bug. Vaspine führte die Gruppe zu zwei kleinen fliegenden Booten, die am Deck festgezurrt waren. Sobald er das erste erreicht hatte, blieb er stehen und teilte jedem der Piraten im Vorübergehen einen Transporter zu.

»Du fliegst mit mir«, sagte er, als Zoya an der Reihe war.

Zoya kletterte in das Luftboot und setzte sich neben Bucker. »Und jetzt?«, wisperte sie. Hinter ihr wies Vaspine dem letzten seiner Männer einen Platz zu und sprang selbst auf einen freien Sitz.

»Jetzt kommt der schwierige Teil«, meinte Bucker. »Wir müssen auf ihr Schiff, ohne dass sie es merken.«

Vaspine gab beiden Booten das Zeichen zum Abflug. Sirrend erwachten die Motoren zum Leben, bevor die Beiboote in Richtung des Kreuzers davonschwebten. Die Piraten schwiegen, blickten nach vorn oder zurück zur *Dragonfly*, um die seltene Gelegenheit zu nutzen, das Schiff einmal von oben zu sehen. Die Motoren waren so leise, dass Zoya ein ganz mulmiges Gefühl bekam und heimlich darauf hoffte, etwas würde die Stille durchbrechen. Sie stellte sich vor, dass vielleicht jemand husten müsste – und spürte tatsächlich gleich darauf im eigenen Hals ein Kratzen. Sie schlug eine Hand auf den Mund, um den Laut zu dämpfen, doch schon hatte sich ein kurzes, abgehacktes Husten Luft verschafft.

»Absolute Stille«, zischte Vaspine und warf Zoya einen schneidenden Blick zu.

Langsam nahmen die Boote Position mittig hinter dem Kreuzer ein. Sie glitten näher, bis Zoya den Kiel des gewaltigen Schiffes im Wind knarren hörte. Jetzt waren sie so dicht an dem Luftschiff, dass Vaspine leise die Unterseite des Rumpfs abklopfen konnte, wenn er aufstand. Er wiederholte das so oft, bis er die Stelle gefunden hatte, nach der er suchte, und ließ dann beide Boote anhalten.

»Hier.« Er winkte Beebee zu sich.

Beebee stand auf und holte aus seinem Fußraum ein Gerät, das Zoya noch nie im Leben gesehen hatte. Es war so groß wie Beebees Unterarm, hatte am einen Ende einen glänzenden Griff und einen Abzug, und am anderen ein gezacktes rundes Sägeblatt. Beebee hob das Werkzeug über den Kopf, legte einen Schalter um und machte sich daran, ein Loch in den Rumpf zu sägen, ohne dabei Lärm zu verursachen.

»Der Doc«, murmelte Bucker.

»Was?«, flüsterte Zoya.

»Die Säge – sie gehört dem Doc. Er hat sie gebaut, bevor er gegangen ist. Arbeitet mit Vibration, das Ding.«

Zoya sah zu, wie Beebee einen großen Kreis in den Schiffskiel schnitt. Nach einigen Sekunden war er fertig und die Männer hoben die Holzplatte herunter, bevor sie sie über Bord warfen. Zoya beobachtete, wie sie in der Finsternis verschwand.

»Alle Mann bereit?«, fragte Vaspine.

Der Kapitän erhielt ein Dutzend geraunte »Ja«s, bevor ein Pirat nach dem anderen die Beiboote verließ und sich durch das Loch in den Kreuzer zog. Der Letzte war der Kapitän selbst. Sobald auch er an Bord des Vergnügungsfliegers war, nickte er der Frau zu, deren Aufgabe es war, die Gefährte zurück zur *Dragonfly* zu fliegen. Zoya sah, wie sie die Boote miteinander vertäute und anschließend die Motoren startete. Während ihre einzige Möglichkeit zur Flucht davonglitt, stellte sich in Zoyas Magen ein ungutes Gefühl ein. *Dann machen wir am besten keinen Fehler.*

Vaspine wirkte so ruhig und gelassen wie immer. In der Dunkelheit des Laderaums entzündete er an seinem Daumennagel ein Streichholz und wandte sich dann seinen Piraten zu. »Wir bilden Gruppen. In zehn Minuten treffen wir uns. Keine Fehler und absolut niemand wird verletzt. Verstanden?«

»Verstanden.«

Vaspine pustete die Flamme aus. »Dann los!«

21

Zoya hielt sich dicht bei Vaspine, während die übrigen Piraten in verschiedene Richtungen ausschwärmten. Das wenige, was sie sehen konnte, verriet ihr, dass sie sich im Motorraum des Kreuzers befanden. Ringsum standen große Türme aus Metall, die bis an die Decke reichten und rhythmisch zischten und knackten. Die Luft im Raum war heiß und dampfig, zudem roch es durchdringend nach schwerem Öl, was Zoya zum Würgen brachte.

Vaspine führte sie durch dieses Labyrinth: Er lief im Zickzack nach links und nach rechts, als wäre er den Weg schon Tausend Mal gegangen. Irgendwann begriff Zoya, dass sie ein Licht am anderen Ende des Decks ansteuerten. Dort stand auf einer Türschwelle einer der Maschinenführer des Kreuzers und mampfte ein Sandwich.

»Wie kommen wir da vorbei?«, wisperte Zoya.

Vaspine, der hinter einer Motorenpumpe in Deckung gegangen war, zwinkerte ihr zu. »Pass auf.«

Geduckt jagte der Kapitän hinter der Pumpe entlang, bis er direkt hinter dem Techniker stand. Der Mann, der von all dem nichts mitbekam, kaute fleißig weiter und starrte ins Leere. Dann holte Vaspine aus seinem Tornister ein kurzes Stück Metall. Nachdem er diesem einen Kuss aufgedrückt hatte, warf er ihn ins Getriebe, das neben der Verschalung der Pumpe verortet war. Scheppernd fiel das Stück Metall ins Räderwerk, das kurz darauf zum Stillstand kam, während zu beiden Seiten kleine Rauchsäulen aufstiegen. Der Maschinenführer hörte den Lärm, legte sein Sandwich beiseite und trottete darauf zu. Schneller als der Blitz sprang Vaspine aus seinem Versteck, packte den Mann an einer Stelle zwischen Genick und Schulter und hielt ihn kurz fest, bis er ihn bewusstlos zu Boden gleiten ließ.

Zoya schüttelte fassungslos den Kopf und konnte nicht glauben, was sie gesehen hatte. Eben noch war der Techniker hellwach gewesen und jetzt schlummerte er tief und fest, nach nur einem Handgriff. Bevor sie weiter darüber nachgrübeln konnte, winkte Vaspine sie zu sich. »Hilf mir, ihn da drüben in den Lagerraum zu schaffen.«

Zoya griff sich die Beine des Mannes und hob sie an. Der Techniker war schwer, aber mit vereinten Kräften gelang es ihnen, ihn in den Raum zu tragen. Sobald er gut versteckt war, schleifte Vaspine einige Kisten vor die Tür, die in einem unordentlichen Stapel an der gegenüberliegenden Wand lehnten. Nachdem auch das erledigt war, holte er aus seiner Weste ein Taschentuch und wischte sich den Staub von den Händen. »Der Odessa-Griff«, erklärte er dabei. »Schaltet einen Mann schneller aus als ein Schlag gegen den Kopf.«

»Wie?«, wollte Zoya wissen.

Vaspine grinste. »Na so.«

Er legte Daumen und Zeigefinger seiner rechten Hand an Zoyas Genick, genau an die Stelle, die er auch bei dem Maschinenführer berührt hatte. Bereits bei minimalem Druck spürte Zoya, wie ihr Puls sich beschleunigte, ihr schwarz vor Augen wurde und ihr ganzer Körper zu kribbeln anfing. Bevor Zoya dem Techniker auf den Boden folgte, löste Vaspine den Griff. Kurz darauf fühlte Zoya sich wieder normal.

»Wahnsinn.«

»Gut«, sagte der Kapitän, »weil du nämlich den Nächsten übernimmst.«

Zoya blieb der Mund offen stehen. Noch bevor sie protestieren konnte, war Vaspine schon durch die Tür geschlüpft und stieg eine Treppe in den Bauch des Schiffs hinauf. Zoya musste rennen, um nicht den Anschluss zu verlieren. Dabei rieb sie sich den Nacken an der Stelle, an der Vaspine sie gekniffen hatte. Der Kapitän bewegte sich flink wie eine Katze und sprang von einer Wand zur anderen, um nicht entdeckt zu werden. Gemeinsam stahlen sie sich auf leisen Sohlen durch den Kreuzer – vorbei an vornehmen Salons, Küchen, Kajüten –, heimlich, still und leise, wann immer es möglich war. Und wann immer es nicht anders ging, schickten sie diejenigen, die ihnen in den Weg kamen, schlafen. »Das Letzte, was wir gebrauchen können, ist, sie zu alarmieren, noch bevor wir überhaupt richtig angekommen sind«, sagte Vaspine.

Schließlich bogen sie um eine Ecke und standen vor einer gewaltigen Flügeltür aus Eichenholz. Auf einer Plakette über dem Eingang war das Wort »Speisesaal« eingraviert. Vor der Tür stand ein Servierwagen, beladen mit großen silbernen Tabletts. Vaspine ging darauf zu und griff sich einen der großen silbernen Teller. Er drehte ihn, sodass er darin sein Gesicht betrachten konnte und fing an, seine Frisur zu richten. Als er zufrieden war, warf er Zoya ein breites Lächeln zu, bevor er die Türen aufstieß.

Im Raum blickten geschätzt hundert reiche Leute von ihrem Abendessen auf. »Hoch mit den Pfoten, Ladys und Gentlemen«, sagte Vaspine. »Dies ist ein Überfall!«

22

Langsam breitete sich im Saal Stille aus. Die Speisenden legten ihr Besteck beiseite und blickten Vaspine sowie die übrigen Piraten, die aus verschiedenen Ecken im Zimmer aufgetaucht waren, an. In der Hälfte der Gesichter spiegelte sich Schock, die andere Hälfte lächelte lebhaft. Einer oder zwei lachten sogar.

»Immer dasselbe«, wisperte Bucker, der sich von seinem Einstiegspunkt nahe der Küche zu Zoya vorgearbeitet hatte. »Die Hälfte kapiert, dass sie ausgeraubt werden, die anderen glauben, wir gehören zum Unterhaltungsprogramm.«

Wie um das zu unterstreichen, stand ein dicker Mann mit buschigen Koteletten von seinem Stuhl auf und klatschte begeistert. »Bravo!«, rief er. »Diese Kreuzfahrt wird immer besser!«

Der Kommentar des Dicken überzeugte weitere Passagiere davon, dass dieser sogenannte Überfall reines Entertainment war, und auch sie spendeten Beifall. Als zwei wachhabende Soldaten des Fliegerheers auf die Eindringlinge zumarschierten, jubelten sie sogar noch lauter.

»Gebt ihnen für mich eins auf die Nase!«, rief der Mann mit den Koteletten und hieb schwungvoll in die Luft.

Die Beamten sahen aus wie die, die Zoya vor dem Waisenhaus gesehen hatte, nur dass diese hier Elektroschocker in den Händen hielten.

Sobald Vaspine die Männer auf sich zustapfen sah, schaute er sich im Saal nach Beebee um. Er entdeckte ihn neben einem der Esstische. Ohne Worte gab der Kapitän dem Riesen zu verstehen, was er von ihm wollte. Als würde er gelassen an einem sonnigen Strand entlangschlendern, trat Beebee zwischen den Kapitän und die Soldaten. Trotz ihrer beachtlichen Größe wirkten die Männer neben Beebee, der beide um einen Kopf überragte, wie Zwerge. Bei seinem Anblick hoben sie ihre Waffen. »Könnt ihr gerne versuchen«, meinte Beebee und nickte zu den Elektroschockern, »aber mehr als kitzeln werden die Dinger mich nicht. Wenn ich euch allerdings erwische, werdet ihr euch vorkommen, als wäre euch ein Berg auf die Birne geknallt.«

Die Soldaten starrten den Hünen an. Alle im Saal hielten den Atem an. Sekunden verstrichen, in denen sich die Heeresflieger ansahen, bevor sie stumm die Entscheidung fällten, ihre Elektroschocker fallen zu lassen und sich an den Rand des Salons zurückzuziehen.

»Tut mir leid, Sie darüber informieren zu müssen, dass dies keine Showeinlage ist«, verkündete Vaspine. »Ich bin Luftpirat Carlos Vaspine und das ist meine Mannschaft. Wir sind hier, um Sie auszurauben. Wir sind nicht gekommen, um Ihnen wehzutun. Gleich werden diese wundervollen Menschen hier Sie mit einem Seil an ihren Stuhl fesseln. Wenn wir fort sind, dürfen Sie das Seil gerne behalten. Betrachten Sie es als kleine Erinnerung. In der Zwischenzeit werden Sie sich benehmen, sonst wird mein Freund hier ein Wörtchen mit Ihnen zu reden haben.« Vaspine drehte sich zu Beebee um, der breit lächelte.

Eine Viertelstunde lang gingen die Piraten, einschließlich Zoya, durch den Raum, banden die Gäste an ihren Stühlen fest und erleichterten sie um Geld und Schmuck. Vaspine folgte ihnen, redete mit jedem Passagier und versicherte, dass sämtliches Geld einem guten Zweck zukommen würde. »Jede einzelne Münze wird in den Händen von jemandem landen, der sie nötiger hat als Sie oder ich«, erzählte er einer erzürnten Dame. »Ich hoffe, dadurch fühlen Sie sich ein wenig besser.«

Nachdem alle vertäut und ausgeraubt waren (in ihrem ganzen Leben hatte Zoya noch nie so viele Münzen, Ringe, Ketten und Armbänder gesehen), befahl Vaspine seiner Crew, die Beute in zwei Säcken zu verstauen, die an der Stirnseite des Saals lagen. Daneben stand Rosie und hielt Wache, während ihr Säbel im Schein der Kerzenleuchter funkelte. Nach getaner Arbeit versammelten sich die Piraten bei Rosie, und Vaspine trat vor die Passagiere. »Herzlichen Dank«, rief er, »Sie waren ein wundervolles Publikum. Wir berauben Sie gerne bald wieder.«

Er wartete auf Lacher. Die allerdings ausblieben.

»Kleiner Scherz«, murmelte er. »Nur so aus Interesse, wer ist eigentlich der Kapitän?«

Köpfe wandten sich um. Weit hinten im Zimmer schüttelte sich ein stämmiger Mann ein paar Haarsträhnen aus den Augen und straffte die Schultern. »Ich bin der Kapitän. Was wollen Sie?«

»Auf ein Wort, Mr …?«

»Bullenherz.«

»Auf ein Wort, Kapitän Bullenherz.«

Beebee schlängelte sich an den Tischen vorbei, band den Kapitän von seinem Stuhl und hob ihn von den Füßen. Zoya nutzte die Gelegenheit, um sich von Vaspine zu Bucker zu schleichen, der gedankenverloren ein paar Erdbeeren vom Büfett stibitzte. »Das ist total super«, flüsterte sie.

»Kannst du laut sagen!« Vergnügt steckte Bucker sich eine weitere Beere in den Mund.

»Nicht die Erdbeeren, das Plündern!«

»Ach so.« Er lächelte. »Ja, total.«

Zoya stutzte über seine fehlende Begeisterung. »Findest du nicht?«

»Doch schon, nur hab ich das alles schon tausend Mal mitgemacht.« Er zuckte mit den Schultern. »Dreh dich mal um. Was jetzt kommt, wird dir gefallen.«

Zoya wirbelte herum und sah, wie der Kapitän des Kreuzers sich Vaspine näherte. Der packte Bullenherz grob an der Schulter und drehte ihn so, dass beide den Reisenden den Rücken zukehrten. Beebee stellte sich zwischen die zwei und die Menge, sodass jedem der Blick versperrt war.

»Und jetzt?«, fragte Zoya.

Bucker gab ihr mit einem Nicken zu verstehen, dass sie weiter zuschauen sollte.

Nachdem Vaspine sichergegangen war, dass keiner der Passagiere sie beobachten konnte, nahm er die Hand vom Arm des Kapitäns und richtete dessen Jackett. Er zog einen kleinen Beutel aus der Tasche seiner Weste und leerte den Inhalt in die Hand von Kapitän Bullenherz. Fünf Münzen kullerten heraus, die er aufmerksam abzählte, bevor er sie zurück in den Beutel steckte und diesen in die Tasche von Kapitän Bullenherz gleiten ließ.

»Oh«, sagte Zoya, der die Wahrheit dämmerte. »Er steckt mit Vaspine unter einer Decke!«

Bucker lachte. »Zoya, ich mag dich, aber die Hellste bist du echt nicht!« Damit trottete er ein Stück weiter das Büfett entlang und machte sich über den Kuchen her.

23

Dem Dicken mit den buschigen Koteletten, der »Bravo!« geschrien hatte, als die Piraten in den Saal geplatzt waren, stand der Sinn sicher nicht mehr nach Kuchen. Seine anfängliche Begeisterung hatte sich inzwischen in Wut verwandelt. Düster starrte er Vaspine und den Kreuzerkapitän an. Zoya folgte seinem Blick.

»Das ist genial«, sagte Vaspine. »Ich bin dir was schuldig.«

»Du hast ja keine Vorstellung!«, raunte Bullenherz, der darauf bedacht war, leise zu sprechen. »Das Fliegerheer war da und hat Fragen gestellt wegen all der Luftschiffe, die rein *zufällig* unter meinem Kommando geplündert wurden.«

Vaspine zauberte eine weitere Münze aus der Tasche und steckte sie in die des Kapitäns.

»Diesmal reicht das nicht, Carlos. Sie sind uns wirklich auf den Fersen. Würde mich nicht überraschen, wenn sie uns auch jetzt beobachten.«

Vaspine tat die Sorgen des Kapitäns mit einer wegwerfenden Handbewegung ab.

»Wie auch immer«, fuhr Bullenherz fort. »Wir werden das hier eine Weile nicht mehr durchziehen können. Soll das Fliegerheer jemand anderem auf die Finger schauen.«

»Mir soll es recht sein«, meinte Vaspine. Sein Tonfall ließ jedoch vermuten, dass er, sobald er den Kreuzer verließ, das Ganze bereits wieder vergessen haben würde. »Dann wollen wir dich mal zurück an deinen Platz bringen. Alles wie gehabt?«

»Wie gehabt«, stimmte Bullenherz zu.

Damit rauschte er an Vaspine und Beebee vorbei zurück zu den Passagieren. Vaspine brüllte ihm übertrieben beleidigt nach: »Wie können Sie es wagen, uns Banditen zu nennen? Wir sind Helden!«

»Gauner!«, donnerte Bullenherz.

»Helden!«

Auf halbem Weg drehte der Kapitän des Kreuzers sich noch einmal um. »Sir, wahre Helden besitzen Ehre. Sie entern keine wehrlosen Schiffe, rauben die Passagiere bis aufs Hemd aus und binden Damen wie Kriminelle an Stühle!« Er hob die Hand und ließ sie demonstrativ durch den Raum gleiten. »Eine Schande ist das!«

»Jetzt reicht es aber!«, rief Vaspine und stürmte auf den Kapitän zu, bevor Beebee ihn schnappte und zurückhielt.

»Ganz recht, halten Sie ihn zurück«, brüllte Bullenherz. »Bevor ich ihm eine Tracht Prügel versetze, von der ihm die Ohren schlackern!« Er schaute in die Reihen der Passagiere und hob herausfordernd die Fäuste, wofür er lauthals angefeuert wurde.

»Aufschneider!«, dröhnte Vaspine, drohte ebenfalls mit der Faust und setzte sich gegen Beebees eisernen Griff zur Wehr. Als Vaspine sich etwas beruhigt hatte, entließ Beebee den Käpt'n aus seinem Griff, überließ die beiden vermeintlichen Streithähne sich selbst und trat an den Rand des Speisesaals. Er sah wie alle anderen zu, wie die Kapitäne sich weiter gegenseitig beschimpften.

Zoya verfolgte das Schauspiel, bis sie aus dem Augenwinkel eine Bewegung wahrnahm. Rechts von ihr hockte der Mann mit den buschigen Koteletten. Wie die übrigen Fahrgäste war er an seinen Stuhl gefesselt, die Hände hinter dem Rücken festgebunden. Zoya wusste nicht, woran genau es lag, doch etwas daran, wie er sich auf seinem Platz wand, stimmte nicht. Bevor sie ein Wort herausbrachte, hatte der Mann seine Arme befreit und das Seil auf den Tisch gelegt. Als Zoya begriff, was vor sich ging, hatte der Dicke bereits ein Steakmesser gepackt und stürmte damit auf Vaspine und Bullenherz zu, die weiter ihre Show zum Besten gaben.

Zoya war wie erstarrt.

Sie wartete darauf, dass sonst jemand etwas bemerkte, doch alle anderen verfolgten gebannt das Geschehen vorne im Saal. Die Zeit schien stillzustehen. Der Mann rannte durchs Zimmer. Sein Ziel war eindeutig Vaspine. Jeder seiner Schritte war in Zoyas Ohren wie ein Donnerschlag. Sie sah, wie er das Messer hob und sich zum Zustechen bereit machte. Ohne nachzudenken, setzte Zoya sich in Bewegung. Sie sprintete über den Holzboden und versuchte, den Angreifer einzuholen. Beebe hörte ihre Schritte und drehte sich neugierig um. Als er den Angreifer sah, spannte er jeden einzelnen Muskel an, nur stand er zu weit entfernt, um helfen zu können. Zoya rannte noch schneller, bis sie direkt hinter dem Dicken war. Sie sprang auf seinen Rücken, umklammerte mit einem Arm seinen Hals und zog kräftig daran, sodass er das Gleichgewicht verlor und mit einer uneleganten Drehbewegung zu Boden fiel – leider genau auf sie. Dermaßen eingeklemmt, konnte Zoya kaum atmen. Als der Mann das begriff, grinste er schadenfroh. Dann hob er das Steakmesser …

Zoya schrie.

Wie von selbst riss sie die rechte Hand hoch und grub dem Dicken Daumen und Zeigefinger ins Genick. Sie spürte, wie sein Puls unter dem Druck zu rasen anfing. Dann sah sie, wie sein Blick sich verschleierte und ein leichtes Schaudern durch seinen Körper fuhr. Kurz darauf schlossen sich seine Lider und er wurde schlaff. Gerade noch rechtzeitig bemerkte Zoya, dass das ausgestreckte Messer auf ihre Brust hinuntersauste und versetzte dem Dicken einen Tritt mit den Knien, sodass er nach links geworfen wurde, während sie nach rechts auswich. Mit einem dumpfen Laut knallten der Angreifer und das Messer zu Boden.

Ohne sich aus dem Konzept bringen zu lassen, machte Vaspine einen Satz vorwärts. »Sehen Sie, Bullenherz, nicht einmal Ihr bester Mann kann mir etwas anhaben.«

Bullenherz, der Vaspines Improvisationstalent offenbar amüsant fand, unterdrückte ein Lachen.

»Ja, ich fände es ebenfalls lächerlich, wenn man mein Luftschiff so leicht ausrauben könnte«, fuhr Vaspine fort, während er durch den Saal stolzierte wie über eine Bühne. Er trat ans Fenster und sah nach draußen. Neben dem Kreuzer flog die *Dragonfly.* »Nun, ich habe nicht den ganzen Tag Zeit«, sagte er an die Passagiere gewandt. »Wenn Sie mich also entschuldigen würden, ich wäre bereit zum Abflug.« Damit rammte Vaspine den Griff seines Schwertes durch die Scheibe, trat an den Rahmen und stürzte sich in die Tiefe.

Die Menge keuchte erschrocken auf. Wenig später machten

sich die Piraten daran, ihrem Kapitän zu folgen. Zoya spürte, wie sie am Kragen gepackt und zum Bullauge geschleift wurde. Das Letzte, was sie sah, als man sie rückwärts vom Schiff riss, war das verdutzte Gesicht des Dicken, der eben wieder zu sich kam.

24

Nach allem, was passiert war, erwies sich die Flucht von dem Kreuzer als vergleichsweise unaufgeregt. Beim Sprung auf die *Dragonfly* wurden alle von Vaspine aufgefangen. Nachdem er sich vergewissert hatte, dass es allen gut ging und niemand zurückgeblieben war, nickte er Cid zu, der sie daraufhin schleunigst fortbrachte. Allerdings blieb Cid dabei auffällig gelassen – er wusste, dass der Koloss von Vergnügungsflieger viel zu ungelenk war, um sie zu verfolgen.

Die Piraten, die an dem Raubzug dabei gewesen waren, teilten sich auf und kümmerten sich um die anstehenden Aufgaben. Bucker stand eine Nachtschicht bevor, also puffte er Zoya zum Abschied mit der Faust gegen die Schulter und kletterte dann auf den Hauptmast.

Zoyas Herz klopfte noch immer wie wild, daher beschloss sie, vor dem Schlafengehen noch eine Weile an Deck zu bleiben, um sich zu beruhigen. Alles, was sie über Luftpiraten gelesen hatte – das poltrige Auftreten, das Gold, die Juwelen, die waghalsigen Fluchtmanöver – war nichts im Vergleich zur Wirklichkeit. Das Entermanöver, das Einschleichen, wie Vaspine die Passagiere getäuscht hatte, Bullenherz, ihr Gerangel mit dem Dicken, der dramatische Abgang des Kapitäns – das alles begeisterte Zoya. Sie wollte auch ein Luftpirat sein, daran bestand jetzt nicht mehr der geringste Zweifel.

Sie würde hart dafür arbeiten müssen. Für Kane zählte ihre Herkunft, doch der Besatzung der *Dragonfly* würde es ziemlich egal sein. Das Schiff war wie eine gut geölte Maschine. Jedes Rädchen hatte seine Aufgabe zu erfüllen. Hier musste man sich seinen Platz verdienen. Zoya musste etwas finden, das nur sie allein beherrschte, etwas, womit diese Maschine noch besser lief. *Dem Käpt'n das Leben zu retten war kein schlechter Anfang.*

Auf dem Deck blieb alles still. Es gab nur einen kurzen Moment der Panik, als Bucker ein Luftschiff entdeckte, dass ihnen steuerbord folgte. Einige Besatzungsmitglieder redeten sich ein, es wäre eine Patrouille des Fliegerheers, die es auf sie abgesehen hatte, doch Cid vertrieb solche Gedanken. »Wenn das eine Patrouille ist«, sagte er, »bin ich ein Zauberlehrling.«

Cids Zuversicht konnte die Piraten an Deck wenig beruhigen. Nervös warteten sie ab, bis das unbekannte Schiff nahe genug heran war, um sich als Frachtgleiter herauszustellen. »Abrakadabra«, meinte Cid.

Zoya ließ den Piloten kichernd auf der Brücke zurück und ging schlafen.

Als ein Crewmitglied sie weckte und in die Kapitänskajüte schickte, stand die Sonne bereits hoch am Himmel. Als Zoya dort ankam, zählte Vaspine gerade die Beute, die sie in der Nacht zuvor erobert hatten. »Luftpirat zu sein ist harte Arbeit«, sagte er, ohne aufzuschauen. »Ständig ist man auf der Flucht und damit beschäftigt, anderen Schiffen ihre Schätze abzuluchsen. Aber ein Beutezug wie der hier macht das alles wett.«

»Absolut«, stimmte Zoya zu. »Davon könnte ich mein ganzes Leben lang leben.«

»Könntest du«, meinte Vaspine, »wirst du aber nicht. Jeder Penny landet bei Leuten, die es nötig haben.« Er hielt inne und musterte Zoya, bevor er ihr ein Staubtuch und eine dreckige Münze zuwarf. »Mach die sauber.« Zoya nahm das Tuch und begann, die Münze sorgfältig zu putzen. »Das war ziemlich clever, wie du mir letzte Nacht das Leben gerettet hast. Vielleicht stellst du dich als nützlicher heraus, als ich angenommen hatte.«

Zoya nickte. »Ich fand's klasse. So etwas Aufregendes habe ich noch nie erlebt.«

»Wenn ich jedes Mal eine von denen hier bekommen würde, wenn ein junger Pirat das sagt …« Vaspine begutachtete eine Münze im Lampenlicht.

»Dann sind Raubzüge nicht immer so?«

»Ach, spaßig sind sie immer«, sagte Vaspine. »Nur der Rest ist nicht so aufregend.«

»Wie meinen Sie das?«, wollte Zoya wissen, während sie an einem hartnäckigen Dreckfleck herumschrubbte.

Der Kapitän ließ seine Münze sinken und ging ans Fenster. Er öffnete die Läden, sodass man das Deck sehen konnte, und deutete auf die Piraten – manche plauderten, andere warteten, wieder andere eilten umher, führten Reparaturen am Schiff durch oder putzten. »So sieht das durchschnittliche Leben eines Luftpiraten aus«, sagte Vaspine. »Nicht besonders prunkvoll.«

»Aber Raubzüge gehören doch dazu, oder nicht?«

»Schon«, stimmte Vaspine zu, schloss die Läden und ging an seinen Schreibtisch zurück, »aber das Schiff flugtüchtig zu halten – vor allem ein so altes wie das hier – kostet uns die meiste Zeit.«

»Ich kann helfen«, bot Zoya an.

Vaspine nickte. »Das wird die Mannschaft gerne hören. Ich habe deinen Eltern versprochen, dich und diese Kette von Kane fernzuhalten. Doch die Crew wird nicht so selbstlos sein wie ich. Noch haben sie keinen Schimmer, wer uns auf den Fersen ist. Wenn du willst, dass sie dich beschützen, wenn die Zeit gekommen ist, musst du eine von ihnen werden. Und das bedeutet, so zu schuften, wie sie es tun. Zeig mir die Münze.«

Zoya warf sie ihm zu. Sie schimmerte und funkelte im Licht der Laterne. »Gibt es schon was Neues?«, fragte sie.

»Von Kane?«

Zoya nickte.

»Nein.«

Zoya biss sich auf die Lippe. »Was machen wir jetzt?«

Vaspine ließ Zoyas Münze durch seine Finger wandern. Nach kurzem Überlegen klopfte er damit auf den Schreibtisch. »Ich überlege mir was«, sagte er. »Fürs Erste: Bleib wachsam. Sobald dir irgendetwas Merkwürdiges auffällt, sag es mir. Und, Zoya?«

»Ja?«

»Mach dir keine Sorgen.«

Damit nickte Vaspine in Richtung Ausgang und winkte Zoya hinaus. Nachdem sie die Tür hinter sich geschlossen hatte, stand sie unschlüssig auf dem Deck herum. Eines war ihr im Leben inzwischen klar geworden: Wenn jemand sagte, man solle sich keine Sorgen machen, gab es definitiv einen Grund, genau das zu tun.

25

Nach dem Gespräch mit dem Kapitän verbrachte Zoya den Vormittag damit, so viel zu fegen, zu wischen, zu schrubben, zu kehren und Staub zu wischen, dass sie ehrlich froh war, als Bucker – der übers Deck stolperte und eine Stunde zu spät zu seiner Ausgucks-Schicht kam – ihr eine Pause anbot.

»Außerdem«, meinte er, als er die Schwielen auf Zoyas Händen betrachtete, »scheint mir das echt kein Spaß zu sein.«

Bucker nahm sie mit ins Krähennest am Hauptmast, wo er sich stöhnend auf einen Stapel Kissen fallen ließ. Dann arrangierte er seine Polsterburg, bis er alles dort hatte, wo es ihm am besten passte. Als er fertig war, lehnte er sich zurück und musterte Zoya. Nach einigen Sekunden beugte er sich vor und hob einen Finger, als wollte er etwas sagen, ließ sich dann aber wieder zurück in die Kissen sinken und starrte Zoya unverwandt an. Sie warf ihm einen Blick zu, als hätte er nicht mehr alle Tassen im Schrank. Schließlich rückte er mit der Sprache heraus: »Meine Mum hat mir verboten, dich zu fragen, was ich gleich frage. Aber ich glaube, du würdest es mir gerne sagen, deshalb mach ich's trotzdem.«

»Okay …«

»Als wir gestern dem Feuerwerk zugeguckt haben, kurz vor dem Plünderausflug auf den Kreuzer, hast du was davon gesagt, dass du in Gefahr bist. Wie war das gemeint?«

Zoya lief rot an. »Gar nicht.«

»Zoya, wenn du mich noch mal anlügst, schmeiß ich dich aus dem Nest. Dann *bist* du in Gefahr.«

In Buckers Augen lag ein Funkeln, das Zoya davon überzeugte, dass er es ernst meinte. »Wenn ich es dir sage«, antwortete sie, »darfst du keinem was verraten. Versprochen?«

»Versprochen.«

Zoya erzählte Bucker ihre ganze Geschichte – über die Zeit im Waisenhaus, den Tag des Museumsausflugs, das Zusammentreffen mit Kane, Mr Whycherley, die Entführung, die versuchte Flucht, alles, was Vaspine ihr über ihre Eltern und den Anhänger berichtet hatte. Alles.

Als sie fertig war, lehnte Bucker sich gegen die Wand des Krähennests und atmete hörbar aus. »Wow«, sagte er. »Ich hatte mit irgendwas Coolem gerechnet, aber nicht mit so was. Ha! Du bist Jupiters Tochter. Du bist berühmt!«

Wieder wurde Zoya rot.

»Darf ich sie mal sehen?«

Zoya griff nach ihrer Kette. Vaspine hatte sie davor gewarnt, sie jemandem zu zeigen, aber die Art, wie Bucker sie darum gebeten hatte, fand sie vertrauenerweckend. Nein, Bucker *selbst* hatte etwas Vertrauenerweckendes an sich. Sie öffnete den Verschluss, nahm den Anhänger vom Hals und legte ihn in seine Hand.

»Ganz schön schwer«, meinte er.

Der Talisman hatte die Farbe von Onyx und hing an einer Kette aus schwarzen und blauen Perlen, die so groß wie Linsen waren. Er selbst war oval und glatt wie ein Kiesel. Bucker ließ ihn in der Handfläche hüpfen, um das Gewicht zu schätzen, bevor er ihn ruhig betrachtete. »Und was will er von dir?«

»Kane?«

Bucker nickte.

»Keine Ahnung«, sagte Zoya. »Das wüsste ich auch gerne.«

Sie überließ Bucker die Kette noch einige Sekunden, bevor sie danach griff und sie anlegte. Eine Weile saßen sie schweigend da. Das Luftschiff flog durch einen geschäftigen Himmelsabschnitt – Zoya sah ein halbes Dutzend Schiffe in ihrer Nähe, die wie bei einem Tanz aneinander vorbeimanövrierten. In der Ferne, etwas undeutlich im Schatten eines Berges, entdeckte sie einen Gleiter, der größer war als alle anderen zusammengenommen – wie ein Sechseck aus grauen und orangefarbenen Plattformen, auf denen zum Teil hohe weiße Aufbauten emporragten. Manche Decks beheimateten Kräne, Leitern und Stege. Über allem prangte ein projiziertes Bild, das Zoya allerdings nicht erkennen konnte.

»Was ist das?«, fragte sie Bucker.

Er warf einen Blick über die Schulter. »Ach das – ein Stützpunkt des Fliegerheers.« Er sah nach steuerbord. Die *Dragonfly* glitt in die entgegengesetzte Richtung davon. »Gut, Cid hat ihn schon gesehen.«

»Nein«, sagte Zoya, »ich meine die Projektion.«

»Ach so. So was hat jeder Luftstützpunkt. Ist ein Hologramm – so eine Art Wetterkarte von der Gegend, die sämtliche Gewitterwolken, Tornados, Hurrikans und Sandstürme anzeigt.« Er blinzelte gegen die Sonne. »Warum? Erzähl mir jetzt nicht, dass ein Tornado im Anzug ist!«

Zoya kicherte. Trotzdem bereitete ihr etwas an dem Hologramm ein mulmiges Gefühl. Sie lehnte sich im Ausguck zurück und schnappte sich ein Fernglas, das unter dem Kissenberg vergraben lag. Sobald sie es an die Augen gesetzt hatte, konnte sie den Stützpunkt deutlich sehen. Sie ließ den Blick darüberwandern, betrachtete die Kräne, zoomte an einzelne Soldaten heran und schmunzelte darüber, dass sie sie so deutlich beobachten konnte, während die Männer nicht einmal wussten, dass sie existierte. Schließlich richtete sie das Fernglas auf das Hologramm. Ein erschrockener Laut entkam ihren Lippen.

»Was ist?«, fragte Bucker.

Zoya reagierte nicht. Sie blickte auf ein perfektes Abbild von Lendon Kane mit Zylinder und Stock, fünfzehn Meter hoch und so breit wie ein Haus.

26

Zoya starrte das Hologramm an. Die Umrisse waren verschwommen, trotzdem war Kane nicht zu verkennen – die Augen, der Bart, der drahtige Körperbau, das alles gehörte eindeutig zu dem Mann in Schwarz. Das Fernglas weiterhin an die Augen gepresst, griff sie hinter sich, bis sie Buckers Hemd ertastete und ihn zu sich zog. »Ich glaube nicht, dass dieses Ding das Wetter anzeigt.«

Bucker sah noch einmal zu dem Stützpunkt. Diesmal entdeckte auch er den merkwürdigen Schemen, an dessen Stelle die Karte hätte sein sollen, und riss Zoya das Fernglas aus den Händen. Sekundenlang musterte er das Bild. Er öffnete den Mund, doch bevor er ein Wort herausbrachte, hörten sie unter sich auf Deck lauten Aufruhr. So schnell es ging, kletterten sie hinunter, um zu sehen, was vor sich ging.

Bucker und Zoya gesellten sich zu einer kleinen Gruppe, die sich vor Vaspines Kajüte versammelt hatte. Zoya, die am Rand stand, konnte Rosie, Beebee und Cid sehen, die ihre Mitpiraten anwiesen und Befehle gaben, den Stützpunkt möglichst schnell hinter sich zu lassen.

»Was ist los?«, fragte Bucker jemanden aus der Crew.

»Mit der Wetterkarte stimmt was nicht.«

Cid entdeckte Bucker. Seine Hand schnellte vor, um den Jungen aus der Menge zu zerren. »Wie lange ist das schon so?«, fragte er und nickte zu dem Hologramm.

»Weiß nicht«, antwortete Bucker. »Wir haben es auch eben erst gesehen.«

Kurz darauf schwang die Tür zu Vaspines Kajüte auf und der Kapitän trat heraus. Er stieß einen lauten Pfiff aus, um die Aufmerksamkeit der Mannschaft auf sich zu ziehen. »Ladys und Gentlemen, so schön ein bisschen Aufregung auch sein mag – wir haben alle schon mal eine Wetterkarte mit Fehlfunktion erlebt, und ganz bestimmt wird es auch nicht das letzte Mal sein. Jetzt geht bitte zurück an die Arbeit.«

Die Crewmitglieder ächzten.

»Ich weiß«, sagte der Kapitän. »Trotzdem. An eure Posten. Der Letzte bekommt heute nur eine halbe Ration.«

Zoya wippte auf den Füßen, unsicher, ob Vaspines Befehl auch für sie und Bucker galt. Als der Kapitän das begriff, streckte er eine Hand aus. »Ihr zwei nicht. Bleibt bei mir.«

Sie warteten, bis alle Himmelsräuber gegangen waren, dann huschten sie zum Kapitän. Ein Schatten spukte über das Deck der *Dragonfly*, als über ihnen ein Luftschiff vorbeizog. Schwarze Rauchwolken schwebten aus den Motoren auf sie herab, während ein zweites Luftschiff ihren Bug kreuzte. Mehrere Passagiere beugten sich über die Reling und betrachteten verdutzt das Hologramm.

Vaspine rief über seine Schulter. »Cid, Kurs auf den Stützpunkt!«

Der Pilot schaute zu Rosie und Beebee, dann zurück zum Kapitän. »Käpt'n, einem Stützpunkt der Heeresflieger wollen wir ganz bestimmt nicht noch näher kommen.«

»Cid«, sagte Vaspine scharf. »Bring uns hin.«

Der Pilot schüttelte den Kopf, trottete aber gehorsam zur Brücke.

»Trägt …« Rosie hielt inne und überlegte, ob sie die Frage wirklich stellen sollte. »Trägt der Kerl einen Zylinder?«

Vaspine nickte.

»Dann ist es Kane?«

»Was zum Teufel hat er diesmal vor?«, dröhnte Beebee.

Der Kapitän schaute kurz zu Zoya, dann wieder zum Stützpunkt. Innerhalb von Minuten schwenkte Cid die *Dragonfly* herum, sodass sie auf die schwebende Festung zusteuerte. Dann ließ er die Motoren an. Mehrere Luftschiffe in der Nähe taten es ihm gleich, bis sie eine Karawane bildeten – eine ordentliche Reihe aus Frachtern, Transportern und einem Patrouillenschiff des Fliegerheers, das zurück zum Stützpunkt wollte. Vor der *Dragonfly* versammelten sich immer mehr Schiffe um das Hologramm.

Zoya hörte Lärm, der zunahm, je näher sie kamen. Er schien von irgendwo nahe dem Bild zu dringen, aus Lautsprechern, sodass er durch den Himmel hallte. Zoya und Bucker wechselten einen fragenden Blick, dann hielten beide die Hand ans Ohr. Zoya lauschte angestrengt, doch die Geräusche waren zu verwaschen, um deutlich etwas verstehen zu können.

Schließlich näherte sich die *Dragonfly* dem Schwarm an Flugmaschinen. Cid manövrierte das Schiff an eine Stelle hinter einem Himmelsbus, bevor er sich zu seinen Kameraden gesellte. »Ich halte das wirklich nicht für die beste Idee, Käpt'n.« Am Unterbau des Holo-Projektors wuselte eine Handvoll Heeresflieger-Soldaten herum, die offenbar damit beschäftigt waren, herauszufinden, wo der Fehler lag. Vaspine ignorierte Cid und richtete seine Aufmerksamkeit dem Himmelsbus zu. Er hielt Ausschau nach dem Kapitän des Passagiergleiters und entdeckte ihn ganz in der Nähe, ebenfalls auf das Hologramm konzentriert. »So was!«, rief Vaspine mit freundlicher Stimme. »Was ist denn hier los?«

Der Transporterkapitän – ein kleiner Mann mit Schirmmütze – riss den Blick vom Stützpunkt los und lief auf Vaspine zu. »Ist ein verfluchtes Rätsel«, antwortete er. »Scheinbar spielen sämtliche Karten der Gegend verrückt.« Er schaute zu den Heeresfliegern und verdrehte die Augen. »Die armen Kerle scheinen keinen Schimmer zu haben, was los ist.«

Zoya betrachtete das Hologramm noch einmal. Einer der Soldaten war in die Mitte der Projektorplattform getreten und gab sich Mühe, neben Kanes Stockspitze nicht abzurutschen. Durch den Nebel war eine Projektionskammer aus Messing zu sehen, so groß wie der Soldat selbst. Darüber drehten sich zwei Räder aus Metall. Der Heeresflieger nahm einen Hammer aus dem Gürtel und ließ ihn auf das untere Rad sausen. Mit einem scheppernden Knall traf das Eisen auf das Zahnrad und das Geräusch, das Zoya zuvor gehört hatte, verstummte. Der Soldat lächelte und hob siegreich die Hände. Doch noch im selben Moment kehrte der Lärm zurück, nur lauter. Diesmal erkannte Zoya, dass es die Stimme eines Mannes war. Auch Kapitän Vaspine entging das nicht und er hob eine Hand, um die Mannschaft hinter ihm zum Schweigen zu bringen.

27

»… mit siebzehn tötete ich einen Mann, weil er mir meinen Teil der Beute stehlen wollte. Als er um sein Leben bettelte, habe ich nur gelacht. Mit zwanzig warf ich einen Mann von meinem Luftschiff, weil er mir den falschen Weg aus einem Himmelskanal gewiesen hat.«

Laut und deutlich dröhnte Kanes Stimme nun aus den unsichtbaren Lautsprechern. Beim Sprechen drehte er den Kopf von links nach rechts, den Blick in die Ferne gerichtet. Das aufgezeichnete Hologramm – eine Mischung aus Sepiafarben und Blau – ragte vor dem Stützpunkt auf und flackerte jedes Mal, wenn Wind aufkam.

»Mit vierundzwanzig ermordete ich einen alten Mann, der mich an das Fliegerheer verraten wollte. Mit dreißig lynchte ich drei Männer meiner eigenen Crew, weil sie für ihre Dienste mehr Lohn verlangten.«

Kane blinzelte langsam, bevor er auf die Luftschiffe blickte, die vor ihm versammelt waren.

Lange starrte er sie an, während sein Blick immer finsterer wurde, dann sprach er: »Worauf ich hinauswill: Wenn jemand auf die Idee kommt, sich mir in den Weg zu stellen, reagiere ich ungehalten. Du und ich, wir kennen uns schon lange, Carlos. Nach der Meuterei hättest du dich mir anschließen können.« Kane hielt inne, bevor er den Arm ausstreckte, die Handfläche offen nach oben gedreht. »Doch du hast dich für einen anderen Weg entschieden.«

Auf der *Dragonfly* stemmte Kapitän Vaspine sich gegen die Reling und hielt sich mit weit ausgebreiteten Armen daran fest. Zoya fiel auf, wie weiß seine Knöchel hervortraten. Einige Meter neben ihm betrachteten auch Rosie, Cid und Beebee mit düsterer Miene das Hologramm. »Was soll das?«, fragte Beebee.

»Ruhe!«, zischte der Kapitän.

»Jupiters Anhänger gehört mir«, fuhr Kane fort, dessen Stimme das Deck unter Zoyas Füßen zum Beben brachte. »Genau wie der Kristall in seiner Schatzkammer. Zehn Jahre lang hast du das Mädchen vor mir verstecken können, aber damit ist jetzt Schluss.«

Zoya schauderte. Sie griff nach ihrer Kette. Die Augen des Hologramms schienen sie mit ihrem Blick zu durchbohren. So heiß und so stechend war er, dass Zoya ihm nicht standhalten konnte. Auch auf den Schiffen rings um die *Dragonfly* war alles verstummt, sodass im ganzen Tal nur das Knarren der Decks und das Klappern der Segel zu hören waren. Irgendwo auf einer der Flugmaschinen links von ihr hörte Zoya ein Kind weinen.

»Die *Dragonfly* kann der *Shadow* nicht das Wasser reichen«, setzte Kane seine Rede fort. »Noch weiß ich nicht, wo du steckst, aber eins sage ich dir.« Kanes Hologramm beugte sich vor, sodass es die versammelten Schiffe und den Stützpunkt überragte. »Und du solltest es dir gut merken – ich will, dass es dein erster Gedanke am Morgen und dein letzter am Abend ist. Schreib es dir hinter die Ohren, denn du kannst dein Leben darauf verwetten.« Kane verzog das Gesicht zu einer zornigen Grimasse, bleckte die Zähne und verdrehte die Augen. »Ich komme dich holen!«

Das Hologramm verschwand.

Wo eben noch Kanes Abbild den Himmel verdüstert hatte, war nur noch der alte Stützpunkt zu sehen, der in der Sonne funkelte. Die versammelten Luftschiffe blieben eine Weile still, nur hier und da war ein Husten zu hören. Dann ertönte Getuschel. Zoya hörte, wie der Kapitän des Passagiergleiters nebenan sich an einen seiner Fluggäste wandte. »Jupiters Kette ist aufgetaucht?« Er hob eine Augenbraue. »Auf der *Dragonfly* will ich jedenfalls nicht sein.«

Zoya schaute zu Kapitän Vaspine. Cid, Rosie und Beebee regten sich nicht, ihre Schultern waren starr wie Stein. Der Kapitän blickte jedem von ihnen in die Augen, bis sein Blick auf Zoya fiel. »Besprechung«, sagte er durch zusammengebissene Zähne. »In meiner Kajüte. Sofort.«

28

Vaspine hätte die Tür beinahe aus den Angeln gerissen, als er sein Quartier betrat. Hinter ihm folgten Rosie, Cid, Beebee, Zoya und Bucker. Jeder setzte sich und schaute gespannt zum Kapitän. Vaspine ging unruhig im Zimmer auf und ab, nahm den Waffengurt von der Taille und warf ihn zu Boden. »Wie zum Teufel hat er das gemacht?«, knurrte er.

Die anderen sahen zu Cid. »Kinderspiel«, meinte der Pilot. »Man schleust jemanden ein und wartet, bis keiner hinschaut.«

»Das ist ein Stützpunkt des Fliegerheers!«, sagte Vaspine.

Cid zuckte mit den Schultern.

»Und warum sehen wir es erst jetzt?«, zischte Vaspine. »Der Kapitän von diesem Himmelsbus meinte, jede Karte der ganzen Gegend hat dasselbe angezeigt. Der Ausguck hätte etwas merken müssen.«

Cid sah zu Bucker, wandte den Blick aber schnell wieder ab, bevor Vaspine es merken konnte. »Keiner hat was gesehen«, sagte er.

»Carlos, der Ausguck hat keine Schuld«, meldete Rosie sich zu Wort. »Aber wir. Und du. Wie kannst du erwarten, dass wir auf so etwas vorbereitet sind, wenn du uns noch nicht einmal einweihst und verrätst, was los ist?«

Vaspine seufzte. »Du hast ja recht.«

Rosie sah Zoya an. »Hat Kane die Wahrheit gesagt? Gibt es Jupiters Anhänger wirklich? Hat sie ihn?«

Vaspine nickte.

»Aber wie kannst du sicher sein?«

Vaspine fixierte sie mit seinem Blick. »Ich bin sicher.«

Rosie erhob sich von ihrem Platz auf der Sofalehne, lief quer durch den Raum und wieder zurück. »Bin ich die Einzige, die den Eindruck hat, dass man uns nicht die ganze Geschichte erzählt?«

»Was meinst du?«, fragte Beebee.

»Zum Beispiel: Warum hinterlässt uns Kane diese Nachricht rein zufällig zwei Tage nach Zoyas Ankunft? Und woher hat sie Jupiters Anhänger überhaupt?«

Beebee sah zum Kapitän. »Hat sie recht?«

Vaspine trat an seinen Schreibtisch und stützte sich mit beiden Händen auf. »Ja.«

»Carlos«, sagte Rosie, »früher oder später musst du uns in alles einweihen. Warum also nicht jetzt, solange wir noch etwas unternehmen können?«

Vaspine sah Zoya an. »Deine Entscheidung, Kleine.«

Zoya schaute von einem Erwachsenen zum anderen. »Okay.« Sie nickte. »Erzählen Sie es ihnen.«

Vaspine erklärte Rosie, Cid und Beebee die ganze Situation – berichtete alles über seine Zeit auf der *White Knight*, die Nacht der Meuterei, wie er Zoya in Richard Whycherleys Waisenhaus geschmuggelt hatte. Alles.

In der Kajüte wurde es still. Vaspine ging zu seinem Bücherregal, holte einen roten Lederband heraus und blätterte darin, bis er fand, wonach er suchte: ein Bild von Jupiter, Dominika und Zoyas Kette. Vaspine zeigte auf den Anhänger im Buch, dann auf das Gegenstück um Zoyas Hals. Cid nahm den Wälzer, hielt ihn neben Zoya und lachte. »Verflucht noch eins!«

Während sich die anderen das Bild ansahen, ging Vaspine zur Himmelskarte. »Da wäre nur noch eins«, sagte er, beugte sich vor und öffnete ein Bedienfeld im Schränkchen. Das 3D-Bild der Karte veränderte sich, verschwamm zunächst, bevor es eine Stelle in der obersten linken Ecke hervorhob. Während das Bild größer und klarer wurde, erkannte Zoya allmählich einen gewaltigen Felsen. Sie blickte von schräg oben darauf, trotzdem verriet sein Schatten deutlich, dass er schwebte.

Vaspine bemerkte Zoyas verwunderten Blick. »Die Insel im Himmel«, erklärte er. »Das Heim sämtlicher Luftpiraten weltweit. Ein riesiges schwebendes Eiland. Keiner weiß, wie sie funktioniert, aber es ist eine ganze Welt für sich mit Wäldern, Bergen und Flüssen. Und einigen der gefährlichsten Freibeuter des Himmels.« Er sah zu Zoya. »Dein Vater hatte auf der Insel eine Schatzhöhle.«

»Darum geht es also?«, hakte Rosie nach. »Jupiters Schatzkammer? Ich dachte immer, das sei nur eine Legende.«

»Wie die meisten«, sagte Vaspine. »Aber es gibt sie wirklich. Lange Zeit hat man sich erzählt, sie sei voller Gold und Edelsteine. Doch ihr wahrer Wert könnte weit über Schmuck und Münzen hinausgehen.« Der Kapitän tippte auf einen Knopf seitlich der Karte. Wieder änderte sich das Bild, löste sich auf und zeigte dann eine glühende Wüste. Hohe Dünen zogen sich durch das triste Gelb und in der Mitte erhob sich ein Oval, dessen Rand nur einen Zentimeter über dem Sand lag. »Die Wüste Tamertin.«

»Die kenne ich«, sagte Zoya und machte ein nachdenkliches Gesicht, während sie ihre Erinnerung durchforstete. »Da gibt es Kristalle.«

Vaspine nickte. »Die Algrondkristalle.«

Zoya hatte über die Mineralien in der Bücherei gelesen. In der Tamertinwüste war ein Kristallmeteorit abgestürzt und hatte den Krater aus Vaspines Karte in den Boden gegraben. Der Aufprall war so gewaltig gewesen, dass der Kristall dabei im Inneren zerbrochen war und die Scherben Hunderte von Kilometern weit geflogen waren. Am Ende hatte man vier davon gefunden, die Wissenschaftler in Tamertin nach und nach analysiert hatten. Sie fanden heraus, dass sie aus einer völlig unbekannten Substanz bestanden. Jedes Bruchstück war so viel wert wie ein ganzes Imperium.

»Keiner weiß genau, ob sich in der Schatzkammer deines Vaters einer der Kristalle befindet. Falls ja, hat er ihn mir zumindest nie gezeigt. Aber Kane ist davon überzeugt. Nachdem ich mit dir geflüchtet war, hat er im ganzen Schiff nach dem Schlüssel gesucht. Weil er ihn nicht finden konnte, wollte er die Schatzkammer aufbrechen. Doch Jupiter war schlau. Er hat die Tür zu seiner Höhle aus Grafiteus hergestellt. Ein stärkeres Material gibt es nicht. Um es zu durchbrechen, hätte Kane sämtlichen Sprengstoff des Planeten gebraucht.« Vaspine machte eine Pause. »Oder den Schlüssel an deinem Hals.«

29

»Das hier ist ein Schlüssel?« Zoya legte überrascht die Hand um ihr Medaillon.

Vaspine nickte. »Wie gesagt, dein Vater war klug.« Er ging zu seinem Sessel. »Und damit wären wir im Hier und Heute. Kanes Botschaft macht deutlich, dass er noch nicht aufgegeben hat. Seit einem Jahrzehnt hat er es auf den Algrondkristall abgesehen. So leicht wird er sich also nicht davon abbringen lassen. Er hätte keine Skrupel, unser Schiff zu zerstören, solange er dadurch an den Stein kommt.«

»Dann schalten wir ihn aus«, schlug Beebee vor. »Cid fliegt uns in der Nacht zu ihm und wir erwischen ihn und seine Crew mit einem Überraschungsangriff.«

»Wir wären innerhalb einer Minute tot«, sagte Rosie.

»Sekunden«, korrigierte Vaspine. »Sein Schiff ist uns weit überlegen. Wir können gegen ihn nicht gewinnen.«

Rosie deutete zu Zoya. »Warum geben wir ihm nicht einfach den Anhänger? Setzen allem ein für alle Mal ein Ende.«

Zoya griff sich an die Brust.

Der Gedanke daran, ihre Kette herzugeben, machte ihr entsetzliche Angst. Sie war nicht nur ihr Talisman, nun wusste sie auch, dass es das Einzige war, das ihr von ihren Eltern geblieben war.

Zoya wollte das gerade erklären, als Vaspine schon den Kopf

schüttelte. »Nein, vor zehn Jahren habe ich geschworen, dafür zu sorgen, dass Zoya und der Anhänger in Sicherheit sind.«

»Aber ewig verstecken können wir uns nicht«, sagte Beebee.

»Werden wir auch nicht«, meinte Vaspine. »Nur flüchten müssen wir vielleicht.«

Cid stand auf. »Das gefällt mir nicht. Wenn ich in der ganzen langen Zeit als Pilot eins gelernt habe, dann, dass man am Himmel nicht auf Dauer wegrennen kann – früher oder später wird man immer erwischt. Und jeder weiß, dass Kane grundsätzlich bekommt, worauf er es abgesehen hat.«

»Nicht unbedingt.« Der Kapitän kramte einige Sekunden lang in seinem Schreibtisch, bevor er der Gruppe eine handgezeichnete Karte präsentierte. Er räumte den kleinen Tisch neben dem Sofa leer und legte die Karte darauf. Anscheinend hatte Vaspine sie selbst gezeichnet, mit derselben roten Tinte, die auch auf seinem Schreibtisch stand. In der Mitte war die Skizze eines Luftschiffs zu sehen. Außen herum gab es Wälder, Flüsse und Seen, Dörfer und Städte, einschließlich einer großen Metropole, die mit »Dalmazia« beschriftet war. Der Kapitän gab ihnen eine Weile, um sich mit der Skizze vertraut zu machen, dann zeigte er auf eine Bergkette links von dem Luftschiff. Zoya musste sich anstrengen, um den Namen lesen zu können: Dalmaziengebirge. »Seht genau hin«, forderte Vaspine sie auf. »Folgt dem Gebirge.«

Zoya legte einen Finger auf das südlichste Ende der Berge und ließ ihn nach Norden wandern, bis sie das Meer erreichte. Sie wiederholte das Ganze noch zwei Mal und wollte schon aufgeben, als sie eine kleine Kritzelei entdeckte. Mitten in den Bergen, ein Stück nördlich der *Dragonfly*, gab es eine Lücke zwischen den Gipfeln. »Dalmantischer Pass«, las sie vor.

Cid riss sich vom Tisch los. »Natürlich!«

»Was?«, wollte Zoya wissen.

»Unser Käpt'n! Er hat Grips!«

»Hä?« Bucker verstand rein gar nichts.

Vaspine zog Rosie und Beebee die Karte unter der Nase weg und legte sie auf den Schreibtisch. »Der Dalmantische Pass ist ein schmaler Canyon, der direkt ins Gebirge führt. Am Ende gibt es eine Himmelsschleuse, die durch die Berge auf die andere Seite führt.«

»Ja und?« Bucker kapierte noch immer nicht.

Vaspine atmete tief ein. »Kanes *Shadow* ist gigantisch. So gigantisch, dass es den ganzen Berg zum Einsturz bringen würde, sollte er versuchen, damit die Schleuse zu passieren.«

Da begriff Zoya. »Also schlüpfen wir durch und er kann nicht hinterher.«

»Ganz genau.«

»Aber was machen wir dann?«

»Das überlegen wir uns, wenn es so weit ist.«

Rosie hatte den anderen schweigend zugehört. Nun ging sie kopfschüttelnd zu Vaspines Schreibtisch und nahm die Karte an sich. Nachdem sie diese gründlich gemustert hatte, legte sie die Karte zurück. »Ein Problem gibt es bei eurem Plan«, sagte sie. »Was, wenn Kane uns findet, *bevor* wir am Pass sind? Die *Shadow* ist viel schneller als wir. Selbst wenn wir dieses schwarz-rote Ungeheuer Kilometer im Voraus ausmachen, könnten wir ihr nicht entkommen.«

»Holen wir den Doc!«, warf Cid ein. Die anderen starrten ihn an, als hätte er vorgeschlagen, ihre eigenen Füße zu Mittag zu essen. »Ist mein voller Ernst – wenn wir ihn einsammeln, fällt ihm vielleicht was ein, wie wir schneller werden! Dann soll Kane sehen, wie er uns einholt!«

Vaspine schüttelte den Kopf. »Das würde zu lange dauern. Außerdem würde er nie mitkommen. Nein, wir sind auf uns allein gestellt.« Mit einer Handbewegung gab er allen zu verstehen, dass das Thema für ihn beendet war. »Aber überlasst es mir, mir den Kopf darüber zu zerbrechen. Ihr geht zurück an die Arbeit. Wir müssen uns vorbereiten. Kane könnte jederzeit auftauchen.«

Cid räusperte sich. »Okay. Und wo fliege ich uns hin?«

Vaspine öffnete seine Kajütentür und bat sie mit einer ausladenden Geste hinaus. »Nach Norden«, sagte er. »Zum Dalmaziengebirge. Zeit, so viel Abstand wie möglich zwischen uns und diesem zylindertragenden Psychopathen zu bringen.«

30

Im Vorbeigehen legte Vaspine Zoya eine Hand auf die Schulter. »Bleib bitte kurz.«

Zoya trat zur Seite. Als alle anderen fort waren, schloss Vaspine die Tür. Er trat an seinen Schreibtisch, zog einen Stuhl zurecht und bat Zoya, sich zu setzen. »Rosie hat nicht übertrieben«, sagte er. »Unser Luftschiff ist mit Gewissheit schwächer. Aber unsere Chancen standen schon schlechter und wir haben trotzdem gewonnen.«

»Danke«, sagte Zoya.

»Dank mir nicht zu früh. Zu versprechen, jemanden zu schützen, und es auch wirklich zu tun, sind zwei Paar Schuhe.« Er legte seine Finger aneinander, sodass diese eine Pyramide bildeten, und blickte Zoya nachdenklich an. »Und da kommst du ins Spiel.«

»Ich?«

»Du hast doch nicht erwartet, dass wir die ganze Arbeit allein machen, oder?«

»Na ja, nein …«

»Gut. Es ist so: Wenn Kane uns jagt, muss ich sicher sein können, dass du kämpfen kannst. Falls wir den Pass nicht rechtzeitig erreichen oder falls Kane uns dort einholt, musst du dich verteidigen können.«

Zoya schüttelte den Kopf. »Er könnte jeden Moment hier sein. An einem Tag lerne ich doch nicht kämpfen.«

»Nein«, stimmte Vaspine zu. »Aber das heißt nicht, dass du nicht damit anfangen solltest. Außerdem hast du das große Glück, an Bord der *Dragonfly* zu sein. Wenn dich irgendjemand in Form bringen kann, dann Rosie.«

Zoya runzelte die Stirn. Vaspine, der ihre Verwirrung bemerkte, rollte mit den Augen und ging zur Kabinentür. Er drehte am Knauf und scheuchte Zoya ins Freie. Sie duckte sich unter seinem ausgestreckten Arm hindurch ins Sonnenlicht. Bevor sie außer Hörweite war, rief der Kapitän ihr nach: »Geh zu Rosie. Sag ihr, sie soll dich vor die Wahl stellen.«

»Die Wahl?«, fragte Zoya.

»Du wirst schon sehen.«

Das Schiff glitt durch einen wolkenreichen Himmel, sodass sich auf den Decks Nebel gebildet hatte, der über die Reling strömte und allem eine stickige, diesige Atmosphäre verlieh. Zoya trottete durch den Dunst und gab sich Mühe, die neuesten Ereignisse zu begreifen. All die Geschichten, die sie von Kane gehört hatte, all die Grausamkeiten, die man ihm nachsagte, waren beängstigend. Doch erst jetzt, nachdem sie seine Botschaft gesehen hatte – das eisige Lächeln, die kalten Augen, die tiefe Donnerstimme, die keinen Widerspruch duldete –, wurde seine Jagd auf sie real.

Zoya gab sich einen Ruck und konzentrierte sich auf ihre bevorstehende Aufgabe.

Sie hatte erwartet, Rosie beim Schwertunterricht mit einigen Piraten auf dem Oberdeck zu finden. Doch an diesem Nachmittag fehlte von ihr jede Spur. Zoya suchte in allen Winkeln des Schiffs, in denen sich Rosie aufhalten könnte, doch ohne Erfolg.

Schließlich fragte sie die anderen Himmelsräuber, ob sie Rosie gesehen hatten, doch entweder war das nicht der Fall oder sie schickten Zoya irgendwohin, wo niemand zu finden war. Erst als Zoya Hunger bekam und sich etwas zu essen holte, stolperte sie über einen Hinweis. Der Smutje, ein dürrer Mann mit einem Fischohrring und dem Tattoo einer Suppenkelle auf dem Unterarm, reckte den Kopf, als er Rosies Namen hörte. »Rosie?«, wiederholte er und klatschte noch eine Kartoffel auf Zoyas Teller. »Die schuldet mir noch ein paar Münzen. Wette, sie ist unten in der Waffenkammer.«

»Wo ist das?«, fragte Zoya und stellte ihren Teller ab.

Der Smutje setzte zu einer Erklärung an, überlegte es sich dann aber anders und steckte seufzend den Kopf in die Küche hinein. »Maddie, kannst du mal für mich übernehmen? Ich muss die Neue zur Waffenkammer bringen.«

Aus der Kombüse erschallte das Scheppern von Töpfen. »Charlie Barley, immer soll ich …«

Charlie ahmte das Gezeter seiner Kameradin nach, bevor er die Schürze abnahm und sich unter dem Tresen hindurchduckte. Zoya folgte ihm übers Deck – sehr zum Leidwesen der anderen Piraten, die verzweifelt zwischen dem verschwindenden Koch und der verlassenen Essensausgabe hin- und herblickten. Die diesigen Schwaden hatten inzwischen dicken Wolken Platz gemacht. Große, fette Regentropfen prasselten auf die Planken und durchweichten Zoya bis auf die Haut. Charlie führte sie zur Brücke, auf der sich einzig einer von Cids Gehilfen aufhielt. Als der Charlie entdeckte, schaute er von seinem Buch auf. »Schönen Nachmittag!«

»Wenn das ein schöner Nachmittag ist«, grummelte Charlie, »will ich mir einen schlechten gar nicht ausmalen.«

Charlie führte Zoya an der Brücke vorbei zu einem Teil des Schiffs, den sie bisher noch nicht kennengelernt hatte. Ähnlich wie am Bug lag hier überall Krempel herum. Charlie lief zu einem Fass, das in einer schummrigen Ecke stand, und zerrte es beiseite. Dahinter kam eine viereckige Öffnung zum Vorschein, gerade breit genug, dass ein Einzelner sich hindurchquetschen konnte. Eine Treppe führte hinunter ins Halbdunkel des Unterdecks. Von einem Haken an der Reling nahm er eine Laterne und reichte sie Zoya. »Die Waffenkammer ist da unten. Ich würde dir den Weg ja genau beschreiben, aber es ist ziemlich kompliziert und wenn du erst mal in der Nähe bist, weißt du sowieso, wo du hinmusst.«

»Wieso?«

»Schon mal gehört, wie ein Dutzend Schwerter geschärft werden?«

Zoya schüttelte den Kopf.

»Tja, wird sich gleich ändern.«

Zoya hielt die Laterne in den Eingang. Das Licht erhellte nur ein kleines Stück, bevor es sich in der Dunkelheit verlor. Sie drehte sich zum Smutje um. »Und wenn ich mich verlaufe?«

Charlie zuckte mit den Schultern. »Dann steckst du in Schwierigkeiten.«

Zoya runzelte die Stirn. Doch dann dankte sie dem Koch und kroch rückwärts in den Bauch des Schiffs. Als sie verschwand, rief Charlie ihr noch einmal nach: »Und sag Rosie, sie soll mir mein Geld bringen!«

31

Die Unterdecks der *Dragonfly* erinnerten Zoya an den Dachboden des Waisenhauses: dunkel, feucht und widerlich. Ohne die Laterne hätte sie vermutlich rein gar nichts gesehen. Zoya schickte ein stilles Gebet zum Himmel, dass die Flamme nicht ausgehen würde. Eine Reihe eisiger Wassertropfen traf sie im Genick und lief ihren Rücken hinunter, sodass sie erschrocken zusammenfuhr. Bei der Gelegenheit fiel Zoya zum ersten Mal auf, dass ihre Schuhe durchnässt waren. Als sie die Laterne Richtung Boden hielt, entdeckte sie eine Pfütze aus braunem Regenwasser. *Na toll.*

Nachdem ihr wenig anderes übrig blieb, schüttelte Zoya die Schuhe aus, um sie wenigstens von der schlimmsten Nässe zu befreien, und trottete weiter durch die Schwärze. Dabei lauschte sie inmitten all der anderen scheppernden und klappernden Geräusche des Luftschiffs nach dem metallenen Schaben von Messerschleifen. Minutenlang stolperte sie durch ein Labyrinth von Gängen, bis ihr fast schwindelig wurde. Sie steckte ihren Kopf in unzählige Räume hinein und öffnete zahllose Türen, fand aber nichts als Lagerregale, Betten oder Toiletten. Die ganze Zeit über spitzte sie die Ohren nach etwas, das wie Waffengeklapper klang.

Es dauerte nicht lange, da hatte sie komplett die Orientierung verloren und suchte aufs Geratewohl, wobei sie die Laterne weit vor sich hielt, um nicht über Kistenstapel oder Zwiebelsäcke zu stolpern.

Schließlich bemerkte Zoya einen leichten Lichtschimmer am Ende des Gangs und ging darauf zu. Ob es die Waffenkammer war, war ihr inzwischen völlig egal, sie wollte einfach nur raus aus der Dunkelheit. Vor ihr wurde der helle Fleck immer größer, bis sie unter einem Querbalken hindurchtauchte und verdutzt feststellte, dass sie sich im Freien befand. Zoya hatte sich auf einen Aussichtsbalkon verirrt, der aus dem Rumpf der *Dragonfly* herausragte. Zu beiden Seiten zog sich der gebogene Rumpf, bis man ihn nicht länger sehen konnte. Es hatte aufgehört zu regnen, nur die Wolken hielten sich hartnäckig. Zoya atmete die feuchte Luft ein und ließ die Laterne sinken.

Die Balustrade des Balkons bestand aus Eisen. Zoya legte die Arme darauf und zitterte, als ihre Haut das kalte Metall berührte. Nicht weit unter ihr wölbte sich eine Querverstrebung voller Lampen, die die Oberseite einer Wolkenbank beleuchteten. Weit unten lag fester Erdboden. Als Zoya in die Tiefe spähte, kam sie sich dumm vor. Da war sie, Kilometer hoch und verfolgt vom blutrünstigsten Piratenkapitän der Welt, mit dem Auftrag, das Kämpfen zu lernen – dabei konnte sie nicht einmal ihre Lehrerin finden. »Bescheuert«, murrte sie.

Zoya nahm den Anhänger vom Hals und hielt ihn über die Brüstung. Sie sah zu, wie er in der Brise tanzte und spürte in sich den Drang, einfach loszulassen. Dann wäre alles vorbei. Kane würde sie und die *Dragonfly* in Ruhe lassen. Sie könnte zu ihrem alten Leben an der Oberfläche zurückkehren, ihre Freunde wiedersehen. Trotzdem brachte Zoya es nicht übers Herz. Sie konnte ihren Talisman nicht fallen lassen. Er bedeutete ihr einfach zu viel. Nun war er obendrein der Schlüssel zur Schatzkammer ihres Vaters. Der Kristall, die Edelsteine, das ganze Geld – sie durfte nicht zulassen, dass Kane sie in die Finger bekam.

»Muss verlockend sein«, erklang hinter ihr eine Stimme.

Erschrocken schloss Zoya die Finger um den Anhänger und drehte sich um. Unter dem Querbalken hockte Rosie.

»Ich würde es dir nicht übel nehmen«, fuhr die Frau fort. »So ein winziges Ding und macht so viel Ärger.«

Zoya schüttelte den Kopf. »Ich kann nicht.«

»Ich weiß«, sagte Rosie. »Also warum lässt du es dann von einem Luftschiff baumeln?«

Zoya zucke die Achseln und nahm die Hände wieder hinter die Reling.

»Dann ist das also Jupiters Schlüssel?«, fragte Rosie. »Weißt du, wie er funktioniert?«

»Nein«, gab Zoya zu. »Ich wusste nicht einmal, dass es ein Schlüssel ist, bis der Käpt'n es mir gesagt hat.« Zoya starrte auf die Wolken am Horizont.

»Wie geht's dir?«, wollte Rosie wissen.

»Nicht so gut.«

Sie schwiegen ein Weilchen. Schließlich zeigte Rosie auf eine Lücke zwischen den Wolken. »Siehst du den Wasserfall dort?«

Zoya blickte über die Brüstung. Weit unter dem Luftschiff befand sich der Gipfel eines großen Berges. Von einer seiner Flanken stürzte ein schmaler, silbriger Wasserfall. Sie nickte.

»Folge dem Wasser ein Stück nach unten.«

Zoya schloss ein Auge und fuhr den Pfad des Stroms mit dem

Finger nach, der ein Tal in den Berg grub und sich im Anschluss weitete. Zoya folgte ihm bis zum Horizont, wo das Tal in tiefe Schluchten mündete, die sich in harten Fels bohrten. Dort, wo der Stein verschwand, sah Zoya, dass der Fluss anschwoll, bis er fast so breit wie der Berg wurde, aus dem er geflossen war.

»Groß, was?«

»Riesig.«

»So ein gigantischer Fluss aus einem so winzigen Wasserfall. Ist es nicht spannend, wie groß manche Dinge am Ende werden können?« Rosie wandte dem atemberaubenden Ausblick den Rücken zu. »Weißt du, ich habe gesehen, wie du bei Kanes Nachricht gezittert hast. Ich kann es dir nicht verübeln, das muss ganz schön gruselig gewesen sein. Aber das ist keine Entschuldigung. Wenn jemand hinter dir her ist, darfst du ihm gegenüber keine Schwäche zeigen. Du musst hart im Nehmen sein.«

»Das bin ich«, sagte Zoya.

»Ach ja?«

»Ja. Der Käpt'n schickt mich sogar, damit du mich vor die Wahl stellst.«

Rosie hielt inne. »Wirklich?«

»Er meint, ich muss lernen, wie man kämpft.«

Rosie kicherte. Dann nahm sie Zoyas Laterne und lief damit zurück ins Schiff. »Tut mir leid – du bist zu jung, um in der kurzen Zeit, die uns noch bleibt, irgendetwas Vernünftiges zu lernen.«

»Bin ich nicht!«, protestierte Zoya aufgebracht und heftete sich an ihre Fersen.

»Ich finde es in der Regel nicht schlecht, wenn meine Schüler wenigstens einen Säbel halten können.«

»Das kann ich«, beharrte Zoya. »Lass es mich versuchen!«

Rosie blieb stehen und musterte Zoya lange. Schließlich gab sie sich geschlagen und spreizte die Hände: »Okay. Dann wollen wir mal sehen, ob du wirklich so clever bist, wie der Käpt'n behauptet.«

Zoya lächelte. »Wann fangen wir an?«

Rosie warf einen Blick auf ihre Uhr. »Sofort.«

32

Das flackernde Licht der Laterne erleuchtete den Gang, während Rosie von einem Schatten zum nächsten schlüpfte. Zoya gab sich Mühe, ihr zu folgen, indem sie den Schritten der älteren Frau lauschte. »Wohin gehen wir?«, rief sie in die Dunkelheit.

»Geduld, Geduld.«

Nach einer Reihe besonders kniffliger Abzweigungen verschwand das Licht vor Zoya. Auch Rosies Schritte verstummten, sodass Zoya rennen musste, um nicht den Anschluss zu verlieren. Sie bog um die nächste Ecke und fand Rosie in einer engen Nische. Die Lampe in ihrer rechten Hand malte unheimliche Schatten auf ihr Gesicht. Hinter Rosie entdeckte Zoya eine Tür. Rosie hob die Augenbrauen und führte sie dann in eine Art Turnhalle. Aus der Tasche holte sie eine Schachtel Streichhölzer, entfachte eins und machte sich daran, mehrere Laternen entlang der Wände anzuzünden. Selbst als alle brannten, konnte man nicht wirklich gut sehen. Auf dem Boden des Raums lag eine fleckige und zerschlissene Ledermatte, die bei jedem Schritt schmatzte. An jeder Wand stand eine Holzbank, auf der sich Schweißtücher, Masken, alte Handschuhe, Klingen, Griffe und Trainingsdiagramme stapelten. In einer Ecke befand sich ein Haufen Trainingsgeräte – Springseile und Klettergerüste – und in einer anderen lag eine Reihe von Schwertern und Säbeln. Zoya streckte bereits ihre Hand aus, um nach einer der Waffen zu greifen.

»Halt!«, rief Rosie und band sich eine Schwertscheide um.

Zoya erstarrte mitten in der Bewegung. »Warum üben wir im Dunkeln?«

Als Rosie die Scheide befestigt hatte, trat sie zu den Schwertern, wählte zwei aus und zog sie aus den Halterungen. Während sie zu Zoya lief, schwang sie die Klingen so schnell um ihren Kopf, dass Zoya davon ganz schwindelig wurde.

»Bei Licht und bei Dunkelheit zu kämpfen sind zwei grundverschiedene Dinge«, sagte sie, während sie die Schwerter weiter wirbeln ließ. »Wenn du mit so einem hier kämpfst, musst du das bei Sonnenlicht, bei Nacht, bei Wolken, Regen oder Schnee beherrschen. Würde ich dir nur bei Tageslicht beibringen, damit umzugehen, könntest du nichts anderes. Aber wenn ich es dir gleich bei Dunkelheit lehre, hast du bei Licht und normalen Verhältnissen einen Vorteil.«

Rosie ließ die Schwerter ein letztes Mal um ihren Kopf kreisen, bevor sie sie losließ. Die Klingen schossen durch die Luft und bohrten sich nebeneinander ins Holz. »Zeit, dass du deine Wahl triffst«, sagte sie und zog sich an den Rand des Zimmers zurück. »Jeder, den ich ausbilde, muss diese Entscheidung fällen. Es geht um *dein* Schwert, also überleg es dir gut.«

Zoya begutachtete die beiden Waffen. Das linke Schwert sah im Vergleich zum rechten sehr schlicht aus. Die Klinge bestand aus einem stumpfen Metall und hatte nahe des Heftes eine Inschrift. Zoya versuchte, die Worte zu lesen, aber sie waren schon zu zerkratzt, um sie entziffern zu können. Der Griff war aus einem dunkleren, leicht bläulichen Metall, an dessen Seiten sich zwei gewundene Spitzen wie Stierhörner von der Klinge wegbogen. In der Mitte des Knaufs war ein Kreuz eingraviert und senkrecht zur Schneide verliefen zwei Stachel.

Das zweite Schwert dagegen war ein wahres Kunstwerk. So eine Klinge hatte Zoya noch nie gesehen. Es hatte den Eindruck, als wäre die Hälfte abgeschliffen worden, sodass die Schneide gezackt und rasiermesserscharf war. Die andere Hälfte verlief wie eine geschwungene Welle, die sich an den gezackten Rand anschloss. Diese Waffe hatte keine Parierstange, dafür war der Griff in flammendem Orange gehalten, das leuchtete wie die Sonne.

Zoya hätte zu gern die zweite Waffe gewählt, merkte aber, dass dies ein Test war. Weil die erste Klinge so schlicht aussah, hatte sie irgendwie das Gefühl, diese wäre die bessere Wahl. »Ich nehme das mit den Hörnern.«

Rosie grinste. »Sturm.« Sie zog das leuchtend orange Schwert aus dem Boden und warf es auf einen Haufen in der Ecke. »Gute Wahl. Das Hübsche hätte dich das Leben gekostet, noch bevor du es aus der Scheide gezogen hättest. Und das, Zoya, ist deine erste Lektion: Das beste Schwert ist immer das Stärkste. Sturm ist ein Prachtstück. Und jetzt komm her.«

Zoya ging zu ihr. Rosie suchte eine passende Scheide aus, die sie von einer der Bänke holte, legte Zoya den Schwertgurt um die Schulter und schnürte ihn um ihre Taille fest. Dann packte sie Sturm am Heft, zog es aus den Bohlen und steckte es in die Halterung, bevor sie einen Schritt zurücktrat und ihr Werk bewunderte. »Verwegen«, sagte sie. »Na schön. Hast du schon einmal ein Schwert benutzt?«

»Noch nie.«

»Gut«, meinte Rosie. »Schüler ohne Erfahrung sind leichter zu unterrichten. Und jetzt, zieh deine Waffe!«

Zoya legte die rechte Hand um den Griff und zog Sturm aus seiner Scheide. Es war nicht gelogen, dass sie noch nie ein Schwert in der Hand gehalten hatte. Sie hob die Klinge, bis sie waagrecht vor ihr aufragte. Ihr rechter Arm befand sich auf Höhe ihrer Ohren, Ellbogen nach hinten geneigt, während der andere Arm quer vor ihrer Brust verlief, sodass die linke Hand bis zur rechten vorgestreckt war. Sie schaute über ihre Fingerknöchel und konzentrierte sich auf die Schwertspitze, die überraschend leicht war. In dieser Position blieb Zoya stehen und atmete langsam ein und aus. Rosie musterte sie misstrauisch.

»Was denn?«, fragte Zoya und ließ das Schwert sinken. »Mach ich es falsch?«

»Nein«, meinte Rosie und schob Zoyas Arm wieder nach oben. »Gar nicht. Du machst das gut. Nur …«, sie hielt inne und schien in Gedanken woanders, »… deine Haltung erinnert mich an jemand.«

Zoya sah Rosie verwirrt an. Doch Rosie hatte sich schon wieder gefangen und gab Zoya ein Zeichen, anzufangen. Das ließ sich das Mädchen nicht zweimal sagen. Sie probierte einige Bewegungen aus, schwang die Waffe hin und her und stach in die Luft. Sobald sie den Eindruck hatte, mit dem Gewicht zurechtzukommen, hielt sie das Schwert wieder vor sich und wartete ab.

Rosie neigte den Kopf. »Zufrieden?«

Zoya nickte.

»Schön. Ich werde dich jetzt angreifen. Ich will, dass du dich verteidigst, wenn …«

Bevor Rosie zu Ende geredet hatte, machte sie einen Satz nach vorn und zielte auf Zoyas Ohr. Im letzten Moment drehte Zoya sich zur Seite und wirbelte herum, bis sie Rosie wieder ansah. Sturm hielt sie seitlich neben sich zu Boden.

»Lektion zwei«, sagte Rosie, »lass niemals das Schwert sinken.«

Dann schlug sie mit ihrem eigenen erneut zu, diesmal, um Zoya damit vorsichtig auf die Schulter zu schlagen. Doch Zoya war bereit und schaffte es, dem Hieb auszuweichen, indem sie sich unter der Klinge hindurchduckte, einen Purzelbaum schlug und mit gezogenem Schwert wieder aufsprang. Rosie schoss nach rechts und setzte mit einem Hieb nach – diesmal etwas langsamer –, den Zoya abschmetterte. Laut dröhnte das Scheppern von Metall in ihren Ohren.

So ging es weiter. Rosie nahm eine entspannte Position ein und griff Zoya an, wenn sie am wenigsten damit rechnete. Meistens reagierte Zoya gut, wirbelte hierhin und dahin, um Rosies Attacken auszuweichen oder duckte sich darunter weg, sprang in die Höhe, wenn das Ziel ihre Beine waren, und – wenn sich die Gelegenheit bot – parierte sogar den einen oder anderen Schlag. Nach einer Minute war sie völlig außer Atem und kurz vorm Umfallen.

»Moment«, sagte Rosie, die vollkommen regelmäßig atmete. »Sicher, dass du das noch nie gemacht hast?«

»Nur mit Besenstielen«, antwortete Zoya wahrheitsgemäß.

»Ich glaube, wir müssen das Training ein bisschen schwieriger gestalten.« Rosie verschwand in eine Ecke, um mit zwei Metalleimern zurückzukommen, die sie mitten auf die Matte warf. Dann lief sie zu einer der Bänke, griff dahinter und zog eine lange Holzplanke hervor. »Stellst du die Eimer bitte da drüben auf?«, rief sie Zoya zu und nickte zu zwei Stellen, die sich jeweils auf der linken und auf der rechten Seite der Turnhalle befanden.

Als Zoya ihren Auftrag ausgeführt hatte, wuchtete Rosie das Brett auf die beiden Eimer. »Rauf mit dir!«

Zoya überlegte, ob das ein Witz sein sollte.

»Was denn?«, meinte Rosie. »Dass du auf flachem Boden gegen jemand kämpfen musst, ist ziemlich unwahrscheinlich. Viel eher hüpfst du ständig rauf und runter, duckst dich, rollst. Wenn du mich nicht abwehren kannst, solange du auf dieser Planke läufst, wie willst du erst alles andere schaffen?«

»Darf ich kurz Pause machen?«

»Würde Kane dir eine Pause gönnen?«

Rosie funkelte Zoya an, bis sie Sturm hochnahm. Das Mädchen steckte das Schwert an ihre Seite und sprang auf das Brett, das auf den Eimern leicht wackelte. Rosie lief neben ihr, während Zoya über den Balken ging, und jedes Mal, wenn Zoya ins Straucheln geriet, gab sie ihr mit dem Schwert einen kleinen Stoß, sodass Zoya abrutschte und unsanft auf dem Boden landete. Unzählige Male wiederholten sie das, und immer wieder erwischte Rosie Zoya am Arm oder Oberschenkel. Doch Zoya ließ sich nicht entmutigen. Sobald sie auf den Boden plumpste, stieß sie sich wieder ab und schnellte zurück auf den Balken. Trotz ihrer Entschlossenheit schaffte sie nie den ganzen Weg. Auf dem Boden war Zoya flink wie eine Katze, auf der Planke glich sie eher einer lahmen Schildkröte.

»Brauchst du eine Pause?«, fragte Rosie nach einem erneuten schmerzhaften Sturz.

»Pause?«, keuchte Zoya. »Ich habe einen Riesenspaß.«

Leise lachend half Rosie ihr hoch. Eine Stunde machten sie so weiter – Rosie pirschte sich an und Zoya gab sich alle Mühe, trotz der Angriffe die Balance zu halten, bis sie schließlich doch auf die Matte purzelte. Mit der Zeit begriff Zoya, worauf es bei der Technik ankam, und schaffte es sogar, einige Attacken abzuwehren. Zuerst nur die leichten – diejenigen, die Rosie nie ganz zu Ende führte, um Zoya nicht zu verletzen –, doch immerhin! Diese kleinen Erfolgserlebnisse spornten Zoya an, nach jedem Sturz wieder aufzuspringen, um es beim nächsten Mal besser zu machen.

So ging es ständig rauf und runter, bis sie nach ein paar Stunden endlich mehr Zeit auf dem Balken als auf dem Boden verbrachte. Zwar hatte sie noch immer nicht den Dreh raus, wie sie sich auf dem Brett am besten vorwärtsbewegte, aber solange sie Sturm fest im Griff und eine grobe Ahnung hatte, von wo Rosie sich anschlich, gelang es ihr immer öfter, die Schläge zu parieren.

Endlich schob Rosie ihren Säbel zurück in die Scheide und reichte Zoya eine Hand, um ihr vom Balken zu helfen. So erschöpft und durchgeschwitzt wie sie war, verstand Zoya zunächst gar nicht, dass das Training vorbei war. Als der Groschen fiel, runzelte sie die Stirn.

»Nicht schlecht«, sagte Rosie. »Gar nicht übel. Für heute sind wir fertig …«

Zoya wollte protestieren, doch Rosie brachte sie mit einer Handbewegung zum Schweigen. »Ich mache das schon eine Ewigkeit. Für heute reicht es. Das nächste Training findet morgen früh statt.«

»Morgen Vormittag bin ich mit Schrubben dran«, warf Zoya keuchend ein und holte tief Luft.

»Dann treffen wir uns eben vor deiner Schicht«, meinte Rosie. »Ich bin sowieso Frühaufsteher.«

Zoya ächzte, konnte sich aber ein Lächeln nicht verkneifen. Und dieses Lächeln war noch immer da, als sie die Turnhalle verließen und die Treppe zurück nach oben gingen.

33

Rosies Training war so anstrengend gewesen, dass Zoya allein beim Gedanken an Essen übel wurde. Also blieb sie oben an Deck, während der Rest der Crew sich zum Abendessen begab. Ein paar wenige Piraten blieben ebenfalls zurück: ein Mann, der auf einem Fass hockte und im Mondlicht las, und eine Frau, die Geige spielte. Ihre Gesellschaft erinnerte Zoya an Kanes drohende Rückkehr und sie musterte die beiden gründlich, bis sie sicher war, sie schon öfter auf der *Dragonfly* gesehen zu haben. Erst dann konnte sie sich entspannen.

Für das Training hatte Zoya ihren Putzdienst ausfallen lassen, und weil das schlechte Gewissen sie quälte, schnappte sie sich nun einen Besen und fegte die Decks. Immer wieder nahm sie ihn hoch, um damit die Bewegungen zu üben, die sie in der Turnhalle gelernt hatte, wofür sie von der Geigenspielerin einige merkwürdige Blicke erntete. Irgendwann bemerkte sie Bucker. Er kam aus dem Speiseraum und bereitete sich auf seine Nachtschicht vor. Zoya sah zu, wie er auf den Hauptmast hüpfte und sich allein mit den Armen an der Takelage hochzog. Sein hellbraunes Haar glänzte im Mondlicht und Zoya musste an ein flinkes, anmutiges Tier denken. Sie wartete, bis er sich gesetzt hatte, dann ging sie zu ihm.

»Hey!«, rief sie nach oben. »Lust auf ein bisschen Gesellschaft?«

Buckers Kopf schob sich über den Rand des Krähennests. Er starrte sie an, bevor er verschwand. Zoya fragte sich schon, ob sie ihm irgendetwas getan hatte, als an Buckers Stelle eine Handpuppe auftauchte. Ihre Augen und Lippen waren tiefrot und saßen in einem bleichen Totenschädel, der Zoya an die jährliche »Schreckens«-Party erinnerte, die Mr Whycherley im Waisenhaus abgehalten hatte. »Wie lautet das Passwort?«

»Ähm … Bucker ist ein Trottel?«

»Nein.«

Zoya dachte nach. »Zoya ist ein Trottel.«

»Bingo. Komm rauf.«

Zoya schüttelte den Kopf und fing dann zu klettern an. Mit ihren Kletterkünsten konnte sie Bucker noch lange nicht das Wasser reichen, aber sie war schon viel besser geworden. In weniger als einer Minute hatte sie den Ausguck erreicht. Bucker lümmelte grinsend am Boden, die Puppe noch in der Hand. »Na, unterwegs im Stau stecken geblieben?«, lästerte er.

»Hey, das war schnell!«, verteidigte sich Zoya.

»Für eine Ameise ohne Beine vielleicht.« Bucker legte die Puppe weg und zeigte darauf. »Cool, was?«

»Ziemlich gruselig«, meinte Zoya.

»Quatsch.« Bucker streichelte die Puppe. Lachend sah Zoya zu, wie er im Ausguck umherflitzte und alles wegräumte, was der alte Mann, mit dem er sich diesen teilte, hatte liegen lassen. Zoya begann, ihm zu helfen. »Was heute Vormittag passiert ist, *das* war gruselig, nicht?!«

Zoya hielt inne und schaute zu Bucker, unsicher, ob er es ernst meinte. »Du hattest nicht wirklich Angst, oder?«

»Na ja, vielleicht ein bisschen«, gab Bucker zu. »Als Luftpirat passiert einem so was öfter. Aber du hattest Schiss.«

»Nein.«

»Und ob. Du hast dir fast in die Hose gemacht. Überrascht mich ja, dass sie noch trocken ist.« Bucker zwickte Zoya ins Hosenbein.

»Lass das.« Zoya runzelte die Stirn. »Okay, ein bisschen Angst hatte ich. Würde dir auch nicht anders gehen, wenn Kane es auf dich abgesehen hätte.«

»Kann sein«, meinte Bucker. »Aber ich würde es mir nicht anmerken lassen.«

»Ich bin ein Kind. Natürlich merkt man mir das an.«

»Tja, das geht aber nicht. Der schnellste Weg, jemand zu besiegen, ist, ihm einzureden, dass er keine Chance hat. Und genau das versucht Kane gerade bei dir.«

Zoya wusste nicht, was sie darauf antworten sollte, also sagte sie gar nichts. Inzwischen war das Abendessen vorbei und auf Deck herrschte reges Treiben. Dutzende von Himmelsräubern wuselten im Mondlicht umher. »Mir hat jemand gezwitschert, dass du heute Nachmittag mit Mum trainiert hast«, fuhr Bucker fort.

»Ja.«

»Sie ist die Beste.«

»Hab ich gehört«, meinte Zoya. »War jedenfalls schwer.«

»Aber macht Spaß, oder?«

Zoya nickte.

»Trainierst du wieder mit ihr?«

»Morgen vor der Arbeit«, antwortete Zoya.

»Hör auf sie«, meinte Bucker. »Auf einem Luftschiff weiß man nie, wann man in den nächsten Kampf gerät.«

Zoya rieb sich über die Stirn. »Ich hab mich immer für zäh gehalten, aber da fehlt schon noch 'ne ganze Menge.«

»Du schaffst das schon«, munterte Bucker sie auf und spannte seinen Bizeps an. »Über mich haben sie sich auch lustig gemacht, als ich hier angekommen bin. Und jetzt schau dir das an!« Er küsste erst seinen rechten, dann den linken Muskel.

Zoya kicherte. Doch dann wurde ihre Miene ernst. »Oh«, sagte sie.

Bucker ließ die Arme sinken. »Was ist?«

»Ähm …« Zoya schaute über Buckers Schulter und nickte in die Richtung dahinter. »Ist nur irgendwie komisch. Die Segel flattern hoch.«

Bucker rollte mit den Augen. »Flattern hoch? Mann, das wird noch dauern, bis du die richtigen Ausdrücke draufhast!«

»Nein, im Ernst«, sagte Zoya.

Stöhnend zog Bucker sich am Rand seines Ausgucks hoch und spähte zu den Segeln. Ein verwirrter Ausdruck trat in sein Gesicht. »Schräg.«

»Was ist?«, wollte Zoya wissen.

Bucker holte tief Luft. »Na ja, entweder hat sich gerade die Schwerkraft umgedreht«, sagte er. »Oder wir sinken.«

34

Während die Minuten verstrichen und das Schiff immer weiter an Höhe verlor, bemerkten auch andere Mannschaftsmitglieder den neuen Kurs. Einer rannte zur Reling, als Zoya und Bucker auf dem Deck landeten. »Wir sinken!«, rief der Pirat.

»Du hast nur zu viel Bier versenkt!«, scherzte ein anderer.

»Nein, wirklich. Komm und schau's dir an.«

Schon bald machte das Gerücht die Runde, dass die *Dragonfly* angegriffen wurde, und immer mehr Menschen eilten an Deck, um nach den Verfolgern Ausschau zu halten. Als keiner etwas entdecken konnte, marschierten sie zu Cid, der Posten auf der Brücke bezogen hatte, und wollten wissen, was los war. Doch Cid rückte mit nichts anderem heraus als »Anweisung vom Käpt'n«. Als sie Genaueres wissen wollten, schüttelte er nur den Kopf.

Die *Dragonfly* stieg immer weiter abwärts. Mit jeder Minute nahm die Zahl der auf Deck versammelten Piraten zu. Hin und wieder klopfte einer von ihnen an der Kapitänskajüte, aber nachdem Vaspine nicht reagierte, gaben sie es schnell auf.

Schließlich setzte das Schiff mit einem dumpfen Knall auf einer großen Wiese auf und rutschte ein Stück durch das Gras, bevor es zum Stillstand kam. Sekunden später schaltete Cid die Motoren ab und auf dem Luftschiff kehrte Stille ein. Seit Zoyas Ankunft war dies das erste Mal, dass die *Dragonfly* gelandet war, und sie fand es gleichzeitig merkwürdig und aufregend.

Die Tür zu Vaspines Quartier öffnete sich und der Kapitän trat heraus. Ohne jemandem ins Gesicht zu sehen, gab er den Befehl, dass alle das Schiff verlassen und sich am Grund sammeln sollten. Etwas an seinem Benehmen schien der Besatzung – einschließlich Zoya – Sorgen zu bereiten, also hastete jeder schnell und leise die Landungsbrücke hinunter. Als Zoya auf Rosie stieß, warf sie ihr einen fragenden Blick zu, doch Rosie schüttelte nur den Kopf und gab ihr zu verstehen, dass auch sie im Dunkeln tappte.

Die Crew reihte sich auf der Wiese auf – einige warteten mit verschränkten Armen gespannt darauf, was der Kapitän ihnen zu sagen hatte. Andere setzten sich ins Gras, berührten die Halme und genossen das seltene Gefühl, auf der Oberfläche zu sein. Vaspine war der Letzte, der das Schiff verließ. Allein schritt er mit verschlossener Miene über die Landungsbrücke. Unten angekommen, stellte er sich vor seine Crew. »Danke.«

Die Piraten brachen in angespanntes Gelächter aus.

Vaspine redete weiter: »Ich entschuldige mich für den dramatischen Ablauf. Aber ich weiß, dass viele von euch Fragen haben zu dem, was heute Morgen auf dem Stützpunkt der Heeresflieger passiert ist, und ich will versuchen, diese Fragen zu beantworten.«

»Zoya«, sagte Vaspine. »Warum kommst du nicht zu mir?«

Zoya lief rot an, als die gesamte Mannschaft sich zu ihr umdrehte. Sie schlängelte sich durch die Umstehenden und trat vor.

»Die meisten von euch haben Zoya bereits kennengelernt«, fuhr Vaspine fort. »Sie ist vor einigen Tagen auf unser Schiff gekommen. Wahrscheinlich haben ein paar von euch sie nach ihrer

Vergangenheit gefragt, und sie hat euch geantwortet. Leider hat sie euch belogen. Notwendigerweise, aber Lügen waren es doch.« Er schaute zu Zoya. »Hier also die Wahrheit: Das Mädchen, von dem Kane heute Morgen in seiner Botschaft geredet hat, ist Zoya.«

Ein hörbares Keuchen ging durch die Menge. Kurz starrten alle den Kapitän an, dann warfen sich einige Blicke zu, fingen an zu tuscheln und Fragen zu stellen. Jemand von weiter hinten rief: »Und warum?«

Vaspine atmete tief durch. »Es ist kein Geheimnis, dass Kane und ich in unserer Jugend unter Jupiter und Dominika gedient haben.« Er machte eine Pause und legte Zoya eine Hand auf die Schulter. »Und es ist außerdem bekannt, dass Kane die beiden während der Meuterei an Bord der *White Knight* ermordet hat.«

Ringsum nickten die Piraten.

»Was ihr vielleicht nicht wisst«, erzählte Vaspine, »ist, dass Jupiter eine kleine Tochter hatte. Mir ist es damals gelungen, die Kleine vom Schiff zu schmuggeln, bevor Kane seinen Plan in die Tat umsetzen konnte.« Vaspine sah zu Zoya, dann wieder zu seiner Crew. »Dieses Mädchen steht nun vor euch.«

Erneut wurde überraschtes Keuchen laut, gefolgt von noch mehr Getuschel. Vaspine wartete, bis Ruhe eingekehrt war, bevor er weitersprach. »Sicher haben viele von euch gehört, dass Jupiter irgendwo auf der Insel im Himmel eine versteckte Schatzkammer hatte. Wo genau, wussten nicht einmal seine Männer. Ich schon. Genau wie Kane. Der Schlüssel zu dieser Schatzkammer ging jedoch in der Nacht von Kanes Meuterei verloren.« Vaspine machte eine Pause. »Der Schlüssel ist der Anhänger an Zoyas Hals.«

Am liebsten wäre Zoya davongerannt, als die geballte Aufmerksamkeit der Menge sich auf sie richtete. Doch sie zwang sich, ruhig zu atmen, und zog stattdessen ihre Kette hervor, um sie allen zu zeigen. Die Piraten reckten die Hälse, um besser sehen zu können.

»Deshalb mussten wir Zoya an Bord nehmen und deshalb hat uns Kane heute Morgen diese Botschaft zukommen lassen. Er will den Anhänger. Und auch wenn wir im Augenblick sicher sind – er ist auf dem Weg. Er jagt diesem Ding schon einem Jahrzehnt lang hinterher, da wird er nun nicht aufgeben. Wir dürfen nicht zulassen, dass er es in die Finger bekommt.« Vaspine unterbrach sich, um die Bedeutung seiner Worte wirken zu lassen. Reihum sah er jedem Mitglied seiner Mannschaft in die Augen. »Es war nie meine Absicht, euch in diese Angelegenheit mit hineinzuziehen. Risiken gehören zum Leben eines Luftpiraten. Wir lassen uns darauf ein, sobald wir uns in den Himmel erheben. Aber dies geht weit darüber hinaus. Deshalb habe ich Befehl zum Landen gegeben. Wer von euch an dieser Stelle lieber gehen möchte, kann das nun tun. Ihr habt genug Zeit, eure Sachen zu packen. Wir befinden uns neben der Hauptstraße nach Dalmazia. In einem Tag könnt ihr in der Stadt sein. Und keiner von uns wird es euch übel nehmen. Wir alle haben Familie, und wozu sollte noch ein Junge oder Mädchen ohne Eltern aufwachsen.«

Ein Murmeln ging durch die Menge. Zoya schaute zu Bucker, der lächelte. Nach einer Weile traten ein paar Leute vor.

»Tut mir leid, Käpt'n, ich muss …«

»Meine Frau hasst meinen Job sowieso …«

Der Letzte von ihnen gab sich größte Mühe, Zoyas Blick auszuweichen. Als er beim Kapitän ankam, flüsterte er ihm ins Ohr: »Käpt'n, Sie wissen, ich würde bis ans Ende der Ewigkeit reiche Geldsäcke mit Ihnen ausrauben, aber gegen Kane zu kämpfen war nie Teil der Abmachung. Nicht gegen ihn.« Er warf einen schnellen Blick zu Zoya, bevor er wieder wegsah und leiser weiterredete: »Tut mir leid …«

Der Kapitän schüttelte ihm die Hand. »Kein Grund, sich zu entschuldigen. Denk dir nichts dabei. Wenn alles vorbei ist, kannst du dich uns gerne wieder anschließen.«

Der Mann trottete die Landungsbrücke hoch zum Schiff. Vaspine sah ihm nach, bis er verschwunden war. Dann wendete er seine Aufmerksamkeit wieder denen zu, die auf der Wiese standen. »Sonst noch jemand?«

Keiner rührte sich.

35

Viele Besatzungsmitglieder hatten Fragen, also war es spät, bis sie wieder an Bord des Luftschiffs gingen. Einige der Himmelsräuber blieben vor Freude darüber, feste Erde unter den Füßen zu spüren, noch etwas auf dem Boden. Die Übrigen sammelten sich auf Deck in kleinen Grüppchen, tranken gemeinsam ein Bier und unterhielten sich über die Neuigkeiten, während Cid die *Dragonfly* auf Kurs Dalmantischer Pass brachte und die Motoren warm laufen ließ. Zoya hielt sich abseits und bemühte sich nach Kräften, die ständige Aufmerksamkeit zu ertragen und gleichzeitig nicht trübsinnig zu werden. Aber leicht war es nicht. Kane war noch immer da draußen. Irgendwo im Himmel glitt sein Luftschiff leise durch die Dunkelheit und lauerte.

»Alles okay bei dir?«, fragte Bucker, der ihren Weg kreuzte, als er mit einem Filzbeutel in den Händen übers Deck flitzte.

Zoya zwang sich zu einem Lächeln. »Ich bin nur müde.«

»Du solltest mit zum Kartenspielen kommen«, sagte Bucker. »Das bringt dich auf andere Gedanken. Ein paar von uns haben sich drüben am Hauptmast versammelt. Siebzehn und Vier.«

»Jetzt?«, fragte Zoya. Sie blickte übers Deck, wo Beebee und ein paar Besatzungsmitglieder sich um einen Klapptisch geschart hatten. »Du meinst, die lassen mich mitspielen?«

»Klar«, sagte Bucker. »Du glaubst doch nicht, dass du hier an Bord die Einzige mit einem Geheimnis bist, oder? Jeder Pirat hier hatte schon Stunk mit irgendeinem anderen Luftpiraten.« Er schenkte ihr ein breites Lächeln. »Dein Typ ist nur irgendwie … größer.«

»Hmmm.«

»Hast du Geld?«, fragte Bucker, während sie zum Hauptmast gingen.

Zoya schüttelte den Kopf.

»Egal. Hermann Bernard wird dir was leihen. Geht das in Ordnung, Hermann?«

Hermann rollte mit den Augen. »Für Jupiters Tochter – aber sicher doch.«

»Tja«, sagte Bucker ungeduldig, »dann setz dich!« Er holte Zoya einen Stuhl und stellte dann den letzten Unbekannten in der Runde vor. »Zoya, das ist James Jones, das ›Sparschwein‹. Den Spitznamen hat er, weil er wie ein Sparschwein ist. Wenn einer von uns Geld braucht, spielen wir mit James Karten.«

Zoya nahm von Hermann Bernard eine Rolle Münzen entgegen, bedankte sich und gab sich Mühe, Kane zu vergessen, indem sie sich ganz dem Spiel widmete. Nachdem sie die anderen mit dem ersten Blatt in Grund und Boden gespielt hatte (sie war sicher, dass Bucker die Karten manipuliert hatte), verließ sie das Glück. In der zweiten Runde verlor sie himmelhoch, setzte viel mehr, als vernünftig gewesen wäre, und verlor den gesamten Gewinn, den sie eben erst gemacht hatte. Das folgende Blatt war ein Albtraum. Danach schlug sie sich mittelprächtig, nur um in der folgenden Runde mehr zu verspielen als in allen anderen zusammen.

Bucker auf der anderen Seite hatte fast jedes Mal ein Siegerblatt auf der Hand. Zoya kam zu dem Schluss, dass sie bereits mehr verloren hatte, als sie je wieder gewinnen konnte, also konzentrierte sie sich in den kommenden Runden darauf, Bucker im Auge zu behalten und herauszufinden, wie er es anstellte, so erfolgreich zu sein. Zunächst fiel ihr nichts Besonderes auf. Er schien nichts anders zu machen als Zoya: setzen, Karte ziehen, mitgehen oder abschließen, wieder setzen. Doch dann bemerkte sie etwas Verdächtiges: Immer, wenn Bucker ein neues Blatt erhielt, beugte er sich nach unten, um sich am Fuß zu kratzen. Das Ganze kommentierte er mit »Autsch« oder »Meine Füße jucken wie blöd«, oder er zeigte auf einen der Piraten an Deck, der gerade etwas Komisches machte. Welches Ablenkungsmanöver er auch wählte – jedes Mal, wenn er neue Karten bekam, wanderte seine Hand zu seinen Füßen.

Als es wieder einmal so weit war, wippte Zoya in ihrem Stuhl vor und zurück, bis sie kippte und auf den Boden fiel. Sie ließ es wie ein Missgeschick aussehen, aber natürlich war es geplant. Vom Boden aus hatte sie einen guten Blick auf das, was unter dem Tisch ablief. Und tatsächlich, sie beobachtete, wie Buckers Hand die Bohlen abtastete und nach einem Geheimversteck voller Könige und Damen suchte. *Erwischt!*

Bucker war der Erste, der aufsprang, um Zoya hochzuhelfen. Dabei sah er ihr fest in die Augen. Und beiden war klar: Sie wusste Bescheid. Als er ihr zurück auf ihren Stuhl half, wisperte er in ihr Ohr: »Pssst.«

Einige Runden später machte Bucker die Ansage, dass er aufs Klo müsse, bevor er in Richtung der nächsten Toilette verschwand und Zoya mit den anderen allein ließ. Kurz herrschte

Stille. Zoya wurde nervös und wäre am liebsten in ihr Zimmer gerannt. Doch dann beugte sich das »Sparschwein« James Jones unter den Tisch und sagte: »Wollen wir doch mal sehen, was er heute so in petto hat.« Er zog Buckers gebunkerte Karten hervor und klatschte sie mit dem Gesicht nach oben auf den Tisch. Die anderen musterten sie und murmelten sich dann zu: »Oooh, das hätte er spielen können, als ...« und »Also *das* wäre vor zwei Runden ein guter Abschluss gewesen ...« und »Na ja, irgendwann wird er's noch kapieren.«

Zoya sah verdutzt zu, bevor sie den Mund aufbrachte. »Ihr wisst, dass er schummelt?«

Beebee und die anderen wandten ihr langsam den Kopf zu. Zoya kam sich vor, als hätte sie etwas Falsches gesagt. Schon wollte sie die unangenehme Stille mit einem Witz auflockern, als James sagte: »Zoya, ein blinder Affe ohne Ohren und mit nur einem halben Hirn hätte gemerkt, dass er falschspielt.«

Zoya war verwirrt. »Aber warum lasst ihr es ihm durchgehen?«

Der Pirat legte den Kopf schief und überlegte, wie er sich am besten ausdrücken sollte. »Siehst du den da drüben?« Er zeigte auf ein Crewmitglied, das auf einem Eimer hockte und sich Essensreste aus den Zähnen pulte. »Ich kenne ihn schon seit zehn Jahren. Und siehst du den da?« Er deutete auf einen anderen, der vor einer spiegelnden Metallkiste seine Muskeln anspannte.

Zoya nickte.

»Sieben Jahre.« Die anderen nickten zustimmend. »Die Leute an diesem Tisch hier kenne ich so gut wie meine eigenen Füße, und das ist nicht gut. Keiner von ihnen kann mir irgendetwas erzählen, was ich nicht schon Dutzende Male gehört habe.« Der Mann bemerkte, dass Bucker von der Toilette zurückkam und ließ die Karten wieder unter dem Tisch verschwinden. Dann sah er Zoya an. »Als Bucker aufs Schiff kam, war er wie ein Lichtstreif am Horizont. Der Junge könnte mich um hundert Münzen prellen und das wäre immer noch ein geringer Preis für seine Gesellschaft.«

36

Als Bucker zum Tisch kam, fielen ihm die Blicke der anderen auf. »Was ist los?«, fragte er und warf einen prüfenden Blick auf seine Hose, um sicherzugehen, dass er sie ordentlich zugeknöpft hatte. Dann warf er die Hände in die Luft. »Was denn?«

Keiner sagte etwas, bis Zoya antwortete: »Nichts.« Sie lächelte. »Lass uns weiterspielen.«

Bucker warf einen letzten Blick auf seine Hose, bevor er sich setzte, seine Karten aufnahm und jedem ein neues Blatt austeilte – zwei Karten pro Spieler. Als Bucker nicht hinsah, zwinkerte James Jones Zoya zu. Und Zoya nickte fröhlich.

Eine Stunde spielten sie noch und wechselten zwischendurch zu einem anderen Spiel, »damit wir auch mal eine Chance haben«, wie Hermann Bernard es formulierte. Wie sich herausstellte, erging es ihnen damit allerdings auch nicht besser. Als die Stunde um war, hatte Bucker ihnen die Taschen leer geräumt – abgesehen von ein, zwei Münzen, die Zoya irgendwie hatte gewinnen können. Nach einer weiteren siegreichen Hand stand Bucker auf und strich seinen Gewinn ein. »Ich würde euch ja gerne das letzte Hemd ausziehen«, sagte er, »aber gleich fängt meine Schicht im Ausguck an. Spart doch schon mal ein bisschen Gold zusammen, damit ich es euch beim nächsten Mal abnehmen kann, okay?«

Beebee, Hermann und James verdrehten die Augen.

Damit war das Spiel vorbei. Hermann und James bedankten sich bei Zoya und Beebee, bevor sie auf wackligen Beinen mit Weinflaschen in den Händen übers Deck davonschaukelten. Beebee sah ihnen nach und schüttelte den Kopf. »Du hast Glück, Zo«, meinte er. »Die sehen vielleicht aus wie zwei besoffene Schurken, aber unsere Mannschaft hier ist wirklich voller feiner Kerle. Eine Menge Piraten hätten sofort die Beine in die Hand genommen, wenn Kane sich an ihre Fersen gehängt hätte. Aber nicht hier auf der *Dragonfly*.«

Beebee fing an, Ordnung zu schaffen, und reichte Zoya eine Schachtel, damit sie Karten, Geldbeutel, Aschenbecher und Bierflaschen aufräumen konnte. Als sie fertig war, beugte sie sich vor, um die Schachtel hochzuheben. Erst als sie die Finger unter den Karton schob, fiel ihr auf, wie erschöpft sie wirklich war. Rosies Unterricht hatte ihr das letzte bisschen Kraft geraubt und jetzt fühlte sie sich so substanzlos wie ein Geist. Als Beebee das sah, gluckste er und gab Zoya mit einem Nicken zu verstehen, dass sie das Tischchen nehmen sollte, während er die Kiste schleppte.

Zoya fielen die Augen zu, während sie gemeinsam über das Luftschiff stolperten. Einmal wäre sie im Vorbeigehen beinahe in zwei Piraten gerannt, die einen Haken schlugen, um ihr auszuweichen. Der Himmel ringsum war inzwischen pechschwarz und die wenigen Laternen malten undeutliche Schatten aufs Deck der *Dragonfly*. Weit in der Ferne durchzuckten Lichtblitze den Himmel, begleitet von gedämpftem Grollen. Die Crewmitglieder, die sich noch auf dem Oberdeck aufhielten, spähten angestrengt in die Nacht. Beebee beugte sich zu Zoya. »Geht's dir gut?«

Sie schaute auf. In diesem Moment hörte sie ein lautes *Swusch*, gefolgt von einem heftigen Knacken. Zoya schaute sich um, auf der Suche nach einem rotgesichtigen Piraten, der übers Deck krabbelte, um aufzuheben, was er fallen gelassen hatte. Aber niemand war gestürzt. Stattdessen glotzten sämtliche Himmelsdiebe wie erstarrt Beebee an. Verdattert sah Zoya erst zu ihnen, dann zu Beebee. Der Riese linste in die Schachtel. Als Zoya seinem Blick folgte, keuchte sie erschrocken auf. Wo eben noch die Überreste des Kartenspiels gewesen waren, lag nun ein rauchender Steinbrocken, so groß wie Zoyas Faust. Er war so heiß, dass der Karton bereits schwelte und Qualm in Beebees Augen stieg. Ein verwirrter Ausdruck trat in sein Gesicht, während er darüber grübelte, was gerade passiert war.

Schon hörte Zoya einen zweiten Einschlag, diesmal links von ihr. Als sie sich umdrehte, sah sie mitten im Deck ein rauchendes Loch. Ein weiterer Einschlag, direkt vor ihnen, ließ nicht auf sich warten, knapp gefolgt vom nächsten, der vor Zoyas Füßen niederging.

»Was …?«, setzte Zoya an, doch bevor sie ihren Satz beenden konnte, beantwortete der Schrei eines Piraten ihre Frage.

»Meteoriten!«

37

Zoya entdeckte das Zentrum des Schauers: ein leuchtender Sturm einen guten Kilometer vor ihnen. Hunderte von Feuerbällen schossen mit gleißenden Köpfen und Schweifen quer über den Himmel, glommen ein letztes Mal auf und verschwanden dann. Trotz der Gefahr waren die Meteoriten wunderschön: Es sah aus, als würde es Licht regnen. Fasziniert stand Zoya da, bis sie ins Hier und Jetzt zurückgerissen wurde, als einer der glühenden Steine durch die Reling brach und sich knapp neben ihrem Fuß ins Deck bohrte. Zoya hielt nach Beebee Ausschau und fand ihn weiter hinten auf dem Deck. »Was kann ich tun?«, rief sie.

»Geh in Deckung!«

Zoya suchte nach einem Unterschlupf, der stabil genug war, um einem fallenden Meteoriten standzuhalten. Sie überlegte, ob sie sich ins Frachtdeck zurückziehen sollte, aber fast alles auf der *Dragonfly* war aus Holz. Wenn ein Meteorit das Oberdeck durchschlug, würde er fast ebenso sicher auch die Decks darunter durchbohren. Das bisschen Metall, das es auf dem Schiff zu finden gab, umspannte lediglich den Rumpf und war unerreichbar oder aber so hoch über dem Deck, dass es glatter Selbstmord wäre, dorthin gelangen zu wollen.

Der Gedanke an Höhe brachte Zoya auf Bucker. Schnell schaute sie zu seinem Krähennest, um zu sehen, ob er dort war. Aus der Ferne schien sein Ausguck unbeschädigt, auch wenn ein

Stück Takelage daneben abgefetzt worden war, sodass inmitten des Tauwerks nun ein Loch klaffte. Zoya rannte hinüber. »Bucker?«

Buckers Kopf erschien über dem Rand seines Ausgucks. »Ich kann nicht runter. Ein Meteorit hat das Netz weggerissen!«

»Sehe ich«, brüllte Zoya, als bereits der nächste Gesteinsbrocken pfeifend die Luft durchschnitt und den Hauptmast traf. Zoya wurde von der Erschütterung zu Boden geworfen. Einen Herzschlag später war sie auf den Beinen und sah nach dem Mast, der leicht qualmte, aber kein Feuer fing. Zoya suchte erneut nach Bucker, doch er war fort. Als sie sich umblickte, fand sie ihn weit weg von seinem Posten von einem Querbalken baumeln.

»Wie hast du …?«

»Die Wucht hat mich rüberkatapultiert«, rief Bucker. »Hol mich runter!«

Zoya spähte Hilfe suchend umher. Sie brauchte ein Seil, doch Vaspine ließ sämtliche Taue im Bug aufbewahren und ihr war klar, dass sie es nicht rechtzeitig bis dorthin und wieder zurück schaffen würde. Bucker wäre in der Zwischenzeit längst gestürzt. Suchend schob sie Reissäcke und Weinfässer beiseite, fand aber nichts. Rechts von ihr versuchte Beebee gerade, einen Holzbalken hochzustemmen, der auf Charlie gefallen war. Zoya rannte zu ihm, packte ein Ende und zog. Während sie sich abmühte, fragte sie Beebee, ob er irgendwo ein Seil gesehen hätte.

»Zoya, ich habe gerade anderes zu tun!«

Gemeinsam schafften sie es, den Balken von Charlie herunterzuwuchten und beiseitezuwerfen. Dann sprintete Zoya zu Bucker, wobei sie hektisch weitersuchte.

»Ich kann nichts finden!«, brüllte sie.

»Beeil dich!«, flehte Bucker. »Wenn ich hier draufgehe, kannst du dich drauf verlassen, dass mein Geist dich auf ewig verfolgt!«

Zoya durchforstete erneut ihre Umgebung – Säcke, Fässer, Tische, Balken – und hatte eine Idee. Sie schnappte sich einige Säcke, zerrte sie unter Bucker und wiederholte das Ganze, bis sie einen beachtlichen Stapel aufgeschichtet hatte. Dann bildete sie aus Fässern einen Kreis um die Säcke, damit sie nicht wegrutschen konnten, und schaute in die Höhe.

»Soll das ein Witz sein?«, meinte Bucker.

»Was Besseres fällt mir nicht ein. Jetzt spring!«

Bucker schloss die Augen, zählte bis drei und ließ los. Er sauste durch die Luft und landete mit einem *Wumms* auf den Säcken. Als Zoya nach ihm sehen wollte, fing sie sich einen gut getimten Stoß auf den Arm ein. »Das war das letzte Mal, dass ich mich von dir retten lasse!«, beschwerte sich Bucker.

Hastig warfen sie die Säcke wieder an die Schiffsreling, damit sich in dem Durcheinander keiner wegen ihnen noch ein Bein brach. »Wir müssen meine Mum finden.«

Sie rannten aufs Mitteldeck und suchten nach Rosie. Zoya sah sie zuerst – sie marschierte einem wütenden Vaspine hinterher.

»Mum!«, rief Bucker.

Als sie ihren Sohn hörte, riss Rosie den Kopf herum und setzte eine grimmige Miene auf. Sie eilte zu ihnen, packte Bucker und Zoya am Kragen und zerrte sie quer übers Deck zum Kapitän. Zusammen stürmten sie anschließend zum Heck, wobei die Kinder ins Stolpern gerieten, so sehr hatten sie damit zu tun, mitzuhalten. »Bleibt bei mir!«, zischte Rosie.

Als sie das Achterdeck erreicht hatten, sprang Vaspine auf die Brücke, wo Cid mit dem Steuerrad kämpfte und das Schiff mal nach rechts, mal nach links warf, um den größten der fallenden Steine auszuweichen. Rosie trat mit energischen Schritten an die Außenwand und fuhr mit dem Finger über die Kante, bis sie einen Widerstand spürte. Sie packte zu und zog daran. Eine Metallklappe fuhr aus dem Rand und gab den Blick auf eine Lücke frei, die gerade groß genug war, um Zoya und Bucker Deckung zu bieten. »Rein da und stillhalten!«

Die Kinder krabbelten in den Unterschlupf und schotteten ihre Köpfe mit dem Metalldeckel ab, während Rosie kehrtmachte und auf die Brücke sprang.

»Cid«, sagte Vaspine. »Wie lautet dein Plan?«

Der Pilot zwinkerte. »So wie immer.«

Cid richtete seine Aufmerksamkeit auf den Hagelschauer, dessen Zentrum nun beunruhigend nahe war. Dutzende von Meteoriten schossen Minute für Minute durch den Schiffsrumpf. Und aus der Nähe betrachtet wirkten sie lange nicht mehr so schön.

»Käpt'n«, rief Zoya. »Werden wir es schaffen?«

Vaspine lächelte. »Es gibt zwei Möglichkeiten, Zoya. Entweder fliegt uns dieser Mann hier raus aus der Misere«, er zeigte auf Cid, »oder die *Dragonfly* wird einmal zu oft von diesen Kieselsteinen getroffen und wir stürzen ab. Und jetzt lass uns in Ruhe arbeiten.«

38

Cid ließ das Steuerrad wirbeln und die *Dragonfly* durch den Himmel sausen. Der Wind, der über den Rumpf pfiff, dröhnte Zoya in den Ohren und die Meteoriten, die das Schiff trafen, explodierten in einem Funkenregen. Inzwischen waren es Hunderte, einige so winzig wie Erbsen, andere so groß wie Äpfel, die mit kleinen Rauchschweifen die Wolken zerfetzten. Manche Wolken wurden von den Brocken stärker durchlöchert als andere, und Zoya fiel auf, dass Cid sich genau das zunutze machte, um sie in Sicherheit zu bringen – anhand der Wolken schätzte er ein, wo der Hagel am heftigsten war, und hielt Kurs auf die Gegenrichtung. Nahe des Zentrums des Meteoritenhagels wurden die Gesteine so groß wie Melonen, die das Schiff in die gähnende Tiefe gestürzt hätten, wären sie an der falschen Stelle eingeschlagen. Doch zum Glück geschah das nicht. Irgendwie schaffte es Cid, einen Weg durch das Chaos zu finden. Langsam lichtete sich der Himmel vor ihnen und eine Minute später war die *Dragonfly* dank sorgsamer Navigation in Sicherheit.

Zoya schnappte sich Bucker und zog ihn aus dem Loch. Gemeinsam betrachteten sie das Schiff. So etwas hatte Zoya noch nicht gesehen. Die *Dragonfly* war kaum wiederzuerkennen. Überall loderten kleine Feuer, von denen Rauch in den Himmel stieg. Ganze Teile des Decks fehlten, waren entweder abgerissen oder zersplittert – oder von so vielen Löchern zerfressen, dass sie wie ein Sieb aussahen. Bucker schaute nach seinem Ausguck, der vollkommen pulverisiert war – die Segel des Schiffs waren zerrissen und hingen nur noch in Fetzen. Selbst die Mannschaftsquartiere in der Nähe des Bugs waren nicht verschont geblieben.

Cid gab den erfahreneren Besatzungsmitgliedern Befehle und schickte auch Bucker zu den Überresten seines Ausgucks hoch, um nach weiteren unerwünschten Überraschungen Ausschau zu halten (»Wenn du auch nur die Andeutung eines schwarzroten Schiffs siehst, rufst du nach mir!«). Zoya nutzte die Gelegenheit, die Verletzten in einem hastig errichteten Krankenlager nahe dem Maschinenraum zu besuchen. Auch den Kapitän traf sie dort, der zwischen den aus Tischen und Sofas improvisierten Betten umherging, Witze erzählte oder Geschichten über seine eigenen Verwundungen zum Besten gab, die er im Laufe der Jahre erlitten hatte.

Zoya lief von einem Lager zum nächsten und versuchte, die Verwundeten mit Kuchen aufzuheitern, den sie aus dem Speisesaal geschmuggelt hatte. Nachdem alles verteilt war, ging sie zurück ans Oberdeck, um zu sehen, ob sie sich auch dort irgendwie nützlich machen konnte. Doch dann erweckte eine Ansammlung von Menschen am Hauptmast ihr Interesse. Cid war darunter, auch Rosie und Vaspine, allesamt mit vor der Brust verschränkten Armen. »Was soll das heißen, da lässt sich nichts machen?«, blaffte Vaspine.

»Ich meine es genau so, wie ich es sage«, entgegnete Cid. Er stopfte Tabak in seine Pfeife und zündete in der Dunkelheit ein Streichholz an. »Wir haben eins der Segel verloren. Sie fliegt nicht.«

»Überhaupt nicht?«

»Na ja, eine Schnecke würde sie schon noch überholen«, sagte Cid, »aber verabreden Sie sich die nächsten Tage nicht zum Abendessen – wir würden's nämlich nicht rechtzeitig hinschaffen.«

»Wie schnell kommen wir noch voran, Cid?«

Der Pilot schnitt eine nachdenkliche Grimasse. »Tja, ich würde mal behaupten, so schnell wie ein Transporterbus. Vielleicht.«

»Ein Transporter!« Vaspine starrte den Steuermann grimmig an und betrachtete dann die Segel. Cid hatte nicht übertrieben: Eins der Segel war noch intakt, blähte sich wie gewohnt über ihnen auf und versperrte den Blick auf die Sterne. Doch das bei Buckers Krähennest war zerstört. Die obere Hälfte war über die gesamte Breite durchlöchert und Teile der unteren Hälfte fielen wie Spaghetti aufs Deck.

»Dann reparieren wir es eben«, sagte der Kapitän und trat zu Rosie, die den Schaden begutachtete. »Der Doc hat uns etwas von dem Material dagelassen, nicht?«

Rosie riss den Blick nur langsam von dem kaputten Segel los. »Nicht genug. Einen Teil haben wir aufgebraucht, nachdem wir letztes Jahr diese Brücke gerammt hatten.«

»Verflucht!«, zischte Vaspine und kickte einen Holzeimer quer über die Bohlen. »Und was machen wir jetzt? Wenn wir langsamer sind als ein Transporter, können wir den Dalmantischen Pass nicht ansteuern. Wie wäre es mit der Stadt? Wir könnten landen, Segeltuch kaufen und die *Dragonfly* instand setzen?«

Cid und Rosie wechselten einen Blick. Dann trat Rosie vor. »Carlos, der Doc hat ein ganzes Jahr gebraucht, um die Dinger zusammenzuschustern. Selbst wenn man dieses Zeug in Dalmazia kaufen könnte«, sie hob einen Finger, »was ich im Übrigen nicht glaube, könnte keiner an Bord damit etwas anfangen. Wir müssen *jetzt* zum Pass, nicht erst in ein paar Wochen.«

Der Kapitän schüttelte den Kopf. »Wir werden ihn nicht holen.«

»Wen?«

»Ich weiß, was du denkst. Aber daraus wird nichts.«

Cid zog ein letztes Mal an seiner Pfeife, klopfte die Asche aus und steckte sie zurück in die Jackentasche. Als er fertig war, zauberte er sein Goldstück hervor und ließ es von einem Fingerknöchel zum nächsten wandern. »So wie ich das sehe, bleibt uns ein tüchtiges Segel. Das andere können wir nicht reparieren, was bedeutet, dass wir aus dem noch funktionstüchtigen mehr herausholen müssen. Es sei denn, Zoya ist irgendein Wunderkind …«, er drehte sich zu Zoya um, reckte ihr fragend eine Hand entgegen und wartete auf eine Antwort. Zoya schüttelte den Kopf. »Tja, dann würde ich meinen, wenn wir nicht hier herumhocken, Däumchen drehen und auf Kane warten wollen, ist der Doc unsere einzige Möglichkeit.«

Vaspine bleckte die Zähne und schaute Rosie an. »Denkst du das auch?«

Sie zuckte die Schultern. »Er hat doch immer recht.«

Cid lachte.

»Verdammt!« Vaspine marschierte in Richtung seiner Kajüte. Dann warf er einen Blick über die Schulter. »Bitte sag mir wenigstens, dass wir es nicht mehr weit haben.«

Cid richtete sich zu seiner vollen Größe auf. »Was das angeht, haben wir Glück. Wenn wir den Rückenwind beibehalten, sind wir in einem Tag an der Küste. Vielleicht schneller.«

»Ein Tag!«, fuhr Vaspine auf, riss sich dann jedoch zusammen. »Na schön. Dann machen wir es so. Aber, so wahr mir Gott helfe, haltet die Augen nach diesem Schiff offen! Sollte Kane uns finden, solange wir fluguntüchtig sind, sind wir erledigt. Du musst still und leise wie eine Maus fliegen, Cid!«

Der Pilot grinste breit. »Fiep, fiep.«

39

An diesem Morgen hatte Zoya ihr Bett nicht gemacht, weswegen es ihr umso leichter fiel, direkt hineinzufallen, als sie endlich schlafen ging. Sie zog sich die Decke über den Kopf und schuf sich ein eigenes kleines, dunkles Reich. Eine Weile lag sie still da und dachte über alles nach. Über Kanes Botschaft und den Meteoritenschauer.

Es war, als hätte der Himmel sich gegen sie verschworen. Und doch gab ihr die Reaktion der Crew auf die Offenbarung des Kapitäns Mut. Wenn die Mannschaft hinter ihr stand, hatte sie zumindest eine Chance.

Als sie am nächsten Morgen erwachte, strömte die Sonne durch ein Loch in der Decke. Es war noch früh. Zoya warf sich in ihre Klamotten und tappte an Deck. Vor dem Speisesaal waren Charlie und Maddie ebenfalls schon auf den Beinen und verteilten von einem Servierwagen aus Speckbrote an die Mannschaft. Zoya stellte sich in die Schlange. Als sie an der Reihe war, fragte sie Charlie, warum sie im Freien waren. »Der Speisesaal ist voller Löcher – könnte glatt als Käsereibe durchgehen!«

Als Zoya mit dem Frühstück fertig war, hatte sich vor dem Kapitänsquartier eine Gruppe Piraten versammelt. Auch Bucker war darunter. Sobald er Zoya sah, kam er zu ihr und hakte sich bei ihr unter. »Na, du Langschläfer?«

»Was ist denn hier los?«, fragte Zoya.

»Wir warten auf den Käpt'n. Wir sind der Reparaturtrupp. Wir werden die Meteoritenlöcher kitten.«

»Wie denn?«

»Irgendwie. Hauptsächlich mit Holz. Ein paar andere Löcher«, Bucker lächelte, »werden ein bisschen mehr Aufmerksamkeit brauchen.«

Bevor Zoya nachhaken konnte, was genau er damit meinte, erschien der Kapitän aus dem Unterdeck und trat auf die Versammelten zu. »Danke, dass ihr gekommen seid«, begann er. »Wie eins meiner lautesten kleinen Vögelchen euch zweifellos gezwitschert hat«, er grinste Bucker an, »habe ich euch als meine Aufräumtruppe zusammengestellt. So hinreißend sie auch aussieht, da Kane uns im Nacken sitzt, können wir den Zustand der *Dragonfly* nicht lange so belassen. Ich will, dass ihr das Schiff heute Vormittag absucht – nach Meteoritenbrocken, Löchern, Schäden … im Wesentlichen nach allem, was irgendwie Schwierigkeiten machen könnte. Und dann behebt das Problem.«

»Kann Zoya uns helfen?«, platzte Bucker heraus.

Vaspine sah zu ihr. »Wenn sie möchte.«

Der Kapitän verbrachte die nächsten zwanzig Minuten damit, dem Team genaue Anweisungen zu geben. Danach schickte er sie an die Arbeit und versprach ihnen ein ordentliches Mittagessen, wenn sie bis zum Nachmittag alles erledigt hatten. Sobald er gegangen war, wandte Zoya sich an Bucker. »Und jetzt?«

Bucker bahnte sich einen Weg durch die Menge, um sich die beste Ausrüstung zu sichern. Zoya sah zu, wie er andere wie ein

Büffel beiseitestieß und möglichst viel an sich riss, bevor ihm jemand zuvorkommen konnte.

»Jetzt«, sagte er lächelnd, als er zu ihr zurückkam, »haben wir ein bisschen Spaß.«

40

Zoya und Bucker umgingen die klaffenden Löcher, die Bug und Heck ruiniert hatten, und hielten aufs Hauptdeck zu, wo der größte Schaden durch kleine, faustgroße Lecks entstanden war. Um diese zu reparieren, musste man die stecken gebliebenen Meteoritensplitter entfernen und vom Schiff werfen, aus einem Stapel ein passendes Stück Holz wählen, das Loch damit abdecken und es festnageln. »Das hält aber nur vorübergehend, oder?«, fragte Zoya.

Bucker nickte. »Wenn wir das nächste Mal landen, bringen wir die *Dragonfly* in eine Reederei, damit sie dort richtig repariert wird.« Er hieb den letzten Nagel in die Planke zu seinen Knien und hob den Hammer in die Luft. »Aber je mehr wir schaffen, bevor dein Kumpel auftaucht, desto besser.«

Eine Stunde lang nahmen sie sich einen Abschnitt nach dem nächsten vor und setzten ihn instand. In regelmäßigen Abständen kam Cid an ihnen vorbei, der auf der Brücke nach dem Rechten sah und sicherging, dass man Kane noch nicht gesichtet hatte.

»Nichts?«, fragte Zoya ihn bei einer dieser Gelegenheiten.

»Nichts«, antwortete Cid zwinkernd. »Er ist nicht dumm. Er weiß ja, wer die *Dragonfly* steuert.«

Ihr war klar, dass Cid nur dumme Sprüche riss, um sie aufzuheitern, trotzdem war sie ihm dafür mehr als dankbar.

Als Bucker an diesem Morgen den letzten Nagel in sein sechzehntes Loch geschlagen hatte, hob er den Kopf. »Kleiner Imbiss gefällig?«

»Unbedingt«, stimmte Zoya zu.

Sie liefen in Buckers Kajüte, wo er einige Stücke Schokolade hervorzauberte, die er ein paar Tage zuvor aus dem Speisesaal stibitzt hatte. Hier und da hatten die Täfelchen weiße Flecken, aber Zoya war das egal – hungrig schlang sie sie hinunter. Als beide fertig waren, gingen sie zurück an Deck, wo das übrige Aufräumkommando zusammenstand und fachsimpelte. Zoya und Bucker bahnten sich einen Weg durch die Menge, bis sie hören konnten, was gesagt wurde.

»Damit bliebe nur noch der Rumpf«, sagte der alte Mann, der die Aufsicht hatte. »Ich bin inzwischen eindeutig zu alt, um mich von Luftschiffen zu stürzen, also brauche ich ein paar jugendlichere Freiwillige. Hände hoch.«

Schneller als jeder andere reckte Bucker seine und Zoyas Hand in die Luft. »Wir übernehmen das«, rief er. Zoya wollte sich losreißen, aber Bucker hielt sie fest. »Wir machen das!«

Der Alte musterte die Kinder. »Dass du das hinkriegst, ist mir klar. Ist ja nicht das erste Mal – aber was ist mit ihr?« Er nickte zu Zoya.

»Sicher doch«, versicherte Bucker. »Sie ist schon hundert Mal gesprungen.«

Zoya wisperte unhörbar: »Stimmt nicht.«

Der Alte beäugte sie skeptisch, bevor er sich dem Trupp zuwandte. »Tja, wenn der Käpt'n sie für clever genug hält, Teil des Aufräumkommandos zu sein, werden sie wohl clever genug sein, um zu wissen, ob sie vom Schiff springen wollen. Na schön. Wer noch?«

Während der alte Mann um weitere Freiwillige warb, zerrte Bucker Zoya zum Rand des Luftschiffs, wo er grinsend vor ihr stehen blieb.

»Sagte er gerade *vom Schiff springen*?«

Bucker zwinkerte. »Danken kannst du mir später.«

»Danken?«

»Klar! Der Wind, der einem durchs Haar fegt, das Gefühl, ins Zentrum des Planeten zu fallen – absolut genial!«

»Klingt eher absolut furchtbar«, protestierte Zoya und stellte sich vor, wie es wäre, vom Schiff zu springen. Automatisch musste sie an ihre erste Nacht auf der *Dragonfly* denken. »Bucker, wir müssen das nicht machen.«

»Müssen tust du gar nichts«, meinte er. »Du kannst gerne den ganzen Tag lang Däumchen drehen und auf Kane warten. Oder du kommst mit an die frische Luft, probierst was völlig Neues aus und kommst auf andere Gedanken.« Bucker war selbst von seiner Eindringlichkeit überrascht und atmete erst mal tief durch. »Also, willst du das Weichei spielen oder kommst du mit und springst vom Schiff?«

»Wenn ich das Weichei vorziehe, reibst du's mir dann irgendwann nicht mehr unter die Nase?«

»Kannst du vergessen.«

»Na dann«, sagte Zoya und bemühte sich um einen begeisterten Tonfall. »Auf geht's!«

41

Zoya folgte Bucker übers Deck und durch den Gang, der an Vaspines Quartieren vorbeiführte. Als sie den Bug erreichten, steuerte er auf eine große Holztruhe unter der Galionsfigur des Schiffs zu. Daraus holte er für jeden einen schweren Bügel aus Metall, Gurtzeug und ein Seil. Der Bügel wog so viel, dass Zoya ihn kaum heben konnte. »Wo springen wir denn ab?«

»Mum mag es nicht, wenn ich das mache«, gab Bucker zu, »also irgendwo, wo sie uns nicht sieht.«

Er ging übers Deck und blieb unweit der Galionsfigur an der Reling stehen, an einer Stelle, die vom Rest des Schiffs aus nicht einzusehen war. Er ließ seine Ausrüstung auf den Boden fallen und Zoya machte es ihm nach. Dann wickelte sie das lange Seil aus, das sie sich um den Körper geschlungen hatte. Bucker half ihr, indem er das lose Ende packte und kräftig daran zog, bis Zoya wie ein wild gewordener Kreisel wirbelte.

»Das Seil ist elastisch«, sagte er, nachdem Zoya ihr Gleichgewicht wiedergefunden hatte. »Aber beim Absprung tut das erste Nachfedern trotzdem weh. Das ist dein Bügel. Du machst das Metall an so einem hier fest.« Bucker klatschte den Bügel auf eine Halterung in der Nähe. »Das Magnetfeld sorgt dafür, dass er bombenfest sitzt.« Er grinste. »Normalerweise.«

Zoya wuchtete ihren Bügel hoch, stolperte damit zur nächsten Halterung und machte alles so, wie Bucker es erklärt hatte. Als der Bügel sich festgesaugt hatte, packte Zoya ihn und zerrte mit aller Kraft daran. Er rührte sich nicht vom Fleck. »Wie kriegt man ihn denn wieder ab?«

»Mit drei Mann pro Bügel, aber mach dir darüber mal keine Gedanken. Als Nächstes«, fuhr Bucker fort und machte es ihr gleich vor, »befestigst du das Verbindungsstück des Seils am Bügel, steigst in dein Gurtgeschirr und hakst das andere Ende des Seils an dem Ring hier ein.«

Zoya machte es ihm nach und linste dann über die Reling. Die Sonne stand inzwischen hoch, schien hell aufs Deck und ließ den Himmel und die weißen Wattewolken darin erstrahlen. Zoya betrachtete die Landschaft unter ihnen: abgelegene Häuser, einzelne Bauernhöfe, Dörfer, Städte. Dicht über der Oberfläche brachten fliegende Transporter Passagiere hierhin und dorthin.

»Bereit?«, fragte Bucker.

»Nein.«

»Na dann.« Bucker schulterte einen Rucksack voller Werkzeug und kletterte auf die Reling. »Okay, ich springe zuerst. Schau genau zu, wie weit ich beim Springen aushole, und dann machst du es ganz genauso. Das ist wichtig, denn wenn du flacher abspringst, knallst du gegen den Rumpf. Und das ist kein Spaß, glaub mir.« Er richtete den Gurt an seiner Taille noch einmal aus. »Auf drei. Bis gleich!«

Bucker zählte bis drei und stieß sich ab. Er sprang, so weit er konnte, mit ausgestreckten Armen vom Schiff weg, als wollte er einen Kopfsprung in einen See machen. Zoya beobachtete, wie er immer kleiner wurde und die Farben seiner Klamotten verblassten, bis er wenig mehr als ein kleiner Punkt war. Das

Seil, das neben ihr lag, sauste in die Tiefe, bis es sich straffte und gegen die Halterung spannte. Irgendwo unter sich hörte Zoya ein leises »Umpffff.«

Wird schon schiefgehen! Ein letztes Mal lugte sie über den Rand, schloss dann die Augen und sprang. Sofort stieg Panik in ihr auf, als der Wind über ihr Gesicht peitschte und an ihrer Kleidung riss. Zoya streckte die Arme aus, wie Bucker, und zwang sich, die Augen zu öffnen. Als es ihr schließlich gelang, staunte sie über den Flickenteppich der Landschaft, die unter ihr immer größer wurde. Kurz darauf entdeckte sie links von sich Buckers Seil und Bucker selbst ein Stück weiter unten. Gleichzeitig spannte sich Zoyas Seil. Ein strammer Ruck ging durch das Tau und zog heftig an ihrem Geschirr, bevor sie noch einmal in die Höhe gerissen wurde und das Seil sich ringelte. Während sie etwas sanfter auf und ab hopste, hatte sie zum ersten Mal die Gelegenheit, den Ausblick richtig zu genießen. Die Oberfläche wirkte nicht viel anders als vom Schiff aus – die Leute da unten nahmen sie und Bucker genauso wenig wahr wie die Wolken. Erst als Zoya sich nach oben drehte und die *Dragonfly* sah, riss sie staunend den Mund auf.

Es war atemberaubend.

Das Luftschiff von unten zu sehen, machte Zoya deutlich, wie schlimm ihre Lage wirklich war. Seit ihrer Rettung aus dem Waisenhaus war so viel passiert – so viel, womit sie nicht gerechnet und was ihr Angst eingejagt hatte, dass sie nie wirklich darüber nachgedacht hatte, was es bedeutete, auf einem fliegenden Schiff zu leben. Als sie nun den dunklen Umriss der *Dragonfly* vor der Sonne betrachtete, begriff sie, wie klein ihr

Gefährt im Vergleich war, wie hilflos sie etwaigen Verfolgern darin ausgeliefert waren.

Zoya wartete, bis ihr Seil nicht mehr nachfederte, und stemmte dann die Füße gegen den Rumpf. Sie lächelte Bucker an, der wenige Meter neben ihr baumelte. Er erwiderte das Lächeln. »Hat's Spaß gemacht?«

»Das«, antwortete Zoya, »war der Hammer!«

42

Trotz des rauen Winds fiel ihnen das Löcherstopfen am Rumpf leichter als oben an Deck. Nicht jedes Mal auf die Knie gehen zu müssen, um ein Stück Holz in Position zu bringen, bedeutete eine Menge weniger Schrunden und weit mehr Spaß. Oft, nachdem Zoya einen erneuten Sprung weiter abwärts gewagt hatte und sie vor Aufregung noch ganz kribbelig war, hing sie einfach nur da und schaute in die Welt. Sie konnte einfach *alles* sehen. Noch nie hatte sie so viel auf einmal wahrgenommen: Kreuzer, Transporter, Flüsse, Kanäle, Wälder, Berge, Meere, Farmen, Vögel, alles Mögliche.

Nach einer Weile entdeckte Zoya eine große dunkle Spitze am Horizont. Zuerst dachte sie an ein einsames Gebäude, einen Turm mitten im Nirgendwo. Doch während die *Dragonfly* voranglitt, entpuppte sich der Turm als Teil einer ausladenden Stadt – die größte, die Zoya je gesehen hatte. Auf einer weiten Felsnase, die sich vom Ozean aus kilometerweit ins Land schob, spuckte die Stadt gewaltige Rauchschwaden in den Himmel, die über ihr ein dichtes Wolkendach bildeten. Zum Haupttor dieser Stadt führte ein gewundener Steinpfad, gesprenkelt mit aufragenden Kontrollpunkten, vor denen jeweils eine lange Menschenschlange anstand. Vom Haupttor aus erstreckte sich in beide Richtungen eine gigantische Steinmauer, die wie ein Schutzschild die ganze Stadt umspannte. In diesem Wall prangten kolossale Flugschneisen, die Hunderten von herumsirrenden Schiffen Zugang gewährten.

Ein Kreuzer, fast ebenso groß wie derjenige, den sie geplündert hatten, schob sich durch eine dieser Schleusen, bevor er von der Stadt verschluckt wurde, als wäre er nicht größer als eine Fliege. »Was ist das?«, fragte sie.

Bucker, der die Stadt noch gar nicht bemerkt hatte, wirbelte in seinem Gurt herum. »Ach so«, seine Miene hellte sich auf, »das ist Dalmazia. Wir kommen dem Doc immer näher.«

»Dalmazia«, wiederholte Zoya. Noch immer gebannt von dem Anblick, schüttelte sie ungläubig den Kopf.

Den übrigen Vormittag verbrachten sie damit, in ihrem Rumpfabschnitt so viele Löcher wie möglich zu flicken und die vorbeiziehende Stadt zu beobachten. Als sie fertig waren, hatte die Sonne sich hinter einigen Schwaden verschanzt, die hinter ihnen in dünnen, präzisen Säulen aufstiegen. Zoya fand den Anblick gleichzeitig schön und beunruhigend. Und obwohl sie heute so viel Spaß gehabt hatte, konnte sie nicht verdrängen, dass Kane es auf sie abgesehen hatte.

»Wollen wir wieder rein?«, fragte Bucker, der ihr nachdenkliches Gesicht bemerkte.

»Ja, ich glaube, das ist eine gute Idee.«

Der Rest des Ausbesserungstrupps hatte sich zuerst um den Speisesaal gekümmert (»Mit leerem Magen kann keiner kämpfen!«), sodass Charlie und Maddie wieder drinnen arbeiten konnten. Zoya holte sich eine Portion Spiegeleier und ging damit aufs Oberdeck, um auf andere Gedanken zu kommen. Abgesehen von den üblichen Wachposten in den Ausgucken und den stellvertretenden Piloten war außer Zoya nur einer an Deck, dessen Umriss über der Steuerbord-Reling kauerte. Zoya, der Kanes Drohung nicht aus dem Kopf gehen wollte, stellte sich hinter die Überreste des Hauptmasts und beobachtete ihn.

Im selben Moment, als sie Beebee erkannte, bemerkte er sie und winkte sie zu sich. »Ich sollte dir was ausrichten. Wo warst du denn?«

»Den Rumpf reparieren.«

Beebee grinste schief. »Lieber du als ich. Jedenfalls will der Käpt'n dich um drei am Bug sehen.«

»Mich?«, fragte Zoya.

Beebee nickte.

»Weshalb?«

»Weiß nicht. Findest du vermutlich noch raus.«

Zoya überlegte, was um drei passieren könnte, doch Beebee lenkte sie ab. Er drehte sich zur Seite und ließ sich auf einen Hocker fallen. Neben ihm stand ein Eimer mit Seifenlauge und einem Lappen. Beebee tauchte den Arm ins Wasser, zog ihn wieder raus und rieb mit dem Lappen darüber. Erst wunderte Zoya sich darüber, doch als sie genauer hinsah, fiel ihr auf, dass Beebee verletzt war. Eine tiefrote Spirale schlängelte sich um seinen Arm. Die Schürfwunde zog sich vom Handgelenk bis zum Ellbogen. Beebee tupfte mit dem Tuch darüber und wusch es dann wieder aus.

»Was ist passiert?«, wollte Zoya wissen.

»Ach, nichts weiter. Ich habe dabei geholfen, das kaputte Segel einzuholen, als einer der Querbalken abgebrochen und runtergefallen ist.« Beebee hielt seinen Arm hoch, sodass Zoya einen besseren Blick darauf hatte. Die Haut war feuerrot, hier und da prangten außerdem übel aussehende dunkelblaue Flecken.

»Wow.«

»Halb so wild«, versicherte Beebee. »Aber Boxen fällt ein paar Tage flach.«

Zoya lächelte, während Beebee die Hand zurück ins Wasser gleiten ließ. »Ich weiß was«, sagte sie. »Wie wär's, wenn ich dir jetzt zeige, wie man die Vögel füttert? Warte.«

Sie rannte zur Speisekammer am Bug der *Dragonfly*, stöberte einen Beutel mit Sonnenblumenkernen auf, stopfte sich eine Handvoll in die Tasche und flitzte zurück. »Mit deiner tiefen Stimme schaffst du es nie, dass sie auf dir landen, wenn du versuchst, ihren Ruf nachzuahmen.«

Beebee nickte.

»Also brauchst du Kerne.«

»Vogelsamen?«

»Sozusagen.«

Beebee verdrehte die Augen. »Zoya, ich weiß, ich bin nicht der Hellste«, er tippte sich gegen den Kopf, »aber meinst du im Ernst, ich hätte es noch nie mit einer Futterstelle versucht?«

Zoya wackelte mit dem Finger. »Von einer Futterstelle rede ich auch nicht. Komm mit!«

Beebee steckte den verletzten Arm in seine Weste und folgte Zoya, die ihn ans Heck brachte. Dort waren zwei Vögel – beides Spatzen –, die jedes Mal zwitschernd aufflatterten, wenn sie festen Untergrund berührten. Während Zoya sich ihnen näherte, gab sie Beebee zu verstehen, dass er stehen bleiben sollte. Auf Zehenspitzen schlich sie sich an und verstreute dabei immer wieder Kerne. Als sie dem ersten Vogel ganz nah war, ging sie denselben Weg zurück und ließ sich auf ein Knie sinken. Ein paar Kerne legte sie in ihre offene Hand und berührte damit die Bohlen.

Dann wartete sie ab.

Es dauerte eine Weile, bis die Vögel die Samen bemerkten. Misstrauisch beäugten sie sie, doch schon eine Sekunde später waren sämtliche Bedenken vergessen und sie fingen an, nach den Kernen zu picken. Als der erste kleine Haufen verputzt war, hoben sie die Köpfchen und suchten nach mehr. Sobald sie die nächste Portion entdeckt hatten, flatterten sie darauf zu.

»Funktioniert es?«, flüsterte Beebee.

»Pssst!«

Häufchen für Häufchen verschlangen die Vögel die Kerne, bis sie zuletzt bei Zoyas Hand angekommen waren. Sie blieb völlig reglos, bewegte nur ihren Arm ein bisschen, sodass die Kerne sanft aneinanderstießen. Als die Vögel das hörten, reckten sie ihre Köpfchen. Sobald sie die Sonnenblumenkerne gefunden hatten, musterten sie Zoya argwöhnisch, hüpften dann aber auf ihre Hand. »Schnell«, wisperte Zoya, »schnapp dir ein paar Kerne.«

Zoya stand mit den Vögeln in der Hand auf und ging ganz langsam auf Beebee zu, der mit Kernen in der Hand starr wie eine Statue dastand. Einer der Spatzen sah den größeren Haufen in Beebees Hand, hopste von Zoya fort und zu dem Hünen. Ein Lächeln erschien auf dem Gesicht des großen Manns, als er zum allerersten Mal einen Vogel in der Hand hielt.

»Hab dir ja gesagt, dass wir das hinkriegen«, raunte Zoya

ihm zu. Beebee war ganz versunken darin, das kleine Wesen zu beobachten. »Jetzt musst du nur noch lernen, wie du es allein schaffst, dann kannst du dich so viel mit den Knirpsen unterhalten, wie du willst.«

»Ich bin dir was schuldig«, wisperte Beebee.

Zoya dachte an die Nacht, in der Beebee sie davor bewahrt hatte, sich vom Schiff zu stürzen, und kicherte. »Nein, ich würde sagen, wir sind quitt.»

43

Als Zoya den Bug erreichte, waren Kapitän Vaspine und Cid bereits dort und lehnten am Beiboot. Die Sonne stand wie ein Nadelpunkt am Himmel. Aus Cids Pfeife stieg Qualm, der sich mit den Atemwölkchen des Kapitäns vermischte. Sobald der Pilot Zoya sah, klopfte er die Asche aus seiner Pfeife und nickte. »Die Gnädigste ist da.«

»Hey«, beschwerte sich Zoya. »Ich bin sogar zu früh dran.«

Der Kapitän stieß Cid den Ellbogen in die Rippen, machte sich daran, das kleine Transporterschiff aus seiner Verankerung zu lösen, und gab Zoya einen Wink, ihm zur Hand zu gehen. Bei Tag hatte Zoya bisher noch nie eins der Beiboote zu Gesicht bekommen, daher musterte sie es nun interessiert. Die Flugmaschine war ein länglicher Metallklotz, ungefähr so groß wie ein Esstisch. Darin befanden sich neben einer ganzen Reihe von Hebeln sechs Sitze – drei vorne, drei hinten. »Was ist denn los?«, wollte sie wissen.

»Wir sind fast beim Doc«, antwortete der Kapitän. »Wir werden die *Dragonfly* hierlassen und den Rest der Strecke in dem Beiboot zurücklegen. Das mindert die Wahrscheinlichkeit, dass man uns sichtet.«

»Und ich soll mitkommen?«

Vaspine reichte Zoya verschiedene Gegenstände, die sie in den Transporter laden sollte: Rucksäcke, Essen, Werkzeug, seinen

Säbel, ein Fernrohr. »Der Doc hat uns vor einem Jahr verlassen«, erklärte er. »Wir hatten eine Meinungsverschiedenheit. Er ist losgezogen, um ein Labor in einem der Küstendörfer hier zu errichten.« Er zeigte zur Oberfläche. »Glaub mir, ich würde ihn zu gerne da unten schmoren lassen, aber leider gibt es keinen Besseren auf seinem Gebiet. Wenn wir auch nur die geringste Chance haben wollen, Kane zu entwischen, brauchen wir seine Hilfe … und wir brauchen dich, damit du mit ihm redest.«

»Aber ich kenne ihn doch gar nicht«, meinte Zoya.

»Oh, die wenigsten kennen ihn«, sagte der Kapitän, umkreiste den Transporter und ging alle paar Schritte in die Hocke, um sich die Unterseite des Boots zu anzusehen. »Selbst auf der *Dragonfly* hat er seine ganze Zeit unter Deck verbracht. Aber genau das könnte ein Vorteil für dich sein. Mit mir wird der Doc jedenfalls ganz sicher nicht sprechen. Sagen wir, er versteht sich aufs Schmollen. Hat Bucker dir von ihm erzählt?«

»Er hat mir ein wenig von ihm erzählt, aber seinen Namen hat er mir nicht verraten.«

Vaspine zuckte mit den Schultern. »Er hat einen Namen, aber es ist besser, ihn einfach nur Doc zu nennen. Er ist ein seltsamer Mensch, außergewöhnlich schlau.«

»Wie kann ich ihn denn überreden?«, fragte Zoya.

Der Kapitän blieb vor ihr stehen. »Der Doc kannte deine Eltern, Zoya. Er hat unter ihnen auf ihrem ersten Schiff gedient. Ich hoffe, er kann sich dazu durchringen, zu uns zurückzukommen, wenn er erfährt, dass du ihre Tochter bist.«

»Und wenn nicht?«

Vaspine griff in den Transporter und holte einen Geldbeutel

heraus, in dem hörbar Münzen klimperten. »Wenn nicht, probieren wir es mit barer Münze.«

Der Kapitän schnippte mit den Fingern und bedeutete Zoya, einzusteigen, bevor er selbst hinter dem Steuer Platz nahm. Als sie die Gurte anlegten, trat Cid zum Kapitän und lächelte Zoya zu. »Zieh nicht so ein Gesicht, Mädchen. Du bist in guten Händen.« Dann erst wandte er sich an Vaspine. »Viel Glück, Käpt'n. Sag dem alten Kauz, dass Cid sich drauf freut, ihn wieder an Bord zu haben.«

Cid tätschelte den Rumpf des Beiboots und lief dann zurück zur Brücke. Der Kapitän überprüfte einige Anzeigen, nahm verschiedene Einstellungen vor und tippte den Gashebel an. Sofort erwachte der Motor brummend zum Leben. Zoya fühlte einen Ruck, als die kleine Flugmaschine von der *Dragonfly* schoss, und die Erschütterung, als die Stabilisatoren sich einschalteten. Im nächsten Moment glitten sie hüpfend durch den Himmel wie ein Kiesel über einen See.

44

Eine Zeit lang schwiegen Zoya und der Kapitän. Sie sah zu, wie die *Dragonfly* hinter ihnen immer kleiner wurde, bis sie schließlich ganz am Horizont verschwunden war. Vaspine folgte einem Fluss den Berg hinab und flog jede seiner Windungen und Biegungen mit, um den Strom inmitten der dichten Wälder entlang der Bergflanke ja nicht zu verlieren. Irgendwann wurde der Fluss breiter, bis Zoya begriff, dass es der Zustrom eines gigantischen Sees war. Gebannt beobachtete sie das Gewässer, das sich unter ihnen erstreckte.

Einige Minuten später hörte der blaue Streifen schlagartig auf – eine monumentale Granitmauer zog sich durch das Tal. Zoya betrachtete das graue Monstrum, das aus Steinblöcken in der Größe ihres Transporters errichtet war – es war ein Damm. Als sie ihn überquerten, öffnete Zoya ihren Sicherheitsgurt und beugte sich über den Rand des Beiboots. Der Damm war gewaltig. Er musste so breit wie die *Dragonfly* sein und auch ebenso lang. Zoya erspähte einige andere Passagiertransporter, die darüberdüsten, und wollte schon winken, als Vaspine sich zu ihr neigte und sie in den Sitz zurückzog. »Sei vorsichtig«, mahnte er. »Man weiß nie, wer gerade zuschaut.«

Das Dorf des Docs war eine Küstensiedlung, dort, wo die Ebene der großen Stadt Dalmazia ans Meer stieß. Als sie sich dem Gebiet näherten, entdeckte Zoya wabernden Rauch, der aus einer Reihe von Gebäuden aufstieg und sich ausbreitete, je höher er in den Himmel wallte. Vaspines Miene verfinsterte sich zusehends, je länger er die Szenerie betrachtete.

»Stimmt was nicht?«

Ohne auf Zoya zu reagieren, brachte er den Transporter tiefer, bis er abseits des Dorfs neben einem Wäldchen landete. »Hast du eine Waffe bei dir?«, fragte er, als er eilig aus seinem Sitz sprang.

Zoya schüttelte den Kopf.

Vorsichtig liefen sie Richtung Dorf. Mit jedem Schritt wurde der Gestank von Feuer und Rauch intensiver, bis Zoya würgen musste. Vaspine riss sich ein Stück Stoff aus seinem Hemd und gab Zoya zu verstehen, dass sie sich damit den Mund abdecken sollte.

Schließlich erreichten sie eine niedrige Steilwand, von der aus man einen guten Blick auf das Meer und das Dorf hatte. Nun konnte Zoya deutlich sehen, dass die Siedlung fast gänzlich zerstört war. Ausgebrannte Gebäude mit rußgeschwärzten Fassaden säumten die Straßen. Auch einige Bäume in der Nähe waren verbrannt und standen ohne jegliche Blätter wie Skelette da. Die Straßen waren voller Menschen mit versteinerten Gesichtern, die wie Ameisen umherwuselten. Nahe dem Ozean loderten noch immer ein paar Häuser. Die Dorfbewohner hatten eine Menschenkette gebildet und reichten Wassereimer von einem zum anderen, um die Brände zu löschen.

»Was ist da passiert?«, fragte Zoya erschrocken.

»Ich weiß es nicht.« Der Kapitän hob sein Fernrohr ans Auge. »Aber es sieht nicht gut aus. Bleib wachsam!«

Ein schmaler, felsiger Pfad verlief im Zickzack von der Steilküste abwärts, bevor er auf einen Weg traf, der über den Strand bis zum Dorf führte. Langsam, schon beinahe widerwillig, an diesen Ort zu gelangen, schlugen Zoya und der Kapitän den Weg hinunter zum Dorf ein. Vor der Siedlung wurden sie von einer Gruppe Dorfbewohner abgefangen. Ein alter Mann löste sich aus der Menge und trat auf die Neuankömmlinge zu, Gesicht und Hände schwarz vor Ruß. »Wir wollen nicht noch mehr von eurer Sorte!«, sagte er. »Verschwindet, sonst übernehme ich keine Verantwortung für das, was euch blüht!«

Vaspine blickte zu Zoya, dann zu dem Mann. »Unsere Sorte? Ich war mit meiner Tochter wandern, als wir den Rauch bemerkt haben.«

Der Alte schüttelte den Kopf. »Ich war zwanzig Jahre beim Fliegerheer, Söhnchen. Ich erkenne einen Luftpiraten, wenn ich einen sehe.«

Vaspines Lächeln gefror. »Was ist passiert?«

»Eure Leute, das ist passiert.«

»Was meinen Sie damit?«

»Luftpiraten!«, brüllte eine Frau aus der Ansammlung. »Haben alles niedergebrannt!«

Vaspine stellte sich schützend vor Zoya. »Luftpiraten? Warum?«

»Wenn ich das wüsste, hätte ich etwas dagegen unternommen«, antwortete der Alte.

»Wer waren sie?«, wollte Vaspine wissen.

Der Dorfbewohner wedelte mit der Hand, um deutlich zu machen, dass er von der Unterhaltung genug hatte, bevor er sich abwandte. Gemeinsam mit seinen Gefährten trottete er zurück zum Dorf. Zoya schaute zu Vaspine und wartete darauf, dass er etwas sagte. Als er schwieg, trat sie vor. »Großer Mann. Schnurrbart. Zylinder.«

Der Alte erstarrte, den Blick unbewegt auf sein Dorf gerichtet.

»Hinter uns ist er auch her«, fuhr Zoya fort und tippte mit dem Daumen auf ihre Brust. »Wir müssen mit jemand aus eurem Dorf reden, um ihn aufzuhalten.«

Einen Augenblick lang machte der Alte den Eindruck, als würde er auf sie hören, doch dann schüttelte er den Kopf. »Von unserem Dorf ist nichts mehr übrig. Verschwindet.«

Nun trat Vaspine einen Schritt vor. »Habt ihr ein Luftschiff?«

Der Alte drehte sich um. »Wüsste nicht, was euch das angeht, aber eins hat's überstanden, ja.«

»Seht ihr den Punkt dort oben am Himmel?«, fragte Vaspine und schaute über die Schulter.

Zoya sah hoch. Weit in der Ferne, hinter der Steilküste und jenseits der gewaltigen Stadtmauer von Dalmazia entdeckte sie tatsächlich den winzigen Punkt, den der Kapitän meinte.

»Das ist mein Luftschiff«, fuhr Vaspine fort. »Die *Dragonfly*. Schickt eure Leute rauf. Sagt meiner Crew, dass *ich* euch schicke. Sie sollen euch Rationen zusammenpacken. Und Geld.«

Der Alte runzelte die Stirn. »Die *Dragonfly*? Habe von ihr gehört.«

»Wir haben genug an Bord, damit ihr euer Dorf wieder aufbauen könnt.« Vaspine nickte zu den verkohlten Häusern. »Und später bringen wir euch mehr.«

Der Alte sprach mit seinen Leuten. Einige rümpften missbilligend die Nase, doch die meisten zuckten nur mit den Schultern.

»Warum nicht?«, sagte einer. »Schlimmer kann's nicht mehr werden.«

Der Alte ließ sich Vaspines Angebot durch den Kopf gehen und winkte anschließend einen jungen Mann zu sich. Er flüsterte ihm etwas ins Ohr und schickte ihn dann ins Dorf. »Na gut«, sagte er und streckte eine einladende Hand aus. »Dann kommt ihr zwei am besten mit und erzählt mir, was ihr wollt.«

45

Der Alte führte sie ins Dorf, durch die Straßen und zu einem Steg mit Blick auf den Strand. Dort nahmen sie Platz und ließen die Beine über dem Wasser baumeln. »Ich hätte euch zu mir nach Hause eingeladen, aber es steht noch immer in Flammen.«

Vaspine erklärte, warum sie gekommen waren, und bot dem Alten einen der Kekse an, die er von der *Dragonfly* mitgenommen hatte. Der andere nahm ihn entgegen, brach ihn entzwei und warf die Stücke zwei Hunden hin, die an einem Müllhaufen in der Nähe schnupperten.

»Ich weiß, wen ihr meint«, unterbrach er Vaspine mitten im Satz. »Der Kerl mit dem Zylinder hat auch nach ihm gesucht.«

»Kane?«

»Heißt er so?« Der Alte spuckte ins Wasser. »Ich wünschte, ich hätte diesen Doc niemals ins Dorf eingeladen. Er hat uns nichts als Ärger gebracht.«

Vaspine nickte.

»Das heißt aber nicht, dass ich ihn an jeden Dahergelaufenen verrate«, erzählte der Alte weiter. »Dieser Kane, er kam hier mit einer Truppe Schläger an und meinte, er suche nach einem Wissenschaftler. Ich habe ihm gesagt, dass es so etwas bei uns nicht gibt, aber er hat nicht auf mich gehört. Ist wie ein Nilpferd durchs Dorf gewalzt und hat Türen eingetreten. Ein paar unserer Jungs wollten ihn und seine Männer aufhalten, aber, nun ja …« Er nickte zu zwei mannsgroßen Kisten, die am Ende des Stegs an einer Wand lehnten. »Sagen wir, der Versuch kam nicht gut an.

Das Labor des Docs liegt unter der Erde. Er studiert Fische auf dem Meeresgrund. Anagopas. Er hat einen unterirdischen Bunker gebaut, um sie beobachten zu können. Zum Glück hat Kane den Eingang nicht gefunden, und meine Leute waren tapfer genug, nichts zu verraten. Der Doc weiß gar nicht, wie knapp er …« Der Alte verstummte und schleuderte einen Stein ins Wasser. Das plötzliche Geräusch brachte die Hunde zum Bellen. »Nicht, dass uns das irgendwie geholfen hätte! Seht euch nur an, was sie angerichtet haben!«

Zoya betrachtete das Dorf. Hier sah es aus, als hätte ein Krieg gewütet.

»Wir helfen euch«, versprach Vaspine.

»Das glaube ich euch sogar. Aber das wird den Kerl nicht davon abhalten, so weiterzumachen, oder? Irgendwo anders?«

Betretene Stille breitete sich aus, während die drei aufs Meer hinausblickten. Zoya schaute zur *Dragonfly*, die noch immer weit oben auf sie wartete. Sie hoffte, der Junge aus dem Dorf würde bald zurückkehren.

»Wie auch immer.« Stöhnend kam der Alte auf die Füße. »Nehmt es mir nicht übel, aber ich bringe euch lieber sofort zum Doc. Je früher ihr aus unserem Dorf abreist, desto sicherer werden sich meine Leute fühlen.«

Sie folgten dem Alten und bemühten sich, den Blicken der Menschen auszuweichen, die vor ihren zerstörten Häusern saßen. Er führte sie über die Hauptstraße, die vom Strand zum

Marktplatz und zu einem zweiten Steg am anderen Ende der Siedlung führte. Als sie dort ankamen, zeigte der Alte zum Strand. »Unterm Pier. Nach ein paar Minuten kommt ihr an eine Tür. Das Labor des Doc liegt gleich dahinter.«

Damit nickte der Alte dem Kapitän noch einmal zu und trottete dann zurück zum Markt.

Zoya sah ihm nach, bevor sie zu Vaspine aufschloss, der den Steg über eine kleine Holztreppe bereits verlassen hatte und über den Strand lief. »Warum hat er das gemacht?«, fragte sie. »Kane, meine ich.«

»Weil er schlau ist«, antwortete Vaspine. »Er kann sich denken, dass wir vor ihm fliehen, also will er sich den einen schnappen, der uns dabei helfen kann.«

Zoya blickte zum Dorf. »Ich hasse ihn.«

»Gut«, meinte Vaspine. »Vergiss das nicht. Und bleib immer auf der Hut. Er könnte Spione abgestellt haben.«

Die Warnung machte Zoya schlagartig wach und sie suchte den Strand nach verdächtigen Bewegungen ab. Schließlich erreichten sie die Tür, eine Eichenplatte, die direkt in das Gerüst des Piers eingelassen war. Kurz schaute Vaspine sich noch um, um sich für den Fall eines Falles den schnellsten Fluchtweg einzuprägen, bevor er den Geldbeutel aus der Tasche zog und zum Eingang nickte. »Denk daran«, sagte er und klopfte Zoya auf den Rücken, »wir brauchen ihn. Mach, was auch immer nötig ist.«

Damit drückte er ihr den Beutel in die Hand, drehte am Türknauf und schob Zoya nach innen.

46

»Er will WAS?!«, brüllte der Doc.

»Dass Sie das Schiff schneller machen«, wiederholte Zoya und trat ein Stück zurück.

»Schneller?«, rief der Doc. »Mit nur einem Segel?«

Zoya zuckte die Achseln.

»Er ist verrückt. Die *Dragonfly* ist jetzt schon das einzige Schiff da draußen, das eine eigene Sonnenlichtaufbereitungseinheit hat. Und jetzt kommt er daher und will, dass ich meine wundervollen Fische verlasse, um das Ding *schneller* zu machen? Mit nur einem Segel! Wie denkt er sich das? Nein, nein, nein. Genauso gut könnte ich versuchen, mir einen Blumenstrauß aus den Ohren zu zaubern.«

Zoya seufzte. Was den Doc anging, standen inzwischen zwei Dinge fest.

Erstens, wenn er nicht der seltsamste Mensch auf dem Planeten war, konnte derjenige, der ihn übertraf, nur wie ein Alien aussehen. Er hatte leuchtend rote Haare, die wirr vom Kopf abstanden, eine Brille mit schwarzem Gestell und so dicken Gläsern, dass man sie als Essteller hätte benutzen können, einen Schnurrbart, so dicht wie Zoyas Haare, und Augen, die den Eindruck machten, als wollten sie jeden Moment aus den Höhlen quellen. Alles in allem sah er extrem verschroben aus.

Zweitens musste der Doc einer der schlampigsten Menschen

der Welt sein. Seit sie sein Labor betreten hatte, war Zoya sich vorgekommen, als würde sie durch ein Labyrinth steuern.

Überall lag oder stand etwas im Weg herum.

Es hatte ganz den Anschein, als hätte der Doc jedes wissenschaftliche Instrument erworben, das je seinen Weg gekreuzt hatte, es in sein Labor schicken lassen, sorgsam in ein Regal gelegt – und am Ende eine Bombe gezündet. Ampullen, Reagenzgläser und Messbecher lagen in und auf Schränken, auf Schreibtischen und in Scherbenhaufen auf dem Boden. Viereckige mechanische Geräte tuckerten vor sich hin und stießen in regelmäßigen Abständen Rauchwölkchen aus. Es gab Modelle von Fischen aus Ton, Skelette aus Muscheln, tote Insekten und vergammeltes Gemüse. Lampen, Lineale und zerbrochene Bleistifte. Selbst die Wände waren von oben bis unten zugepflastert mit Tafeln, Diagrammen und Blaupausen.

Durch dieses heillose Chaos spazierte eine Katze mit orangem Fell – schnüffelte hier an einem Totenschädel, schleckte da an einer Laterne. Zoya bemerkte das Tier erst, als es hinter einem verschimmelten Kürbis hervorsprang und nach ihrem Gesicht schlug. Nach Jahren voller Essensschlachten im Waisenhaus war Zoya flink genug, um den Krallen der Katze auszuweichen. Sie segelte an ihr vorbei und landete auf einer der kistenartigen Maschinen. Prompt puffte unter ihrem Hinterteil Qualm auf und sie sprang weiter auf ein Bücherregal, wo sie sich zu einer Kugel zusammenrollte und Zoya misstrauisch beäugte.

»Wie heißt sie?«, fragte Zoya den Doc.

»*Er*«, antwortete der Doc, »heißt Sol. Hättest du nun die Güte, mir zu sagen, wer du eigentlich bist? Ich habe dich nämlich noch nie im Leben gesehen und normalerweise lasse ich keine Fremden in mein Labor – vor allem keine, die mit diesem säbelrasselnden, trotteligen Himmelskarten-Zerstörer zu tun haben.«

Zoya erklärte, wer sie war und warum Vaspine sie geschickt hatte. Das hatte zur Folge, dass der Doc durch sein Labor stürmte, als hätte ihm jemand Raketen an die Schuhe gebunden. Endlich blieb er neben seinem Schreibtisch stehen, nahm ein altes Sandwich vom Stuhl und ließ sich auf diesen plumpsen. Dann starrte er Zoya an. Offensichtlich fiel es ihm schwer, zu glauben, dass sie Jupiters und Dominikas Tochter war.

»Ehrlich?« Er schüttelte den Kopf und zeigte dann auf einen kleinen Metallkasten auf der anderen Zimmerseite. »Siehst du die Maschine da?«

Zoya nickte.

»Auf der *Dragonfly* habt ihr auch so eine, ein sogenannter Solar-Prozessor. Falls nicht rein zufällig noch jemand herausgefunden hat, wie man die Dinger herstellt, sind diese beiden weltweit die einzigen. Das bedeutet, die *Dragonfly* ist das einzige Luftschiff, das ganz allein von Sonnenenergie angetrieben wird. Müsstet ihr nicht ab und zu Vorräte besorgen, brauchtet ihr nie zu landen.«

»Beeindruckend«, sagte Zoya.

Der Doc beobachtete sie scharf, um herauszufinden, ob sie sich über ihn lustig machte. »Das Problem ist nur«, fuhr er fort, »dass Solarenergie nicht halb so effizient ist wie normaler Treibstoff. Wenn man es also mit einem guten Treibstoffmotor, wie der Dampfstrahldüse der *Shadow*, zu tun bekommt, kann man nicht mithalten. Die *Dragonfly* ist schnell, aber die *Shadow* ist schneller.«

Zoya fuhr mit der Hand über den Prozessor. »Wie funktioniert er?«

Der Doc gluckste. »Wäre das so leicht zu verstehen, hätte ich nicht erst zehn Jahre an der Universität von Dalmazia studieren müssen.«

»Versuchen Sie's – erklären Sie es mir trotzdem.«

47

Der Doc seufzte, dann lief er zu seiner Maschine. »Du siehst die Kabel an der Rückseite?«

»Ja.«

»Auf der *Dragonfly* herrscht dasselbe Prinzip. Sämtliche Kabel führen aus dem Gerät bis ganz hinauf an Deck. Möglich, dass du sie nie bemerkt hast, sie sind nämlich als Taue getarnt. Insgesamt sind es etwa ein Dutzend, die aus dem Generator herausführen und an der Oberfläche dann als Seil erscheinen. Clever, was?«

»Wahrscheinlich«, meinte Zoya.

Der Doc verdrehte die Augen. »*Wahrscheinlich*, sagt sie! Jedenfalls verlaufen diese Kabel die Masten hinauf bis zu den Segeln. Weißt du, was ich meine?«

Zoya dachte an die vielen Male, die sie und Bucker auf dem Weg zum Ausguck über die Taue geklettert waren, und nickte.

»Also eigentlich sind das gar keine Segel, sondern riesige Sonnenkollektoren. Darin sind überall winzige Vertiefungen, in denen sich Solarenergie sammelt. Diese Energie wird in die Kabel geleitet und fließt dann bis in den Generator im Maschinenraum. Hier rein.«

Der Doc beugte sich vor und öffnete die Klappe des Gehäuses, hinter der ein schwebender weißglühender Ball zum Vorschein kam. »Das, kleine Dame, ist der Grund, warum die Bitte eures Kapitäns so absurd ist und weshalb es nahezu unmöglich ist, aus einem einzigen Segel doppelt so viel Leistung herauszuholen – selbst wenn ich es versuchen sollte«, ergänzte er schnell, »was nicht der Fall ist! Das hier ist eine Minisonne: eine winzige Version der richtigen. Sämtliche Energie, die von euren Sonnensegeln gesammelt wird, wird hier eingespeist, um damit euer Himmelsschiff anzutreiben.«

Zoya pfiff durch die Zähne.

»Allerdings gibt es einen Haken«, erklärte der Doc weiter. »Diese Minisonnen haben bereits das größtmögliche Ausmaß. Verliert man eins der Segel, müsste man die Minisonne vergrößern, um dieselbe Leistung wie zuvor zu erhalten. Aber sobald diese Dinger auch nur eine Winzigkeit weiter anwachsen, entwickeln sie ihr eigenes Gravitationsfeld und saugen alles an. Einschließlich dir, mir, Kane und dem guten Käpt'n.«

»Dann machen wir doch einfach eine zweite«, schlug Zoya vor.

»Hmpf!« Der Doc schnaubte verächtlich. »Wenn das so einfach wäre, wäre ich längst Millionär! Wir reden hier von Mini-*Sonnen*. Die wachsen nicht auf Bäumen. Die ganze Energie, die nötig ist …« Der Doc starrte in die Ferne. »Dafür braucht man etwas Unbezahlbares. Die beiden, die ich bisher hergestellt habe, wurden durch Kristalle katalysiert.« Er betrachtete den glühenden Ball im Gehäuse. »Diese hier von einem Xana. Die auf der *Dragonfly* von einem Algrond.«

Zoyas Miene hellte sich auf. »Können wir nicht einfach die hier haben?«

Der Doc schüttelte den Kopf. »Man kann die Dinger nicht bewegen. Sobald sie erschaffen sind, bleiben sie, wo sie sind.«

»Dann können wir gar nichts tun?«, fragte Zoya enttäuscht.

»Das habe ich nicht gesagt.« Der Doc schloss die Klappe und mampfte das Sandwich, das er vorhin weggelegt hatte. »Nur, dass es keine gute Idee ist.«

»Irgendwas geht also doch?«

»Irgendwas geht immer.« Der Doc legte die Reste des Sandwichs vor Sol ab und ging zur Labortür. »Aber das müsst ihr euch selbst einfallen lassen, du und der Käpt'n.« Mit einer ausladenden Armbewegung gab er ihr zu verstehen, dass sie gehen sollte. »Ich habe deine Eltern gemocht, Zoya. Aber jeder auf der *Dragonfly* wird dir bestätigen, dass ich nicht gerade für meine Hilfsbereitschaft bekannt bin. Das Letzte, was ich brauche, ist, mich mit Kane anzulegen. Leb wohl.«

Der Kapitän hatte Zoya eingeschärft, das Geld nur im äußersten Notfall zu verwenden (»Nachdem wir dem Dorf geholfen haben, dürften uns Gold und Vorräte bald ausgehen, und wir wissen nicht, was wir in den nächsten Tagen sonst noch alles kaufen müssen. Wenn möglich, gib es nicht her.«). Doch Zoya hatte das Gefühl, dass ihr nichts anderes übrig blieb. »Okay«, sagte sie und stand auf. »Wenn Sie nicht helfen wollen, kann man wohl nichts machen.«

Der Doc lächelte. »So ist es.«

Zoya ging zur Tür. Dabei griff sie nach dem Geldbeutel, den sie auf dem Schreibtisch abgestellt hatte. »Schade. Wir könnten wirklich Hilfe brauchen.«

»Sicher«, meinte der Doc.

Zoya seufzte. »Na ja, dann muss ich jemand anderen finden, dem ich diese hundert Goldmünzen andrehen kann …«

»Natürlich«, sagte der Doc. »Ganz bestimmt wird derjenige die Gelegenheit zu schätz–« Er stockte. »Wie viel?«

Zoya schaute auf das Säckchen. »Hundert. Aber ein Genie wie Sie interessiert sich für so etwas wahrscheinlich gar nicht.« Sie näherte sich der Tür, behielt den Doc dabei aber unauffällig im Auge. Auf seinem Gesicht zeichnete sich ein Kampf ab: Verwirrung, Wut und Gier lieferten sich einen Wettstreit. Schließlich rang er die Hände. »Jetzt warte mal …«

»Nein, ist schon gut«, meinte Zoya. »Ich habe verstanden, dass ich Sie nur störe.«

»Warte.« Der Doc lachte nervös. »Mir war ja nicht klar, dass es um eine so …«, er machte eine Pause und griff nach dem Beutel, »… ansehnliche Summe geht. Ich habe nie behauptet, dass ich nicht helfen *kann*. Genau genommen …« Er trat an die Tafel und kritzelte mit Kreide etwas darauf: kleine krakelige Zahlen und Symbole, die Zoya kaum entziffern und erst recht nicht verstehen konnte. Drei Minuten lang machte er so weiter, wobei er immer wieder seufzend Richtung Himmel blickte, als könnte ihn von dort ein Geistesblitz treffen. Langsam taten Zoya die Beine weh, also sah sie sich nach einem Sitzplatz um. Dabei fiel ihr ein Teller mit verschimmeltem Essen auf und sie nahm ihn, um die Reste in den Mülleimer zu werfen. Ohne sich zu ihr umzudrehen, rief der Doc: »Nicht anfassen!«

»Aber es ist längst vergammelt«, meinte Zoya.

»Darum geht es ja.«

Nachdem er eine Weile länger herumgekritzelt hatte, drehte der Doc sich endlich um und deutete auf sein Werk. »So könnte es funktionieren.«

»Was?«, wollte Zoya wissen.

»Himmel!« Der Doc warf die Hände in die Luft. »Hat mir der Käpt'n einen minderbemittelten Affen geschickt? Schau her. Wenn ich doppelt so viele Sonnenstrahlen in das Gerät schleuse und es mithilfe von Helios' Gesetz eindämme«, er fuhr mit der Hand über die Tafel und präsentierte die wohl längste mathematische Formel der Welt, »dann sollte ich« – er wiederholte sich betont – »*sollte* ich in der Lage sein, aus nur einem Segel genauso viel Energie zu beziehen wie aus zwei.«

Zoya grinste. »Super. Also was sage ich jetzt dem Käpt'n?«

Der Doc rollte mit den Augen. »Sag diesem wahnsinnigen Trottel, dass ich zurück an Bord komme.«

48

Solange Zoya drinnen mit dem Doc geredet hatte, hatte Vaspine dafür gesorgt, dass zwei Leute aus dem Dorf ihren Transporter abholten und zu ihnen flogen. Er gab dem Doc fünf Minuten, um seine Habseligkeiten und alles andere zusammenzupacken, das er brauchte, um die *Dragonfly* zu reparieren (»Das soll wohl ein Witz sein, in fünf Minuten könnte ich nicht mal einen Ranzen packen!«). Nachdem er den letzten Karton ins Beiboot geräumt hatte, sprang der Doc noch einmal auf den Strand, flitzte ins Labor und tauchte mit Sol unterm Arm wieder auf. Während er mit dem kratzenden, zappelnden Kater kämpfte, zückte er einen Schlüssel und sperrte die Tür ab.

»Keine Sorge«, sagte Vaspine, »du kommst zurück. Wenn du es schaffst, uns vor Kane in Sicherheit zu bringen, garantiere ich dir, dass ich nie wieder bei dir anklopfe.«

»Das hast du schon letztes Mal behauptet.«

Die Reise zurück zur *Dragonfly* verlief ruhig. Zoya entdeckte das Luftschiff zuerst – ein kleiner Punkt am Horizont, der zwischen zwei Gipfeln schwebte. Dahinter hatte sich der Himmel zu einer aufgewühlten, wabernden Masse aus Grau und Blau verwandelt. An Bord wurde das Trio von Rosie und Cid in Empfang genommen, die ihnen dabei halfen, den Transporter auf dem Landeplatz am Bug des Schiffs zu platzieren. Vaspine schaltete den Motor ab und kletterte heraus. Rosie machte sich daran, dem Doc zur Hand zu gehen, während Cid an die Hinterseite des Beiboots trat und die Schachteln auf das Deck räumte.

»Sei damit bloß vorsichtig!«, schnauzte der Doc. »Diese Instrumente sind Hunderte von Goldmünzen wert!«

»Freut mich auch, dich wiederzusehen«, meinte Cid.

»Ich bin nur gekommen, um euch Torfköpfen wieder einmal aus der Patsche zu helfen, gleich danach bin ich wieder verschwunden. Mein altes Labor ist intakt, darf ich hoffen?« Die Frage ging an Vaspine.

»Gehört ganz dir. Doc, du hast eine Stunde. Danach kommst du mit einem Plan in mein Quartier.«

»Ja, ja.« Der Doc bückte sich, um Sol aus dem Boot zu holen und stakste dann ins Unterdeck.

»Er hat sich kein Stück verändert«, sagte Rosie, sobald er außer Hörweite war.

»Ist er denn immer so?«, wollte Zoya wissen.

»Wenn er gut drauf ist«, sagte Cid.

Der Kapitän trat an die Reling und atmete tief durch. »Gibt es irgendetwas Neues?«

»Nein«, antwortete Cid.

»Kein Zeichen von …?«

»Nein.«

Vaspine nickte zufrieden. »Gut.« Er rieb sich die Augen. »Ich ziehe mich in meine Kajüte zurück. Rosie, du kommst mit. Wir müssen überlegen, was wir machen, sobald wir den Dalmantischen Pass durchquert haben. Cid, Zoya, schafft diese Kartons runter zum Doc und bringt ihm alles, was er braucht. In einer Stunde treffen wir uns bei mir.«

Zoya und Cid taten wie geheißen und stapften ganze drei Mal zwischen Labor und Transporter hin und her, bevor sämtliches Gepäck entladen war. Als sie fertig waren, ging die Sonne hinter den Überresten der Solarsegel bereits unter. Der Doc stand in ihrem Schatten, Sol auf seiner Schulter und ein Fernrohr am Auge. In der rechten Hand balancierte er ein Notizbuch.

»Glaubst du, er kriegt das hin?«, fragte Bucker, der gerade neben Zoya trat.

Sie überlegte. »Hast du noch mehr von deinen Karten unter dem Tisch?«

49

Als Zoya die Kapitänskajüte betrat, war die Besprechung bereits in vollem Gange. Beebee war ebenfalls da und unterhielt sich hitzig mit dem Kapitän, der mit den Füßen auf dem Schreibtisch in seinem Sessel hockte. Rosie und Cid diskutierten vor der Himmelskarte. Als sie Zoya bemerkten, verstummten alle. Sie setzte sich auf die Sofalehne und sah Vaspine an.

»Tja«, sagte der Kapitän, »schätze, wir warten nur noch auf den Doc.«

Wie aufs Stichwort stolperte der Wissenschaftler durch die Tür. Sein Haar war sogar noch wirrer als vorher und seine Wangen leuchteten. Mit seiner rechten Hand schwang er das Notizbuch, das Zoya vorhin schon bemerkt hatte, während er in der linken Armbeuge eine geschwärzte, glasgetäfelte Schatulle trug. Eine Seite des würfelförmigen Kästchens hatte einen Schlitz, der sich zu einem faustgroßen Loch weitete. Der Doc legte den Würfel auf eins der Bücherregale und wandte sich dann den anderen zu. Kurz überlegte er, was er sagen sollte, dann lief er zu einem Regal und nahm ein Holzmodell der *Dragonfly* heraus. Er hielt es so, dass alle es gut sehen konnten, dann riss er eins der Segel ab und brach es entzwei. »Das hier sind eure Segel«, sagte er.

»Langsam, langsam!« Cid stand von seinem Stuhl auf. »Sie ist beschädigt, aber noch fliegt sie.«

»Sie hält sich in der Luft«, sagte der Doc. »Aber wenn ihr damit vor Kane flüchten wollt, hockt ihr wie auf dem Präsentierteller.«

»Genug!«, zischte Vaspine und beäugte den Doc. »Du hast gesagt, du kannst uns auch mit einem Segel schneller machen. Gilt das immer noch?«

Der Doc trat an den dunklen Würfel, hob ihn auf, lief damit zur Essenstafel des Kapitäns und stellte ihn ab, sodass die Seite mit dem Loch zu ihnen zeigte. »Der Schaden ist schlimmer, als ihr dachtet«, sagte er an den Kapitän gewandt. »Einige der Meteoriten sind bis in den Maschinenraum vorgedrungen.«

»Ist das …?«

Der Doc nickte. »Einer hat die Minisonne getroffen. Sie ist erloschen.«

»Erloschen?«, wiederholte Rosie und schüttelte den Kopf. »Dann starte sie neu.«

Der Doc sah zu Vaspine, der aufgestanden war und sich mit den Fäusten auf seinen Schreibtisch stemmte. »Das geht nicht«, sagte der Doc schließlich.

»Warum?«

»Sobald sie einmal ausgegangen ist, kann man sie nicht neu entzünden, nicht ohne Katalysator.«

»Dann besorgen wir eben einen«, meinte Cid.

Vaspine hob den Kopf. »Daraus wird nichts. Es ist vorbei.«

»Was soll das heißen, vorbei?«, fragte Cid. »Es ist nicht vorbei.«

»Was schlägst du dann vor?«, wollte der Kapitän wissen. »Wir haben keinen Antrieb. Wir können nicht fliehen. Auf keinen Fall schaffen wir es zum Dalmantischen Pass, ohne dass Kane uns vorher findet.«

»Wir kämpfen«, meldete Beebee sich entschlossen zu Wort.

Vaspine hob abwehrend die Hände.

»Ich meine ja nur, dass …«

»Es reicht!« Die Stimme des Kapitäns war schneidend. »So einfach ist das nicht. Du bist vielleicht davon überzeugt, dass wir gegen die *Shadow* gewinnen können, aber eine ganze Reihe von Leuten auf diesem Schiff ist da anderer Meinung.« Vaspine unterbrach sich, um sich zu beruhigen. »Cid?«

Der Pilot strich über seinen Bart. »Käpt'n, ich kann gar nicht sagen, wie gern ich Kane fertigmachen will.« Er hielt inne und wählte seine Worte behutsam. »Aber es stimmt. Legen wir uns heute mit seinem Schiff an, sterben wir.«

Vaspine atmete tief ein, trat an die Himmelskarte und schlug mit der Faust darauf. Zoya erschrak über den Ausbruch des Kapitäns – dann suchte sie auf der Karte nach der Position der *Dragonfly*. Sie fand die gigantische Stadt Dalmazia und auch den Gebirgszug, der sich nach Norden erstreckte.

»Ideen«, sagte der Kapitän. »Ich brauche Ideen.«

Unterschiedlichste Meinungen wurden in den Raum geworfen. Zoya sah den Erwachsenen zu, deren Stimmen weit weg schienen. Etwas an der Himmelskarte zog ihren Blick magisch an. Knapp über der Oberfläche, nicht weit von Dalmazia, schwebte ein dunkler Felsklumpen. Vor ihrem inneren Auge formte sich ein Bild, ein leuchtend gelbes Licht. »Moment mal!«, rief sie.

Die Erwachsenen verstummten.

»Ich weiß, was wir machen.« Zoya wandte sich an den Doc. »Doc, stimmt, was Sie in Ihrem Labor gesagt haben? Über den Algrondkristall?«

Bevor der Doc antworten konnte, warf Vaspine Zoya einen stechenden Blick zu. »Zoya, das ist nur ein Gerücht …«

»Ja oder nein?« Sie ließ nicht locker und sah den Doc durchdringend an.

Der Doc schaute fragend zu Vaspine, der zustimmend nickte. »Ja. Es ist wahr.« Lachend warf er den Kopf in den Nacken. »Aber das ist, als würde man auf ein Wunder bauen. In der ganzen Welt gibt es nur vier davon, Herrgott noch mal!«

Zoya zeigte auf den schwebenden Fels auf der Himmelskarte. »Käpt'n, das hier ist die Insel im Himmel, richtig?«

»Ja.«

Zoya sprang von der Lehne und umrundete die Karte. »Wie lange brauchen wir bis dahin, Cid?«

Der Pilot schaute zur Karte und zuckte die Achseln. »Wenn das Schiff in dem Tempo weiterfliegt? Einen halben Tag.«

»Und was gibt es auf der Himmelsinsel, das helfen könnte?«, fragte Zoya herausfordernd in die Runde. Die Erwachsenen blickten zu Vaspine, der die Arme verschränkte und Zoya aufmerksam ansah.

Die Übrigen tauschten verdutzte Blicke und zerbrachen sich die Köpfe, doch keiner kam darauf.

Zoya warf ungeduldig die Hände in die Höhe. »Die Schatzkammer!«

Einer nach dem anderen fing an, breit zu grinsen. »Wir müssen sie finden«, erklärte Zoya. »Wenn die Gerüchte stimmen, gibt es dort einen Algrondkristall. Wir holen ihn an Bord, der Doc startet eine neue Minisonne und mit ihrer Kraft durchqueren wir den Dalmantischen Pass.«

»Zoya«, Cid schüttelte baff den Kopf, »du bist ein kleines Genie!«

»Ich weiß.« Sie grinste.

»Mag ja sein«, sagte Vaspine und trat vor. »Aber es ist riskant. *Vielleicht* gibt es dort einen Kristall – und das ist ein großes vielleicht –, ganz bestimmt wimmelt es auf der Insel dafür von Piraten. Und die Schatzkammer zu erreichen wird verdammt schwierig. Mit dem Schiff könnten wir nicht allzu nah heranfliegen. Auch nicht mit dem Transporter. Wir müssten laufen.«

Zoya zuckte mit den Schultern. »Ihr würdet mir doch bestimmt alle helfen, oder?«

Rosie lächelte. »Selbstverständlich.«

»Dann schaffe ich das schon.«

Die Mienen der Erwachsenen hellten sich zusehends auf. Schließlich klatschte ein ungeduldiger Cid in die Hände. »Also, Doc, wie sieht's aus? Wenn wir dir einen Kristall besorgen, bringst du die alte Jolle wieder zum Fliegen?«

Der Doc schüttelte nachdenklich den Kopf und biss sich sichtbar auf die Zunge. »Ja«, platzte er dann heraus und wurde immer aufgeregter. »Ja! Wenn ihr mir den Kristall besorgt, bringe ich euch zum Fliegen!«

Cid lächelte. »Na dann«, er klatschte sich auf die Oberschenkel und sprang auf. »Bringt ja nichts, hier herumzuhocken und uns für unsere brillanten Ideen auf die Schulter zu klopfen. Jemand muss diesen Schrotthaufen schließlich fliegen. Also – zur Insel im Himmel?«

Alle sahen zum Kapitän. Er nickte.

50

Mithilfe der Himmelskarte legte Cid den Kurs für die *Dragonfly* bis zur Insel im Himmel fest, indem er stark beflogene Routen, Stützpunkte des Fliegerheers und alles andere, wodurch sie Kane auffallen könnten, möglichst umschiffte. Am Ende hatte er einen fünfzehnstündigen Flug errechnet. »Schneller geht's nicht«, sagte er.

Später an diesem Abend informierte Vaspine den Rest der Mannschaft. Einige murrten, doch der Großteil stimmte der Entscheidung des Kapitäns zu.

»Wenn wir kämpfen, sind wir geliefert«, knurrte Maddie, »und wenn wir fliehen, auch. Also können wir's zumindest versuchen.«

In dieser Nacht schlief Zoya wenig. Am Morgen huschte sie durch den Nebel an Bord und schlängelte sich im Slalom über die Laufstege zum Schiffsheck. Nachdem sie die Klappe entriegelt hatte, die Charlie ihr vor ein paar Tagen gezeigt hatte, kletterte sie in die Unterdecks hinab. Vom Fuß der Leiter aus wanderte sie bis zur Turnhalle. Rosie war bereits da und legte am Boden verschiedene Reifen aus. »Dann hast du meinen Wink gestern Abend verstanden?«

Zoya nickte.

»Der Kapitän hätte dich wahrscheinlich gerne an Deck, um bei den Vorbereitungen zu helfen, aber ich glaube, wir haben noch genug eigene Vorbereitungen zu treffen.« Rosie nickte auf Zoyas Bauch. »Hast du schon gefrühstückt?«

Zoya schüttelte den Kopf.

»Gut. Ich habe nämlich keine Lust darauf, Erbrochenes aufzuwischen!«

Rosie begann mit zehn Minuten Hampelmann hüpfen, gefolgt von zehn Minuten, in denen sie zunächst auf eine fußhohe Bank und dann wieder herunter springen musste. Als Zoyas Beine zu zittern anfingen, gingen sie zu einem neuen Zirkeltraining, diesmal von fünf Übungen, über: Push-ups, Pull-ups, Sit-ups, Kniebeugen und Ausfallschritte. Nachdem Rosie eine Fünf-Minuten-Sanduhr auf die Bank gestellt hatte, forderte sie Zoya auf, von jeder Übung zwanzig zu schaffen, bevor der Sand verronnen war. Nach nur einem Drittel der Zeit stolperte Zoya rückwärts von der Bank und sank zu Boden.

»Das hat länger gedauert als erwartet«, sagte Rosie. »Die meisten schaffen es nicht einmal bis zum zweiten Teil.«

Nach zwei Minuten Pause, in der Zoya einen Schluck Wasser trinken durfte, befahl Rosie ihr, aufzustehen. Diesmal wechselte sie weitere Übungen mit verschiedenen Schwertkampftechniken ab. Alles fiel Zoya wesentlich schwerer als beim letzten Mal, und sie begriff schnell, dass Rosie es damals hatte langsam angehen lassen. Jetzt kam sie sich ein bisschen überfordert vor.

Trotzdem hielt Zoya durch. Und nach zwei langen Stunden warf Rosie ihr Schwert beiseite und beendete das Training. Zoya war so erschöpft, dass sie kaum mehr vom Boden hochkam. Rosie räumte die Turnhalle auf, während Zoya wieder zu Atem kam. »Müde?«

Zoya nickte.

»Weißt du, woran man merkt, dass jemand wirklich müde ist?«, fragte Rosie. »Sie haben dann diesen Ausdruck in den Augen, als würden sie mich am liebsten ermorden.«

Zoya wollte lachen, schaffte aber nicht mehr als ein Husten.

»Komm her«, sagte Rosie, ging zu ihr, griff Zoya unter die Achseln und hob sie hoch. Dann brachte Rosie sie zu einer Bank, nahm ihre Hand, legte sie auf ihre eigene Brust und atmete langsam und tief. »Versuch, meinem Atem zu folgen.«

Das tat Zoya. Nach nur zwei Sekunden spürte sie, wie ihre eigene Atmung sich endlich beruhigte.

»Weißt du«, sagte Rosie und nahm Zoyas Hand weg, »eigentlich wollte ich dir heute noch eine letzte Sache beibringen, aber ich glaube, damit warten wir noch.«

Zoya schaute auf. »Was denn?«

»Nichts. Du bist zu entkräftet.«

Zoya stand auf. »Gar nicht. Sag's mir.«

Rosie musterte sie. »Bist du dir sicher? Das wird nämlich alles andere als leicht. Du könntest dich verletzen, solange du nicht bereit dafür bist.«

»Ich bin bereit«, versicherte Zoya.

Rosie überlegte und seufzte dann. »Na schön. Schnapp dir den Ring da an der Decke.«

Zoya kletterte auf eine Bank, stellte sich unter den Reifen und sprang, so hoch sie konnte. Der Ring löste sich und baumelte schließlich an einem Seil, etwa dreißig Zentimeter über ihrem Kopf. Mit drei weiteren Ringen sollte sie es genauso machen – einer nahe dem ersten und zwei weitere auf der anderen Seite des Raums. Zufrieden packte Rosie ein Ende der Trainingsbank und bat Zoya, sich das andere zu schnappen. Gemeinsam hoben sie diese über den Kopf und hakten sie in den Ringen ein, sodass sie über ihnen schwebte. Rosie griff nach der Bank und zog sich daran hoch. »Wirf mir mal das Schwert rauf!«

Zoya nahm die Waffe und schleuderte sie in die Höhe.

»Pass auf«, sagte Rosie. »Die wichtigste Regel beim Kämpfen habe ich dir schon beigebracht. Die lautet?«

»Such dir immer den höheren Standpunkt«, wiederholte Zoya zum zehnten Mal an diesem Tag.

»Steht ein Gegner eine Ebene über dir, dann setz dich in Bewegung, um ihm diesen Vorteil zu nehmen. So einfach ist das. Sonst verlierst du.« Rosie wechselte flink von einem Bein aufs andere. »Aber«, sie zeigte mit dem Schwert auf Zoya, »manchmal gibt es keine höhere Ebene. Was machst du dann?«

Zoya zuckte die Achseln. »Weglaufen?«

Rosie lachte. »Nein. Wenn du nicht weiter nach oben kannst und auch nicht zur Seite, dann ist deine einzige Möglichkeit …?«

»Nach unten«, beendete Zoya den Satz.

»Ganz genau. Schau zu.«

Rosie nahm Gefechtshaltung ein. Wortlos trat sie von der Bank und ließ sich zu Boden fallen. Im Flug schnappte sie sich mit der linken Hand die Kante der Sitzfläche, schwang sich untendurch und nutzte ihren Schwung, um auf der anderen Seite der Bank wieder hochzukommen. Wie eine Katze landete sie in einer tiefen Hocke auf der Sitzfläche, das Schwert auf Zoya gerichtet.

Zoya blieb der Mund offen stehen. Das Manöver hatte keinen Herzschlag lang gedauert. Hätte sie auch nur kurz geblinzelt, hätte sie es komplett verpasst. Und doch war es passiert. Rosie hatte die Bank in weniger als einer Sekunde umrundet.

Zoya fehlten die Worte. »Das will ich auch können!«

51

Eine weitere Stunde verbrachte Rosie damit, Zoya diesen Trick beizubringen. Immer und immer wieder wiederholten sie ihn, bis Zoya ihn quasi im Schlaf beherrschte. Als sie fertig waren, lächelte sie Zoya an, die wie ein Häufchen Elend auf dem Boden lag. »Ich glaube, das reicht nun wirklich.« Rosie wischte sich die Hände an einem Handtuch ab. »Wir werden die Insel im Himmel bald erreicht haben. Du musst dich fertig machen.«

Mit einem Zwicken im Magen stolperte Zoya in ihre Kajüte, wusch sich und fiel aufs Bett. Eine Zeit lang lag sie still da und gab sich Mühe, ihre aufgewühlten Gedanken zu ordnen. Sie griff unter ihr Hemd und nahm den Anhänger fest in beide Hände. Kurz überkam sie der Drang, wieder fliehen zu müssen, irgendwohin zu verschwinden, wo niemand sie kannte, wo sie in Ruhe essen und schlafen konnte. Es erschien ihr wie ein Traum.

Und doch hatten die Luftpiraten etwas Faszinierendes an sich. Die Gefahr, das Risiko, der weite, endlose Himmel, die Meteoriten und Vulkane – und all die anderen Dinge, die sie auf der Oberfläche nie kennengelernt hätte. Dieses Leben pulsierte in ihren Adern. Sie war die Tochter von Jupiter und Dominika. Und nun gab es da Bucker, Rosie, Beebee, Cid, den Kapitän – sie wollte diese Welt mit ihnen erleben. Sie wollte Kreuzfahrtschiffe ausrauben, brennenden Dörfern helfen …

Sie konnte nicht zulassen, dass Kane das kaputt machte.

Zoya war wieder auf der Brücke, als einer von Cids Stellvertretern das erste Mal verkündete, dass die Himmelsinsel in Sicht war. Von verschiedenen Besatzungsmitgliedern hatte sie an Bord schon Geschichten über die Insel gehört, doch keine davon hatte sie auf den Anblick vorbereitet, der sie erwartete, als sie den Kopf über die Reling reckte.

Dutzende von Kilometern vor ihnen schwebte ein Steinbrocken im Himmel, der so groß war, dass er den gesamten Horizont verdeckte. Die Unterseite – von rostbrauner Farbe – ging langsam in ein Gemisch aus Wäldern und Wiesen über. Oberhalb der Vegetation erhob sich eine Kette beeindruckender Gebirge mit schneebedeckten Gipfeln, die im Sonnenlicht purpur schimmerten. Und inmitten des Grüns darunter waren hier und da Gebäude zu sehen.

»Wahnsinn, nicht?«, sagte Beebee, der ein Stück neben ihr an der Reling stand.

»Es ist …« Zoya fehlten die Worte.

»Komisch?«, schlug Beebee vor. »Man schaut immer wieder hin und glaubt, gleich würde man den Trick entdecken – warum sie fliegt –, aber es klappt einfach nie.«

»Aber wie funktioniert das denn?«

»Das weiß keiner«, antwortete Beebee. »Sie schwebt schon lange durch die Gegend – lange bevor die ersten Menschen auf ihr landeten. Und sie wird noch lange ihre Kreise ziehen, wenn wir alle längst weg sind.«

»Hat sie irgendein Ziel?«

»Sieht nicht so aus. Ein paar der Gastwirte haben einige Monate lang versucht, ihren Kurs aufzuzeichnen, um die Nachschublieferungen leichter zu machen. Aber es gab kein Muster. Sie scheint immer gerade dahin zu treiben, wo es sie hinzieht.«

Je näher sie kamen, desto mehr wollte Zoya von der Insel sehen. Beebee fiel auf, dass sie längst auf Zehenspitzen stand, um besser über die Außenwand schauen zu können, und nahm sie auf die Schulter.

Rings um die Insel herrschte reger Luftverkehr und Zoya war sicher, dass es jeden Moment einen Zusammenstoß geben musste. Doch Cid gab sein Bestes, sie durch das Gewusel hindurchzumanövrieren. »Mit einem oder zwei prallt man hier immer zusammen«, sagte er zwinkernd. »Zum Glück scheint das keinen zu stören.«

Das Schiff steuerte die Insel von Süden her an, sauste über Ländereien und Wälder und bunte Wiesen, auf denen galoppierende Pferde und dösende Schafe lebten. Erst als sie einen See im Zentrum der Insel erreichten, wurden sie langsamer. Auf dem Wasser dümpelten zahlreiche Boote.

»Was ist das?«, wollte Zoya wissen.

Am Nordufer des Sees gab es mehrere Häuser und Straßen. Die Bauten waren niedrig, wie Zoya auffiel – keines höher als drei Geschosse und regelrecht zwergenhaft im Vergleich zu den schwindelerregenden Türmen Dalmazias. Dafür waren sie solide und sahen aus, als stünden sie schon seit Jahren auf der Insel.

»Das ist Mondfall«, antwortete Beebee. »Wo all die Piraten ihr gestohlenes Geld verprassen. Wirtshäuser, Läden, Saloons … Glaub mir, da willst du am allerwenigsten hin.«

Sie ließen die Stadt hinter sich und flogen weiter gen Norden. Schon bald lichteten sich die Straßen und Gebäude und wurden von Feldern abgelöst, die allerdings wesentlich wilder wirkten als die im Süden. Vor ihnen ragten die Berge auf, die Zoya zuvor schon bemerkt hatte. Von Beebees Schultern aus waren die Gebirgsausläufer deutlich zu sehen, genau wie die dichten Wälder, die dort wuchsen. Cid steuerte das Schiff auf eine große Lichtung kurz vor den Bäumen zu und landete. Als er den Motor abstellte, zwinkerte er Zoya zu. »Damit wäre mein Part erledigt. Der Rest liegt an dir.«

52

Als Zoya zum Hauptdeck zurückkehrte, war Vaspine bereits dabei, Decken, Zelte, Feuerholz, Essen und Wasser in drei Wanderrucksäcke zu packen. Rosie folgte ihm.

»Nur drei?«, fragte sie.

»Mehr brauchen wir nicht.«

»Warum nehmen wir nicht ein paar meiner Schwertkämpfer mit? Je mehr Helfer, desto besser.«

Vaspine unterbrach seine Arbeit. »Rosie, je mehr Leute wir sind, desto mehr Ausrüstung brauchen wir, desto mehr Lärm machen wir und desto eher entdeckt man uns. Falls Kane da draußen Spione hat, müssen wir möglichst unauffällig bleiben. Also nur drei.«

Der Kapitän fuhr mit dem Packen fort, doch Rosie legte ihm eine Hand auf die Schulter. »Dann lass mich gehen. Du weißt, dass ich besser mit dem Schwert umgehen kann. Sollte Kane uns angreifen, beschütze ich sie.«

»Du musst dich um deinen eigenen Jungen kümmern«, antwortete Vaspine.

»Bucker ist hier in Sicherheit. Du und Cid könnt auf ihn aufpassen.«

»Nein, *du* und Cid werdet auf ihn aufpassen«, entgegnete Vaspine. »Außerdem nehme ich Beebee mit. Gemeinsam kommen wir klar.«

»Und wenn nicht?«

Vaspine überlegte. »Wenn nicht, dann soll die *Dragonfly* von hier verschwinden. Was bedeutet, dass jemand an Bord sein muss, der weiß, wie man das verdammte Ding organisiert.« Er nickte zu Cid, dann zu Rosie. »Cid fliegt, du bist der Kapitän.«

»Aber ...«

»Kein Aber. Wir haben keine Zeit für Diskussionen, Rosie. Geh und gib den Leuten was Sinnvolles zu tun, solange wir an Land sind. Beschäftige sie. Danke.«

Rosie funkelte den Kapitän wütend an, gehorchte dann aber kopfschüttelnd. Als sie bemerkte, dass Zoya ihnen zugehört hatte, blieb sie noch einmal stehen und legte dem Mädchen eine Hand auf die Schulter. »Dir passiert nichts«, sagte sie und marschierte zum Bug.

Zoya lief zum Kapitän und reichte ihm die Dinge, die in die Rucksäcke sollten. »Wann brechen wir auf?«

»In ein paar Minuten«, antwortete Vaspine. »Wir brauchen einen ganzen Tag, um den Berg hinauf- und wieder herunterzusteigen. Wir dürfen nichts vergessen.«

Zoya stopfte eine weitere Decke in den Rucksack. »Brauche ich Sturm?«

»Sturm?«

»Mein Schwert.«

Vaspine schloss kurz die Augen. »Nimm es mit.«

Die Aussage stimmte Zoya nachdenklich. Sie hatte angenommen, die Reise zur Schatzkammer wäre keine große Sache. Aber nach dem Streit zwischen Rosie und dem Kapitän war sie da nicht mehr so sicher. »Ist es denn gefährlich, was wir vorhaben?«

»Die ganze Insel ist gefährlich«, antwortete Vaspine. »Sie ist voll von den übelsten, schändlichsten Lügnern, Betrügern, Spielern und Mördern. Die meisten bleiben in Mondfall, aber einige treiben sich in den Bergen herum. Keiner weiß von deiner Kette, trotzdem könnte uns jemand angreifen.« Er blickte zur Sonne, die niedrig am Himmel stand. »Aber uns erwartet nichts, womit wir nicht klarkommen. Verstanden?«

Zoya nickte.

»Es wird folgendermaßen ablaufen: wandern, rasten, einige weitere Stunden wandern, die Schatzkammer öffnen, zum Schiff zurückkehren, dem Doc den Kristall geben, damit er ihn verwendet, und schon sind wir weg – durch den Dalmantischen Pass und dorthin, wo Kane uns nicht finden kann. Bis dahin musst du dich nur dicht bei uns halten.«

»Ich gebe mein Bestes«, versprach Zoya.

»Mehr kann man von niemandem verlangen«, meinte Vaspine.

53

Der Großteil der Besatzung hatte sich auf der Backbordseite versammelt, um ihnen zum Abschied zu winken. Das Trio ließ das Schiff im Gänsemarsch hinter sich, voran der Kapitän und Beebee als Nachhut. Fünf Minuten später war die *Dragonfly* außer Sicht und sie tauchten in den dichten Wald ein, den Zoya von oben gesehen hatte. Schweigend marschierten sie durch das Zwielicht, bis sie an einen Pfad stießen. »Danach haben wir gesucht«, sagte der Kapitän. »Er sollte uns durch den Wald und zum Fuß des Berges führen.«

Einige Stunden lang folgten sie dem Weg, der sich durch die Bäume schlängelte. Während der Tag voranschritt, wurde das Licht ringsum immer schwächer, bis Zoya aufpassen musste, wohin sie trat, um nicht über weitläufige Wurzeln oder Baumstümpfe zu stolpern.

Zwischen Vaspine und Beebee herrschte eine spürbar angespannte Stimmung. Solange sie auf dem Pfad unterwegs waren, vermieden sie es, miteinander zu reden. Nur um zu überprüfen, ob sie richtig waren oder um zu überlegen, wie schwieriges Terrain zu umgehen war, wechselten sie ein paar Worte. Zoya hatte zwar eine Ahnung, was zwischen den beiden im Argen lag, bekam aber keine Gelegenheit, danach zu fragen. Erst als der Kapitän kurz zwischen den Bäumen verschwand, bot sich ihr eine Möglichkeit. Sobald er fort war, setzte sie sich zu Beebee auf einen Stumpf, den er sich zur Rast ausgesucht hatte. »Du hältst das alles für keine so gute Idee, oder?«

Beebee schüttelte den Kopf.

»Glaubst du, wir schaffen es nicht in die Kammer?«

»Wahrscheinlich schon. Aber wir sollten uns nicht mal in die Nähe wagen. Der Plan hat seine Tücken. Ich kämpfe schon, seit ich fünf bin: auf der Straße, im Boxring, auf Himmelsschiffen. Die eine Lektion, die ich gelernt habe, ist, dass man niemals wegläuft.«

Zoya rutschte unruhig hin und her.

»Am Ende wird man nämlich doch immer erwischt«, fuhr er fort. »Der Käpt'n meint, auf der anderen Seite vom Dalmantischen Pass haben wir bessere Ausgangschancen. Aber das stimmt nicht. Es wird auch nicht anders sein als jetzt, nur dass wir dann erschöpft sind von diesem ganzen Katz- und Maus-Spiel. Wir können Kane nur aufhalten, wenn wir ihn angreifen, wenn er am wenigsten damit rechnet. Das heißt: jetzt.« Beebee schleuderte einen Stein gegen einen nahen Baumstamm, bevor er durch zusammengebissene Zähne weitersprach: »Nein, ich finde das hier keine gute Idee.«

Zoya schwieg. Als Beebee bemerkte, dass er sie beunruhigt hatte, legte er ihr eine Hand auf die Schulter. »Tut mir leid«, sagte er. »So schlimm, wie ich daherrede, ist es gar nicht. Alles wird gut. Ich finde nur, wir hätten angreifen sollen. Vielleicht liegt das am Boxer in mir.« Er lachte.

Wenig später kam Vaspine aus dem Wald und schulterte seinen Rucksack. »Alles in Ordnung?«

Zoya nickte.

Als sie den Wald schließlich durchquert hatten, lag ein Anblick vor ihnen, der Zoya staunen ließ. Im Licht des Mondes sah man die Umrisse einer Gebirgskette, gegen die das Dalmaziengebirge wie flaches Steppenland wirkte. Die Berge erstreckten sich am Horizont, so weit Zoya blicken konnte: gigantische zerklüftete Gipfel mit Nebelkronen. Der Pfad, den sie im Wald eingeschlagen hatten, führte weiter in die Hügel hinein. Zoya folgte ihm durch ihr Fernglas. Zunächst erklomm er einen sanften Hang, dann stieg er höher und verschwand außer Sicht. Die Hänge waren voller Gestrüpp – in der Dunkelheit nicht mehr als Silhouetten. Hier und da war ein grasendes Tier zu sehen.

»Und die Kammer liegt da oben?«, fragte sie.

»Nicht ganz oben«, antwortete Vaspine. »Sie ist in einem Tal verborgen, gleich hinter diesem Kamm.« Er zeigte auf einen Grat, etwa auf halber Höhe des Hügels. »Heute gehen wir noch bis zu der Stelle, an der der Weg hinter dem Berg verschwindet. Die restliche Reise wird bis morgen warten müssen.«

Vaspine sah Zoya an. »Bald wird es viel kälter, als du es je erlebt hast. Hol alle deine zusätzlichen Kleider aus dem Rucksack und zieh sie an. Jetzt gleich.«

Zwei weitere Stunden liefen sie schweigend weiter. Zoya spitzte unwillkürlich die Ohren, sodass sie nach einer Weile sogar das entfernte Heulen von Wölfen hören konnte, als wären sie direkt neben ihr. Einmal glaubte sie sogar, hinter sich Schritte zu hören, aber sie sagte nichts und bemerkte sie auch nicht wieder.

Als sie schließlich haltmachten, stellte Zoya ihr Zelt auf einem Felsvorsprung gleich neben dem Pfad auf, von wo aus sie die Strecke einsehen konnte, die sie bereits hinter sich gebracht hatten. In der Ferne lagen die funkelnden Lichter von Mondfall und davor der dunkle Wald. Sie spürte den festen, soliden Boden unter ihren Füßen und musste sich erst wieder in Erinnerung rufen, dass sie sich auf einer Insel befanden, die Tausende von Metern in der Luft schwebte.

In ihrem Rucksack fand Zoya eine dicke Decke, die sie sich um die Schultern wickelte. Vaspine und Beebee geisterten umher, machten Feuer und kochten etwas Schweinefleisch. Alle drei waren erschöpft und am Rande ihrer Kräfte, daher sprachen sie den Rest des Abends kaum ein Wort. Sie aßen, kauerten am Feuer und versuchten, die Wärme der glühenden Scheite in sich aufzunehmen.

54

Als Zoya am Morgen aufstand, war der Kapitän bereits auf den Beinen und stocherte mit seinem Wanderstock in der Asche. Sobald er Zoya sah, legte er den Stecken beiseite und warf ihr etwas Brot zu. »Gut geschlafen?«

»So gut es geht, wenn man gefühlt auf Eis liegt.« Zoya blinzelte ins Sonnenlicht und scharrte mit den Stiefeln in einem Kieselhaufen.

»Das findest du schlimm? Ich erinnere mich noch gut an die ersten Jahre mit deinem Vater. Er hat uns ganz ohne Zelte hierher geschleppt und wir mussten unter freiem Himmel schlafen – *das* war kalt.«

Vaspine stand auf, lief zu Beebees Zelt und rüttelte am Stoff, wobei eine kleine Pfütze Wasser, die sich über Nacht angesammelt hatte, zu Boden platschte. »Außerdem«, fuhr er fort, »brauchen Luftpiraten die Herausforderung.«

Beebee hatte gut geschlafen und hatte wesentlich bessere Laune als noch am Vortag. Vaspine reichte jedem ein paar Happen Fleisch, das von der Abendmahlzeit übrig geblieben war. Unter anderen Umständen hätte man diese Überbleibsel nun wirklich nicht Frühstück nennen können, doch an diesem Morgen schmeckten sie wie ein Festessen.

Sobald sie aufgegessen hatten, packten sie die Zelte ein, schulterten ihre Rucksäcke und verbrachten einige Minuten damit, ihren Lagerplatz so aussehen zu lassen, als wären sie nie da gewesen. »Man kann nie vorsichtig genug sein«, meinte Beebee.

Vaspine hatte gesagt, dass es bis zu Jupiters Schatzkammer nicht mehr weit sei, also war Zoya trotz ihrer schmerzenden Beine guter Dinge, als sie aufbrachen.

Vor ihnen bog der Pfad um einen Berg und verjüngte sich zu einem schmalen Grat, der zu beiden Seiten steil in die Tiefe fiel. Im Lauf des Vormittags verschlechterte sich das Wetter. Nebel überrollte das Tal und wurde mit jedem Schritt, den sie aufwärtsstiegen, dicker. Nach einer Stunde liefen sie durch eine so dichte Nebelwand, dass Zoya nicht einmal mehr sah, ob ihr nächster Schritt auf festen Grund treffen würde.

Vaspine beschloss, eine Rast einzulegen, bis der Nebel sich etwas gelichtet hatte. Mitten auf dem Pfad kauerten sie dicht beieinander und froren eine Stunde lang, bis der Kapitän einsah, dass sich die Lage wohl nicht mehr ändern würde. »Wir können umkehren«, sagte er, »oder weitermachen. Nur bleiben steht außer Frage.«

Zoya lugte den Berg hinunter. Beim Gedanken daran, später wieder absteigen zu müssen, wurde ihr ganz übel. »Gehen wir weiter.«

Beebee nickte zustimmend.

Bevor sie sich auf den Weg machten, holte Vaspine ein Stück Seil aus seinem Rucksack, das er zuerst um Beebees Taille, dann um Zoyas und schließlich um seine eigene band. »So verlieren wir uns wenigstens nicht.«

Beebee gluckste. »Wenn einer stürzt, stürzen alle.«

Die drei kämpften sich eine weitere Stunde lang durch den

Nebel, bis Zoya bemerkte, dass der Weg vor ihnen erneut abknickte. »Gut«, sagte der Kapitän, »wir haben es fast geschafft.«

Hinter der Biegung führte der Pfad auf einen großen Felsvorsprung, der aus der Bergflanke ragte. Dahinter erhob sich der Rest des Gipfels. Im Schatten der hohen Felswand waren sie einigermaßen wettergeschützt. Hier und da hielt sich der Nebel in widerspenstigen Fetzen in der sonst windstillen Luft.

Zoya stellte ihren Rucksack auf den Boden und sah sich um. Überrascht stellte sie fest, dass der Weg direkt vor der Steilwand aufhörte. Sie rieb sich die Augen und blinzelte, bevor sie sicher war, dass sie es sich nicht nur einbildete. »Wozu legt denn jemand einen Weg an, der gegen eine Bergwand führt?«, fragte sie den Kapitän.

»Eine ausgezeichnete Frage!« Vaspine lief voraus, legte die Hände auf den Fels und drehte sich dann zu Zoya und Beebee um. »Kennt ihr den Witz von dem Kapitän, der sich in Luft auflöst?«

»Nein«, antwortete Zoya.

»Jetzt siehst du ihn.« Vaspine hopste nach links. »Und jetzt nicht mehr.«

Zoya brauchte einen Moment, bis sie begriff, dass der Kapitän verschwunden war. Sie tauschte einen Blick mit Beebee, der genauso verdattert aussah, bevor sie gemeinsam zur Felswand liefen, um nachzusehen. Sie suchten gründlich die Stelle ab, an der Vaspine noch vor Sekunden gestanden hatte, doch sie fanden keine Spur von ihm. Zoya zuckte mit den Achseln.

»Da müsst ihr euch schon mehr anstrengen«, ertönte Vaspines Stimme.

Zoya wirbelte herum und ging dorthin, wo sie den Ursprung der Stimme vermutete.

»Schon wärmer«, sagte der Kapitän.

Zoya lief auf und ab, konnte aber nichts entdecken. Dann fiel ihr an der Felswand etwas auf. Was sie für einen Riss im Stein gehalten hatte, waren eigentlich zwei Spalten, die so verliefen, dass sie wie eine harmlose Einbuchtung im Fels erschienen. Zoya rannte darauf zu, und tatsächlich: Hier gab es eine Öffnung, die groß genug für einen Menschen war. Als sie hineingriff, stieß sie auf den grinsenden Kapitän.

Vaspine zwängte sich wieder ins Freie. »Netter Trick, was?«

»Wahnsinn«, sagte Beebee staunend. »Ist das die Schatzkammer?«

Der Kapitän schüttelte den Kopf. »Nein, aber hier hat Jupiter sie vor den gierigen Gaunern dieser Insel versteckt.« Er verschwand erneut in der Lücke. »Seht es euch selbst an.«

55

Zuerst folgte ihm Zoya, indem sie sich auf die Seite drehte und mühelos hineinschob. Beebee kam nach ihr. Er hob seinen Rucksack über den Kopf und musste sich mit einiger Anstrengung hindurchquetschen. Kurz danach wurde die Öffnung breiter, sodass sie bequem vorwärtskamen. Zoya hörte das Echo von Vaspines Schritten, konnte ihn allerdings nicht sehen. »Es ist nicht mehr weit«, hörte sie ihn sagen.

In dem Gang wurde es so finster, dass man kaum noch die Hand vor Augen ausmachen konnte. Kleine Rinnsale tröpfelten von den Wänden, was in dem engen Raum ohrenbetäubend laut erschien. Ein kleines Stück weiter bemerkte Zoya einen Lichtschein, in dem der Umriss des Kapitäns zu erkennen war. Als Zoya ihn und damit auch den Ausgang des Tunnels erreichte, verharrte sie mitten im Schritt, um den Anblick, der sich ihr bot, zu verarbeiten. Sie hatten den Anfang eines saftigen grünen Tals erreicht. Fort waren die kargen Felder und öden Landstriche – an ihre Stelle war eine grasbewachsene Ebene getreten, die von zwei steilen Felswänden eingerahmt wurde. Überall ragten hohe Steine in die Höhe, auf denen ein grüner Moosteppich wuchs, und brausende Wasserfälle rauschten in die Tiefe. Kleine Gruppen von Bäumen, Blumen in jeder Farbe und Form und sogar ein kleiner See vervollständigten den paradiesischen Anblick.

»Wie kann es denn so etwas geben?«, fragte Zoya.

»Das Tal ist vollkommen abgeschottet«, erklärte Vaspine. »Durch die hohen Wände herrscht hier ein eigenes Mikroklima. Kalte Luft kann nicht eindringen, dafür fällt die Sonne direkt hinein. Packt man noch ein bisschen Regen dazu, schon hat man den Garten Eden.«

»Wo ist die Kammer?«, wollte Beebee wissen.

Vaspine zeigte auf die Ostseite des Tals, auf eine Stelle etwa in der Mitte der Steilwand. Im Fels war ein weißer Kreis zu sehen, der – soweit Zoya es überblicken konnte – nur über eine Treppe erreicht werden konnte, die man darunter direkt aus dem Stein gehauen hatte. Zoya schätzte, dass dieser Kreis so breit wie drei Männer sein musste. Als sie das Fernglas ans Auge hob, realisierte sie, dass dies das Tor zur Schatzhöhle ihres Vaters war. Die Nieten darin waren so groß wie Zoyas Kopf und schienen aus demselben dunklen Metall zu sein wie ihr Anhänger, nur dass sie im Sonnenlicht weiß schimmerten.

»Auf geht's«, sagte Zoya.

Sie folgten dem Pfad durch die Ebene und liefen dann erst quer über die Wiese, bevor sie die Treppe erklommen. Oben angekommen, stellte Zoya fest, dass sie sich verschätzt hatte – das Tor war wesentlich größer und mochte fünf Männern auf einmal Zutritt gewähren. »Die Kammer muss riesig sein.«

Sie setzten die Rucksäcke ab. Dann traten Vaspine und Beebee beiseite und gaben Zoya zu verstehen, dass sie nun an der Reihe war.

»Und was mache ich jetzt?«

»Probier deinen Anhänger aus«, antwortete Vaspine.

Zoya griff nach der Kette und nahm sie vom Hals. Das Metall des Anhängers vibrierte in ihrer Hand, außerdem veränderte es die Farbe von dem gewohnt dunklen Ton zu einem weichen pulsierenden Blau.

»Schon mal ein guter Anfang«, meinte Vaspine.

Zoya ging auf die Tür zu. Mit jedem Schritt leuchtete das Amulett heller, bis es regelrecht strahlte. Als die Tür noch etwa fünf Schritte vor ihr lag, zitterte es heftig und gab ein tiefes Dröhnen von sich, sodass Zoya sich am liebsten die Ohren zugehalten hätte. Je näher sie dem Eingang kam, desto stärker wurde es, bis es schwierig wurde, den Anhänger überhaupt festzuhalten. »Ich kann ihn nicht mehr lange halten!«, rief Zoya.

»Du schaffst das!«, beruhigte Vaspine sie.

Zoya verstärkte ihren Griff. Sie wagte einen weiteren Schritt und das Zittern wurde heftiger. Jetzt merkte sie, dass der Anhänger eigentlich nicht bebte, sondern vielmehr in Richtung Tür zog. Noch ein Schritt – nun war Zoya ganz nah – und wieder wurde der Zug Richtung Tür intensiver. Instinktiv streckte Zoya ihren Talisman aus, sodass er den Eingang berührte. Sobald er Kontakt mit dem Metall hatte, ertönte ein lautes *Wusch* und das Tor glitt auf, bis es vollständig am Stein zu Zoyas Rechten lehnte. Vor ihr lag ein Durchgang. Vaspine und Beebee eilten hinter sie und spähten hinein.

Die Höhle dahinter war so groß wie das Deck der *Dragonfly*, die Wände waren rechteckig und glatt wie Porzellan. Auf jeder Seite standen mehrere Säulen, so groß wie Zoya selbst, auf denen reich verzierte Holztruhen ruhten. Die Deckel waren geöffnet und gaben den Blick auf Berge von Juwelen und Gold frei.

Zoya betrat den Raum und drehte sich einmal um die eigene Achse, während sie sich gründlich umsah. Sie ging zur nächstbesten Kiste, nahm eine Handvoll Münzen heraus und ließ sie zurück auf den Stapel rieseln. »Oh mein Gott«, hauchte sie und wandte sich zu den anderen um.

Vaspine lächelte.

»Das müssen …«, Zoya schaute sich um, »… Tausende sein.«

»Mindestens«, sagte der Kapitän.

»Wo ist der Kristall?«

Vaspine zuckte mit den Schultern. »Wir müssen ihn suchen.«

Zoya schüttelte ungläubig den Kopf und schmunzelte darüber, dass ihr Vater etwas so Wertvolles einfach zwischen die ganzen anderen Klunker warf. Vaspine und Beebee schlossen sich ihrer Suche an und gruben sich durch Münzen und Edelsteine, unsicher, wonach sie eigentlich suchten – aber voller Hoffnung, dass sie es erkennen würden, wenn es erst vor ihnen lag. In einer Truhe nahe der Rückwand stieß Zoya auf einen glatten blauen Kristall, der ihr einen aufgeregten Schauer über den Rücken jagte. Ungeduldig zog sie ihn aus all den Goldmünzen, als wären die nur Kieselsteine. Doch dann musste sie enttäuscht feststellen, dass der Stein Teil eines silbernen Diadems war.

»Wozu hat er so viel Geld aufgehoben?«, fragte sie den Kapitän. »Warum hat er es nicht verschenkt?«

Vaspine ging zur nächsten Truhe und nahm einen klobigen Goldring heraus, den er sich versonnen an den Finger steckte. »Zur Sicherheit. Als Luftpirat lebt man gefährlich. Dein Vater hat sich das hier aufgehoben, für den Fall, dass er irgendwann einmal von vorne hätte anfangen müssen.«

Zoya verzog die Lippen. »Und das hier ist es, worauf Kane es abgesehen hat? *Dafür* hat er meine Eltern getötet?«

»Für das und den Kristall«, antwortete der Kapitän.

Schließlich fand Zoya den Algrondkristall in einer Truhe, vergraben unter einer goldenen Lupe und einem silbernen Kompass. Vorsichtig zog Zoya ihn heraus und hielt ihn ins Licht. Es musste der richtige sein. »Hab ihn!«

Der Kristall war ein Stück größer als ihre Hand – ein schwererer, unförmiger Bernsteinbrocken, der Ähnlichkeit mit einer Kartoffel hatte. Die Seiten waren gestreift, halb schimmernd, halb stumpf, je nachdem, wie Zoya ihn ansah und das Licht sich in ihm brach. Der Kapitän und Beebee traten hinter sie und betrachteten ihr Fundstück.

Vaspine nicke. »Bingo.« Als er mit dem Finger über den Kristall fuhr, blieb ein feines Pulver darauf zurück. »Ich glaube nicht, dass dein Vater je begriffen hat, wie viel dieses Ding wirklich wert ist.«

»Kein Wunder.« Zoya sah noch einmal zu der Truhe. »Geht mir genauso.«

Sie schaute zu Beebee. Er sagte nichts, lächelte aber. Als er bemerkte, dass sie ihn ansah, zwinkerte er ihr zu. »Packen wir die Rucksäcke voll und hauen ab, bevor es dunkel wird.«

56

Sie luden alles aus den Rucksäcken, was sie für die Rückreise nicht mehr brauchten, bevor sie diese mit Gold beluden. Zoya wickelte den Algrondkristall behutsam in ein Taschentuch und steckte ihn in eine ihrer Hemdtaschen. Sobald die Rucksäcke voll waren, stellten sie sie neben dem Eingang ab. Zoya betrachtete das übrige Gold – noch immer etwa drei Viertel der ursprünglichen Beute. »Was stellen wir damit an?«

»Wir lassen es hier«, sagte Vaspine. »Wir sind ja nur wegen des Kristalls hergekommen.«

»Und was, wenn es jemand findet?«

»Seit zehn Jahren hat es keiner geschafft, hier einzubrechen«, antwortete der Kapitän. »Warum sollte das auf einmal anders sein? Wenn sich die Angelegenheit mit Kane erledigt hat, kommen wir zurück, holen den Rest und verteilen ihn an diejenigen, die ihn nötig haben.«

»Wie mein Dad es gewollt hätte«, stimmte Zoya zu.

Vaspine tätschelte ihr den Rücken. »Wie dein Dad es gewollt hätte.«

Zoya schwieg, fühlte sich innerlich aber ganz warm. Der Kapitän führte sie aus der Schatzkammer und gemeinsam trugen sie die mit Gold gefüllten Rucksäcke die Treppe hinunter ins Gras. Sobald der letzte Fuß die Stufen verlassen hatte, glitt die Tür der Kammer selbstständig zu und verschloss sich lautstark. Das Geräusch kam so unerwartet und plötzlich, dass sie sich erschrocken umsahen. Als sie begriffen, was geschehen war, mussten sie über sich selbst lachen.

»Clever«, meinte Zoya.

»Und ob«, ertönte hinter ihnen eine Stimme. »Ich würde sogar behaupten, man hat euch ziemlich clever hereingelegt.«

Zoya, Vaspine und Beebee fuhren herum. Wenige Meter neben ihnen standen Lendon Kane und zwei seiner Männer. Jeder war mit einem Gewehr bewaffnet und zielte auf Zoya.

Vaspine stellte sich schützend vor sie.

»Reicht sie uns rüber«, sagte Kane und nickte zu den Rucksäcken. Vaspine beäugte ihre Beute, bevor er sich vorbeugte, um danach zu greifen. Die ersten beiden warf er Kane gehorsam zu, doch als er den dritten holte, fiel Zoya auf, dass er auch eine Handvoll Kiesel und Sand aufsammelte. Unauffällig ließ er sie in seiner Tasche verschwinden, bevor er Kane den letzten Rucksack vor die Füße schleuderte.

»Danke«, feixte Kane. »Hättet ihr euch früher so kooperativ gezeigt, wäre dieses Ärgernis vielleicht nicht nötig gewesen.«

»Es wird keinen Ärger geben«, sagte Vaspine mit loderndem Blick. Links von ihm machte Beebee einen Schritt nach vorn, doch der Kapitän hielt ihn zurück.

»Da liegst du falsch«, sagte Kane. »Bisher war ich geduldig, aber jetzt habe ich die Nase voll.«

»Genau wie ich«, knurrte Beebee wütend.

Kane sah ungehalten zu dem Riesen. »Pfeif deinen Pitbull zurück«, sagte er zu Vaspine, »sonst muss ich ihm eine Kugel in den Schädel jagen.«

Vaspine gab Beebee mit einer Geste zu verstehen, dass er sich beruhigen sollte.

»Habt ihr ernsthaft geglaubt, ihr könntet uns entkommen?«, fuhr Kane fort. »Dass eure kleine Reise durch den Dalmantischen Pass das Ende sein würde? All eure Pläne haben nur dazu geführt, dass der Anhänger bei mir landet, genau, wie ich es haben wollte. Und jetzt, nach zehn Jahren, gehört der Kristall endlich mir!« Er grinste. »Ich sollte euch dankbar sein.«

Vaspine starrte ihn weiterhin wutentbrannt an und Zoya bemerkte, dass er die Kieselsteine und den Sand in seiner Tasche knetete. »Wir haben den langen Weg nicht gemacht, um uns dein Gerede anzuhören. Lass uns durch!«

Kane schoss in die Luft. »Genug!«, brüllte er, feuerte sein Gewehr ein zweites Mal ab und zielte dann direkt auf Vaspine. »Du wirst mir den Anhänger aushändigen und dann werden du und deine Freunde sterben.«

Der Kapitän ballte die Fäuste und flüsterte Beebee aus dem Mundwinkel zu: »Kane gehört mir. Die anderen übernimmst du. Schalte sie aus.«

»Verstehst du nicht, Carlos?«, knurrte Kane. »Es gibt keinen Ausweg mehr. Ihr seid besiegt. Alle eure lächerlichen kleinen Schachzüge waren sinnlos.«

Vaspine sah zu Zoya. »Renn los, wenn es günstig ist. Lauf immer weiter, bis du am Schiff bist, und dreh dich nicht um. Sag Rosie, sie sollen sofort starten. Okay?«

Zoya nickte.

Kane zielte mit dem Lauf seines Gewehres zwischen Vaspines Augen. »Du wirst sterben«, rief er.

Vaspine lächelte, atmete dann tief ein und antwortete gelassen: »Aber nicht heute.«

Noch während er sprach, holte der Kapitän die Kieselsteine und den Sand aus der Tasche und warf sie Kane und seinen Männern in die Augen. Die Piraten schrien auf und ließen überrascht die Waffen fallen, während Vaspine und Beebee sich auf sie stürzten. Beebee rammte den Räuber links von Kane und Vaspine bohrte Kane die Schulter in den Magen.

Zoya sah zu, wie alle fünf zu Boden gingen. Ohne nachzudenken, schnappte sie sich ihren Rucksack, sprintete zum nächsten Gestrüpp, schoss zwischen mehreren Bäumen hindurch und lief bergauf zum Talzugang. Als sie den Durchgang erreichte, drehte sie sich entgegen Vaspines Anweisung noch einmal um. Der Kapitän und Beebee kämpften mit den anderen im Gras. Nur mit Mühe brachte es Zoya über sich, wegzulaufen und sie einfach so zurückzulassen.

Als sie den Grat betrat, hatte sich der Nebel zum Großteil gelichtet und es wehte kaum noch ein Lüftchen. Von dem Felsvorsprung aus konnte sie den ganzen Berg hinab bis zum Wald schauen. Das Ziel in Sicht, lief sie doppelt so schnell weiter, rannte den Bergsporn hinunter und flitzte über die Felsen. Jedes Mal, wenn sie den Fuß aufsetzte, durchzuckte ein stechender Schmerz ihre Knie, doch davon ließ sie sich nicht bremsen. Sie rannte eine Stunde, bis jeder einzelne Muskel in ihrem Körper brannte und sie den Eindruck hatte, als könnte sie keinen einzigen Schritt mehr gehen. Erst dann ließ sie sich keuchend auf einen Steinbrocken sinken. Dort blieb sie, schöpfte neuen Atem und drückte den Algrondkristall an ihre Brust. Langsam zählte sie von zehn rückwärts und bemühte sich, ihr rasendes Herz zu beruhigen.

Während Zoya zum Wald lief, ging allmählich die Sonne hinter den Hügeln unter. Sie warf einen Blick zum Pfad zurück und hielt nach Bewegung Ausschau. Doch außer einigen formlosen Umrissen konnte sie nichts erkennen, und es war schon zu dunkel, um sicher sein zu können, ob es sich dabei um Menschen handelte. Jedenfalls wollte sie nicht lange genug warten, um es herauszufinden.

Als Zoya weiterrennen wollte, musste sie einsehen, dass sie sich kaum noch rühren konnte; also brachte sie die letzten Kilometer bis zum Schiff abwechselnd joggend und gehend hinter sich. Der Erste, den sie sah, war der Doc. Sobald sie ihn gesichtet hatte, fiel Zoya im Gras auf die Knie. Die Minuten danach fühlten sich an wie ein verschwommener Traum. Sie erinnerte sich noch daran, dass man sie die Landungsbrücke hochtrug, auf ihr Bett legte und zudeckte. Sie erinnerte sich an Buckers lächelndes Gesicht und den Doc, der losrannte, um Rosie zu holen.

Dann wurde alles schwarz.

Irgendwann kam sie in einem schummrigen Raum zu sich. Um sie herum standen Gestalten, die sie nur undeutlich wahrnehmen konnte. Als ihre Sicht nach und nach zurückkehrte, erkannte sie schließlich Bucker, Rosie, Cid und den Doc. Neben Rosie stand Zoyas Rucksack, dessen Inhalt auf dem Tisch verteilt lag. In der Hand hielt Rosie den Algrondkristall, den sie dem Doc reichte, der damit sofort in sein Labor verschwand. Dann wandte Rosie sich an Zoya. Das Mädchen wollte sich aufrichten, doch Rosie drückte sie sanft zurück ins Kissen. »Ruh dich aus«, sagte sie. »Was ist passiert?«

Zoya flüsterte nur zwei Worte: »Hinterhalt. Kane.«

57

Cid sprang aus seinem Stuhl auf. »Ich wusste es doch! Wir hätten sie nicht allein gehen lassen dürfen!«

Rosie legte ihm eine Hand auf den Arm, um ihn zu beruhigen.

»Nein. Es war ein Fehler. Sie hätten nie losziehen sollen, um diesen Kristall zu holen. Beebee hatte recht.«

»Möglich«, sagte Rosie und drückte Cid auf seinen Stuhl zurück. »Aber es ist, wie es ist und wir müssen die Lage in den Griff bekommen. Und das heißt: Zunächst einmal Zoya zuhören.«

Cid gab nach und blieb sitzen. »Tut mir leid, Kleine.«

Zoya blinzelte. Sie fühlte sich noch immer, als hätte sie Watte im Kopf.

Als sie so weit war, räusperte sie sich. »Sie haben uns vor der Schatzkammer aufgelauert. Wir hatten gerade die Rucksäcke vollgepackt und wollten zurück …« Sie hustete. »Da sind sie hinter uns aufgetaucht.«

»Wie viele?«, fragte Rosie.

Zoya überlegte. »Kane und zwei andere.«

»Bewaffnet?«, wollte Cid wissen.

Zoya nickte. »Ja. Das Letzte, an das ich mich erinnere, ist, dass der Käpt'n gesagt hat, ich soll wegrennen.«

»Weißt du, was mit ihm und Beebee passiert ist?«

Zoya dachte an die dunklen Umrisse am Horizont. »Als ich unten am Berg war, war da jemand weiter oben. Glaube ich.«

»Das reicht mir«, beschloss Rosie und drehte sich zu Cid. »Wir müssen sie holen.«

»Nein!«, rief Zoya und setzte sich auf.

Rosie streichelte ihr übers Haar. »Schon okay, du hast uns genug erzählt.«

»Nein«, wiederholte Zoya.

»Was ist denn noch?«

»Der Kapitän will das nicht. Ihr müsst uns von hier wegfliegen«, krächzte Zoya. »Er sagte, wir sollen sofort starten.« Zoyas Worte gingen in Husten unter. Bucker flitzte los und reichte ihr ein Glas Wasser.

Cid sah Rosie an. »Verfluchter Idiot! Er will, dass wir abhauen.«

»Aber das werden wir nicht«, entgegnete Rosie mit bebender Stimme. »Ich hätte gleich mitkommen sollen. Ganz bestimmt lasse ich sie jetzt nicht auch noch zurück.«

Cid nickte. »Ich trommle die Männer zusammen.«

Rosie blieb bei Zoya, während Cid loszog, um einen Suchtrupp zu organisieren. Sie ging mit Zoya alle Einzelheiten der Wanderung bis zur Schatzkammer durch, bevor auch sie ging und Bucker auftrug, bei Zoya Wache zu halten. Als sie fort war, wartete Zoya ein paar Minuten, schwang dann die Füße vom Bett und kam taumelnd zum Stehen. Kurz schwankte sie, doch dann hielt sie sich erfolgreich am Bettpfosten fest.

Bucker wollte, dass sie sich wieder hinlegte, aber Zoya wehrte ihn ab. »Dass wir in dieser Patsche sitzen, ist meine Schuld«, sagte sie. »Jetzt werde ich alles tun, um zu helfen.«

Sie fanden Rosie auf der Landungsbrücke, wo sie Cids Männer musterte, die sich unten auf der Wiese aufgereiht hatten. Zur

Gruppe gehörten ihre besten Schwertkämpfer sowie Beebees schlagkräftigste Boxer. Jeder war mit einem Rucksack und einer Waffe ausgerüstet. Eben wollte Rosie sich an sie wenden, als vom anderen Ende des Decks ein Ruf erschallte: »Mann voraus!«

Rosie eilte zur gegenüberliegenden Reling und sprang auf den Rand. Unten war eine mitgenommene, zerschundene Gestalt aufgetaucht. Sie konnte kaum noch stehen und hielt sich allein dadurch aufrecht, dass sie sich auf einen Schwertknauf und einige abstehende Bretter am Schiffsrumpf stützte. Als sie den Mann sah, musste Rosie lächeln, denn sie erkannte ihn sofort – trotz der vielen Schnitte und Prellungen in seinem blutverschmierten Gesicht. »Käpt'n!«, rief sie.

Zoya hätte vor Erleichterung am liebsten geheult. Sie beobachtete, wie Vaspine zur Landungsbrücke torkelte. Die Crew am Boden und sogar Rosie, die ihm entgegenrannte, ignorierte er vollkommen. Verdattert drehte Rosie sich nach ihm um. Der Kapitän bewegte sich langsam, daher hatte sie ihn schnell eingeholt. »Carlos, ich bin ja so froh, dass du es geschafft hast!«

»Ist Zoya da?«, fragte er.

Rosie zeigte aufs Deck, wo Zoya stand.

Der Kapitän überzeugte sich mit eigenen Augen, bevor er weiterhumpelte. »Hat sie den Kristall?«

Rosie nickte. »Was ist passiert?«

Vaspine reagierte nicht.

»Was ist los? Wo steckt Beebee?«

Der Kapitän lief weiter. Inzwischen hatte er das Oberdeck erreicht und ließ sein Schwert auf die Bohlen fallen. Die Klinge war voller Blut. Die Hand, mit der er sich aufgestützt hatte, war geschwollen und voller Schnitte. Auch seine Arme und sein Genick waren zerschunden. Er hinkte zur Brücke. »Cid?«

Der Pilot musterte die übel zugerichtete Gestalt durch zusammengekniffene Augen. »Käpt'n, bist du das?«

»Cid, bring uns weg!«

Ein Blick in die Augen seines Kapitäns gab Cid zu verstehen, dass der es ernst meinte, und schon fuhr er herum und erteilte seinen Untergebenen Befehle. Zufrieden hangelte Vaspine sich aufs Hauptdeck zurück und schleppte sich auf seine Kajüte zu.

Nahe der Wand aus aufgeschichteten Kisten trat Rosie zu ihm. »Carlos, du musst mir sagen, was passiert ist. Sind wir in Sicherheit? Wo ist Beebee?«

Vaspine hielt inne. Zum ersten Mal konnte Zoya seine Augen sehen – blutunterlaufen und umrahmt von Schnitten und Prellungen. Der Kapitän starrte Rosie mit einem so unerträglichen Blick an, dass Zoya die Antwort kannte, bevor Vaspine sie aussprach. Ihr stockte der Atem. »Beebee ist tot, Rosie. Er ist tot.«

58

Vaspine ging. Zu gerne hätte Zoya ihm nachgerufen und gebrüllt, dass das gelogen war, dass es Beebee gut ging. Aber sie spürte, dass es die Wahrheit war.

Eine volle Minute verstrich, bevor sie sich sicher genug auf den Beinen fühlte, um ihm zu folgen. Sie stolperte übers Deck, bis sie vor Vaspines Quartier stand. Der Kapitän und Rosie waren in der Kajüte. Vaspine hatte sich vor einen Spiegel gestellt und wischte sich mit einem Handtuch das Blut aus dem Gesicht.

»Was ist passiert?«, wollte Rosie wissen.

»Kane«, antwortete Vaspine mit versteinerter Miene. Dann sackte er auf einen Sessel neben der Himmelskarte. »Er hatte das von Anfang an geplant. Er wollte, dass wir die Kette zur Schatzkammer bringen und ich bin geradewegs in seine Falle getappt.« Er ließ die Faust auf die Karte knallen, sodass zahlreiche der kleinen Markierungen zu Boden fielen. »Er hat mich besiegt.«

»Er hat uns alle besiegt«, sagte Rosie.

»Aber mit *mir* hat er seine Spielchen getrieben.«

Zoya trat ein, hob eins der herumliegenden Handtücher des Kapitäns auf, wusch es im Waschbecken in der Ecke aus und brachte es zu ihm. Mit roten, geschwollenen Augen hielt sie es ihm so lange hin, bis er es nahm. Vaspine zwang sich zu einem Lächeln und begann, seine Schnitte abzutupfen.

»Sagen Sie mir, wie«, verlangte Zoya. »Ich muss es einfach wissen.«

Vaspine seufzte. Als er antwortete, war seine Stimme beherrscht. »Als du weg warst, ging der Kampf weiter. Einen der Kerle hat Beebee sofort ausschalten können. Er hat ihn einfach von den Füßen gefegt. Damit waren noch Kane und der andere übrig. Beebee hat sich um Kanes Handlanger gekümmert, weil ich bereits mit Kane beschäftigt war. Gleich mit dem ersten Treffer hatte ich ihm das Gewehr aus der Hand geschlagen.

Als ich merkte, dass er es wieder aufheben wollte, bin ich erneut auf ihn los, habe ihn gerammt und zu Boden gezerrt. Mir ist es gelungen, ihm das Gewehr zu entreißen und es fortzuschleudern, aber im selben Moment zog er einen Dolch. Ich musste auf Abstand gehen, also bin ich aufgesprungen und einige Schritte rückwärts gestolpert. Zwar hatte ich auch einen Dolch im rechten Stiefel versteckt, aber leider keine Zeit, ihn zu greifen. Kane war schnell und hat sich auf mich gestürzt. Im letzten Augenblick konnte ich ihn beiseitestoßen, erwischt hat er mich trotzdem …«

Vaspine hob den rechten Unterarm und präsentierte einen Schnitt, der vom Ellbogen bis zum Handgelenk verlief. »Es sieht schlimmer aus, als es ist, aber erst mal konnte ich mit dem Arm nicht mehr viel anfangen. Wie gesagt, der Dolch war in meinem rechten Stiefel, also musste ich ihn mit der linken Hand herausziehen. Ich habe gewartet, bis Kane wieder angriff, und bin ihm geschickt ausgewichen. Das war meine Chance. Ich wollte das Messer ziehen, aber es steckte fest. Ich musste kräftiger daran zerren. Als es sich endlich löste und ich mich damit umdrehte, flog Kane schon auf mich zu und ich habe mich bereit gemacht …« Er machte eine Pause. »Keiner hat ihn kommen sehen.«

»Beebee«, flüsterte Rosie.

Der Kapitän nickte. »Er hat sich vor mich geworfen. Ich habe zwar nicht gesehen, wie Kanes Messer ihn getroffen hat, aber dafür eine Menge Blut. Er ist vor mir zu Boden gesunken. Sein Gesicht war kreidebleich.«

»Und Kane?«

»Ich bin ihm hinterher«, berichtete Vaspine. »Er hat das Weite gesucht. Beebee war an der Brust verletzt. Der Dolch muss direkt sein Herz getroffen haben.«

Rosie griff nach Vaspines Hand. »Es war nicht deine Schuld, Carlos.«

»Doch!«, platzte der Kapitän heraus. »Es war meine Entscheidung, zur Schatzkammer aufzubrechen. Beebee hat es von Anfang an für eine schlechte Idee gehalten und er war mutig genug, mir das auch zu sagen. Und jetzt ist er tot.«

»Carlos …«

»Nein!«, brüllte Vaspine. »Wir hätten nicht gehen dürfen.«

Der plötzliche Ausbruch des Kapitäns ließ Zoya zusammenzucken. Rosie ging zu ihr und nahm sie tröstend in den Arm. Dabei betrachtete Zoya Vaspines Gesicht. Ein merkwürdiger Ausdruck lag darin, als wäre er eigentlich ganz woanders. Zoya atmete tief durch. »Was machen wir jetzt?«, fragte sie schließlich.

Vaspine rieb sich die Stirn. »Wir fliegen, bis wir diese Insel hinter uns gelassen haben.«

»Wir haben kaum noch Nahrung übrig«, sagte Rosie. »Sollte Kane uns hier finden, haben wir *gar* nichts mehr.«

Rosie musterte den Kapitän behutsam. »Kommst du klar, Carlos?«

»Ich glaube nicht, dass ich das je verkraften werde.«

59

Blass und geknickt stolperte Zoya aus der Kapitänskajüte. Trotz der Nachmittagssonne fror sie. »Nein«, hörte sie sich unterwegs selbst sagen. »Nein, nein, nein.« Sie rannte in ihr Quartier und fiel aufs Bett, wo sie den Kopf im Kissen vergrub und zuließ, dass ein heftiger Weinkrampf sie schüttelte. Eine halbe Stunde lang schaukelte sie auf ihrem Bett wie in Trance hin und her, bis aus ihrem Schluchzen ein leises Wimmern wurde. Dann zog sie sich die Decke über den Kopf und dachte fieberhaft über Beebee nach.

Als ihr übel wurde, ging sie an die frische Luft und machte sich wie ferngesteuert zu Buckers Ausguck auf. Sie fand ihn oben in einer Ecke kauernd, die Augen rot und geschwollen. Als er sie bemerkte, wischte er sich die Tränen vom Gesicht. »Geht's dir gut?«

»Geht's *dir* gut?«, fragte Zoya zurück.

Bucker schüttelte den Kopf.

»Mir auch nicht«, gab sie leise zu.

»Ich kann das einfach nicht glauben. Dauernd rechne ich damit, dass er gleich von unten nach mir ruft.«

Zoya bohrte den Fuß in den Boden des Krähennests und starrte in die Ferne, um Buckers Blick auszuweichen. »Wusstest du, dass er gar nicht gehen wollte? Auf die Insel, meine ich. Das war meine Idee. Ich habe das so gewollt. Es ist meine Schuld.«

Bucker schüttelte den Kopf. »Nein, Kane ist schuld. Er ist derjenige, der uns jagt. Er hat Beebee umgebracht. Alles geht allein auf sein Konto. Aber wenn wir nicht schnell was unternehmen, dann müssen wir uns echt Vorwürfe machen. Beebee würde das nicht wollen.« Plötzlich packte Bucker Zoyas Arm. »Er war immer dafür, die Bösen zu bekämpfen, auch wenn man eigentlich gar nicht will. Denn wenn man nicht selbst was gegen sie unternimmt, macht es auch kein anderer.« Er wischte sich noch einmal übers Gesicht. »Wir müssen ihn verfolgen, Zoya. Er muss bezahlen!«

»Die machen uns fertig«, sagte Zoya.

»Die machen jedes Schiff fertig.«

»Vielleicht lässt er uns ja jetzt in Ruhe.«

»Aber vielleicht macht er dafür dem Nächsten das Leben schwer.«

Bucker hatte recht. Beebee hatte recht gehabt. Kane würde niemals Ruhe geben. Er würde sie jagen, bis er sie hatte, und dann würde er alles und jeden vernichten. Und dann würde er sich ein neues Ziel suchen und zerstören. Er würde so lange den Himmel unsicher machen, bis jemand die *Shadow* oder ihn selbst unschädlich machte.

Eben wollte Zoya das laut aussprechen, als sie gegen das Geländer des Ausgucks geworfen wurde. Das Schiff sackte seitlich Richtung Steuerbord ab. Als es endlich wieder stillstand, richtete sich Zoya auf und schaute über den Rand nach unten. Auf der Brücke hatten sich mehrere Menschen versammelt und neben dem Steuer standen Cid und der Kapitän.

»Was ist los?«, fragte Bucker.

»Ich glaube«, antwortete Zoya und beobachtete aufmerksam die unruhigen Wolkenformationen über ihrem Kopf, »wir heben ab.«

60

Inzwischen war Zoya so oft über die Takelage geklettert, dass sie zum allerersten Mal vor Bucker das Deck erreichte. Als er polternd an Deck aufkam, sah er sie an. »Das war auch das letzte Mal, versprochen.«

Vom Hauptmast aus liefen sie zur Brücke. Unterwegs hörte Zoya hinter sich schnelle Schritte. Kurz darauf wurden sie von Rosie überholt, die ihre Fäuste geballt hatte. »Sie sieht wütend aus«, sagte Zoya.

Bucker machte ein besorgtes Gesicht. »Wir sollten uns beeilen.«

Als sie ankamen, standen der Kapitän und Cid noch immer neben dem Steuerrad. Am Fuß der Treppe hockte der Doc, der mit einem Stück Solarsegel in seinem Schoß beschäftigt war. Rosie war links von ihnen auf die Steuerbordreling gesprungen und beäugte die Landschaft um das Schiff. Dann rief sie dem Kapitän über die Schulter zu: »Was wird das? Wohin fliegen wir?«

Vaspine blickte zu ihr und ging dann die Stufen aufs Hauptdeck hinunter. »Weg.«

»Wohin?«

»Egal wohin.«

Rosie schüttelte den Kopf. »Das schaffen wir nie. Wir haben das Schiff noch nicht repariert. Oder, Doc?«

Der Doc sah von seiner Arbeit auf. »Sieht es denn so aus?«

Rosie streckte demonstrativ eine Hand aus, als wäre das Beweis genug.

Vaspine seufzte. »Wir haben keine Wahl.«

Rosie starrte ihn an, während das Schiff laut knarrte. Schließlich sagte sie: »Du hast Angst.«

Vaspines Blick war hart. »Was willst du von mir? Sollen wir hierbleiben, damit alle umgebracht werden? Denn genau das wird passieren, wenn wir uns nicht von der Stelle bewegen. Früher oder später findet er uns hier.« Er funkelte Rosie an, bis sie den Blick abwandte, und richtete sich dann an die übrige Besatzung. Sein Tonfall war schneidend und duldete keinen Widerspruch. »Hört zu. Ihr alle. Auf dem ganzen Schiff will keiner Kane dringender ausschalten als ich. Aber Selbstmord liegt mir nicht, und ich gehe stark davon aus, dass ihr das ähnlich seht.«

Zoya starrte die Mannschaft mit leeren Augen an. In ihrem Innern kochte Wut hoch. Rote Blitze verschleierten ihren Blick, die so heiß waren, dass sie den Kopf schütteln musste, um wieder klar zu sehen. Sie war traurig. Sie war müde. Aber vor allem war sie wütend. Beim Gedanken an alles, was Kane ihr geraubt hatte, schoss feuriger Schmerz durch sie hindurch: all die Jahre, die sie mit ihren Eltern hätte verbringen können – weg, nur wegen Kanes Gier nach Macht und Gold. Sie dachte an all die guten Menschen, die sich um sie gekümmert hatten und nun tot waren, und ihr Zorn wuchs noch weiter. Mit einem Mal explodierte sie.

»Nein!«

Zoya bahnte sich einen Weg durch die Menge und schaute dem Kapitän direkt in die Augen. »Wir müssen damit aufhören. Wir laufen weg – er kommt hinterher. Wir laufen wieder weg – Beebee stirbt. Er hat Mr Whycherley getötet, meine Eltern. Wer ist der Nächste? Sie? Rosie? Cid? Bucker? Es reicht!« Zoya hieb mit der Faust gegen die Brücke. »Beebee hatte recht. Mein Dad hatte recht. Wir müssen uns Kane stellen. Sie sagen, er ist schon so viele Jahre hinter dem Kristall her, dass er nicht aufgeben wird. Wir müssen ihn ein für alle Mal aufhalten. Wenn *wir* es nicht tun, wer dann? Wie viele müssen noch sterben, bevor ihm jemand das Handwerk legt? Wir müssen etwas unternehmen!«

Keuchend spürte Zoya, wie alle Anspannung von ihr abfiel. Zum ersten Mal seit Tagen wurde sie ganz ruhig. Aus dem Augenwinkel bemerkte sie Buckers Lächeln, während der Kapitän zu ihr kam. »Zoya«, sagte Vaspine und schaute zu ihr herab, »du und ich, wir hatten großes Glück lebend hierher zurückzukommen. Nächstes Mal ist das vielleicht anders.«

»Ist mir egal«, meinte Zoya. »Auf die eine oder andere Art hat Kane allen Menschen wehgetan, die mir wichtig sind. Menschen, die uns allen wichtig sind. Er muss bezahlen.«

Vaspine drehte sich zur Crew. »Seht ihr das auch so?«

Die Crew fing an zu tuscheln. Immer mehr nickten.

»Ja!«

»Ja, mir reicht es mit dem Kerl!«

»Keiner tötet ein Mitglied der *Dragonfly* und kommt damit durch!«

Vaspine neigte den Kopf, um allen deutlich zu machen, dass er verstanden hatte. Er sah zu Rosie, dann zu Cid, die beide nickten. »Na schön«, sagte er. »Bei Sonnenaufgang halten wir Kurs auf die *Shadow* und geben erst auf, wenn ihre Schreckensherrschaft ein Ende hat. Koste es, was es wolle.«

61

Mit den wenigen Vorräten, die sie noch hatten, feierte das ganze Schiff bis spät in die Nacht. Vaspine erklärte es zur Pflicht jedes Crewmitglieds – mit Ausnahme des Docs – Beebees Leben zu feiern.

»Dann darf ich also den ganzen Abend lang an dieser Lichtkugel arbeiten, während ihr euch amüsiert?« Leise vor sich hin fluchend stapfte der Doc zum Unterdeck. »Sehr fair.«

Zoya schloss sich den Feierlichkeiten an. Beebee hatte ihr in der kurzen Zeit, die sie ihn gekannt hatte, viel bedeutet, und sie wollte ihm den Abschied bereiten, den er verdiente.

Als sich der Abend dem Ende neigte, waren am Heck nur noch sie und Cid übrig. Der Pilot hatte sein Bierglas abgestellt, schmauchte seine Pfeife und fuhr mit der Hand über das Holz des Schiffs. Als Zoya sich näherte, drehte der Pilot sich zu ihr um und blickte ihr mit einem Lächeln entgegen. »Hab mir überlegt, eine Plakette für Beebee zu organisieren. Und sie hier anzubringen.«

Zoyas Augen strahlten. »Das ist eine schöne Idee.«

»Für dich sollten wir auch eine anfertigen lassen, wo du ja zum Luftpiratenadel gehörst und so.«

Verlegen sah Zoya zu Boden. »Ich bin nur ein ganz normales Mädchen.«

»Quatsch!« Cid blies einen Ring aus Rauch in die Luft. »Schon als ich dich zum ersten Mal gesehen habe, war mir klar, dass du was Besonderes bist.«

Zoya lächelte. Cid rauchte seine Pfeife zu Ende, klopfte die Asche aus und steckte sie ein. Nachdem er sich sein Bier genommen hatte, tippte er Zoya gegen die Stirn. »Aber mach dir mal keine Sorgen, für mich wirst du immer ein Grünschnabel bleiben.« Damit zwinkerte er ihr zu und schwankte übers Deck davon.

Als Zoya am nächsten Morgen aus ihrer Kabine krabbelte, war das Oberdeck wie leer gefegt. Nur drei Menschen waren zu sehen: Cid, der bereits Posten auf der Brücke bezogen hatte, als hätte er im ganzen Leben keinen einzigen Tropfen Alkohol angerührt. Und Rosie und Charlie, die gemeinsam frühstückten. Zoya lief zu ihnen.

»Morgen.«

»Wo sind wir?«, wollte Zoya wissen.

»Irgendwo westlich vom Dalmaziengebirge«, antwortete Rosie. »Wir fliegen zurück zur Himmelsinsel.«

»Ich dachte, wir verfolgen Kane.«

»Tun wir auch. Aber dazu müssen wir zuerst herausfinden, wo er steckt. Charlie geht an Land und fragt sich durch.«

»Ich hab früher mal in Mondfall gearbeitet«, erklärte der Koch, als er den verdatterten Ausdruck in Zoyas Gesicht bemerkte. »Hab noch immer ein paar Freunde dort.«

Zoya nickte.

»Charlie wird abspringen«, sagte Rosie. »Mit der restlichen Beute aus dem Kreuzerraubzug wird er Vorräte besorgen und außerdem ein paar schuldige Gefallen einkassieren, um an die nötigen Informationen zu kommen. In der Zwischenzeit wird der Doc die neue Minisonne entzünden.«

»Und dann?«

»Das überlegt der Käpt'n gerade noch«, antwortete Rosie. »Jetzt hol dir was zum Frühstücken. Heute wirst du alle Kraft brauchen.«

»Aber …«

»Geh schon!«

Zoya gab sich geschlagen und lief in den Speisesaal. Viel war nicht übrig, aber es gelang ihr, ein paar Stücke Toast zusammenzukratzen. Als sie gegessen hatte, durchglitt die *Dragonfly* dieselbe Luft wie vor wenigen Tagen und näherte sich der Insel im Himmel von Süden her. Sie dachte an den Nachmittag, an dem sie auf Beebees Schultern gesessen hatte.

Über dem Feld eines Bauern, gut eineinhalb Kilometer außerhalb der Stadt, hielten sie an. Charlie stand nahe der Reling, bereits mit einem Seil gesichert. Rosie schob ihn über die Kante und ließ ihn mit einer Winde zum Boden hinab, bevor Cid wieder abhob.

»Alles klar«, sagte Rosie, »dann wollen wir uns mal gefechtsbereit machen.«

62

Am späten Nachmittag kehrte der Koch zurück. Sie sammelten ihn auf, wo sie ihn abgesetzt hatten, und zogen ihn mit der Seilwinde in die Höhe. Vier Säcke voller Vorräte hatte er sich auf den Rücken geschnallt, die er sofort auf Deck abstellte.

»Endlich«, seufzte er und rieb sich die Schultern.

Der Kapitän, Cid, Rosie, Zoya, Bucker und die meisten anderen Piraten waren da, um ihn willkommen zu heißen. Allerdings wollte Charlie hauptsächlich mit Vaspine und Rosie sprechen, daher nahm er sie zur Seite, sobald er sich von der Seilwinde abgehakt hatte. Zoya folgte ihnen unauffällig und tat, als würde sie den Himmel beobachten.

»Wo?«, fragte Vaspine, ohne irgendwelches Vorgeplänkel.

»Dalmantischer Pass«, antwortete Charlie.

»Warum gerade da?«

»Er glaubt, dass wir noch immer dorthin wollen, um zu fliehen.«

»Deine Informanten«, meinte Vaspine, »kann man ihnen trauen?«

»Auch nicht mehr als allen anderen da unten.«

Vaspine sah Rosie an. »Was denkst du?«

Rosie zuckte mit den Schultern. »Eine bessere Spur haben wir nicht.«

»Na gut«, sagte Vaspine. Er entließ Charlie mit einem Nicken und rief dann Cid zu sich. »Wie lange brauchen wir bis zum Dalmantischen Pass?«

»Von hier aus?« Cid legte den Kopf schief und überschlug die Entfernung der Himmelsinsel vom Pass. Dann hellte seine Miene sich auf. »Vier Stunden.«

»Dann los!«

Cid nickte, lief zur Brücke und brüllte seinen Helfern Befehle zu. Als der Pilot weg war, stieß Vaspine ein Seufzen aus.

»Wir werden am Pass sein, aber nicht mit eingezogenen Schwänzen, wie Kane sich das denkt«, sagte er zu Rosie, »sondern mit gezückten Schwertern.« Damit glättete er seine Weste und ging davon. Nach kurzer Strecke blieb er stehen und rief über die Schulter: »Rosie?«

»Käpt'n?«

Vaspine beäugte Charlies Säcke voller Vorräte. »Doppelte Ration für alle!«

Das Abendessen verlief ruhig. Niemandem stand der Sinn nach großen Reden. Oder Schlachtrufen. Genau genommen erwähnte niemand den bevorstehenden Kampf. Die Atmosphäre machte Zoya unruhig, also verabschiedete sie sich schließlich und ging an die frische Luft. Seit Charlies Rückkehr waren einige Stunden vergangen, was bedeutete, dass sie sich dem Dalmantischen Pass inzwischen nähern mussten. Ohne dass es ihr bewusst war, lief Zoya zu der Stelle am Heck, wo sie Beebee beigebracht hatte, die Vögel anzulocken. Auch jetzt flatterten hier einige Stare herum. Zoya sah ihnen zu.

»Ich vermisse ihn jetzt schon«, ertönte hinter ihr eine Stimme.

Als Zoya sich umdrehte, entdeckte sie Bucker neben der Brücke, in jeder Hand einen Keks. Einen warf er ihr zu. »Konnte ja nicht zulassen, dass du den Nachtisch verpasst.«

Zoya lächelte. »Danke.«

An der Backbordseite wurde das Schiff von einem Schwarm Vögel begleitet, auf deren Gefieder sich das Licht der Öllampen spiegelte.

»Alles klar bei dir?«, fragte Bucker.

»Ja«, antwortete Zoya. »Überraschenderweise. Als Mr Whycherley starb, war ich wütend. Als Beebee starb, war ich wütend. Aber jetzt ist das Gefühl weg.«

»Das ist gut.« Bucker stemmte sich auf die Reling hoch.

»Hast du Angst?«, fragte Zoya auf einmal.

Bucker schnaubte. »Ich? Angst?«

Zoya zog die Augenbrauen hoch.

Er lächelte. »Ja klar. Jeder, den ich gernhab, wird sich bald mit dem gefährlichsten Kerl der Welt anlegen. Und ich will wirklich nicht, dass noch jemand stirbt.«

Bucker ließ die Beine gegen den Rumpf baumeln und Zoya setzte sich neben ihn. »Weißt du«, sagte sie, »Mr Whycherley hat mir immer wieder eingetrichtert, dass ich mein Leben selbst in der Hand habe. Er meinte, ich könnte was damit anfangen. Hier, auf diesem Schiff, mache ich zum ersten Mal was wirklich Sinnvolles. Nichts, was es wert ist, ist leicht – und Kane auszuschalten gehört definitiv dazu. Aber mir ist klar geworden, dass man sich gegen das Schlechte in der Welt wehren muss, auch wenn man Angst hat. Mein Dad hat das getan und ich werde es genauso machen.«

Bucker klopfte ihr auf den Rücken. »Ich bin stolz auf dich, Zo.«

Zoya grinste. Es war dunkler geworden – sie warf einen Blick auf Buckers Uhr. »Wie spät ist es?«

»Was?«

»Wird ganz schön früh dunkel, oder?«

Bucker runzelte die Stirn. »Komisch.« Er schaute sich um. »Ob das …?« Den Blick zum Himmel gerichtet, erstarrte er und wurde kreidebleich.

»Was ist?« Zoya drehte sich um. Hoch über der *Dragonfly* schwebte zwischen den Regenwolken ein gigantischer, regloser Schemen. Er war so riesig, dass er das Sonnenlicht abschottete und über alles an Bord einen düsteren Schatten warf. Zoya und Bucker starrten ihn mit offenem Mund an, bevor der Umriss langsam, beinahe unmerklich, sank.

»Die *Shadow*!«, hauchte Bucker.

63

Cid war der Erste der Erwachsenen, der reagierte. Er beugte sich von der Brücke und brüllte ihnen zu: »He, ihr zwei, kommt sofort da runter!«

Zoya half Bucker nach unten, während Vaspine und Rosie aus der Kapitänskajüte traten und übers Deck marschierten. Vaspine fing einen vorübereilenden Piraten ab. »Hol den Doc und bring ihn zu mir!«

»Ist das … er?«, fragte der Mann.

»Den Doc, sofort!«

Mit angestrengtem Gesicht betrachtete Vaspine das gigantische Schiff. Kurz verharrte er so, dann grinste er. »Wer durchs Schwert lebt, wird durchs Schwert umkommen.«

Etwas in Vaspines Stimme – eine Art sture Entschlossenheit – heiterte Zoya auf. Sie sah zu, wie er sich von der *Shadow* abwandte und ans Werk ging. »Zieh dir was Gepanzertes an!«, brüllte er einem Piraten zu. »Und besorg dir eine Waffe!«

Auch Rosie erteilte Befehle. »Hier, nimm!«, sagte sie und reichte einem vorbeieilenden Mann einen Stapel Schwerter. »Sorg dafür, dass jeder eins bekommt!«

»Aber die reichen doch nie«, meinte der Pirat mit bebender Stimme.

»Diejenigen, für die es nicht reicht, sollen sich was suchen, womit sie sich verteidigen können. Sag ihnen das!«

Der Mann nickte und lief übers Deck, um an die, die noch nichts in den Händen hielten, die Schwerter zu verteilen. Zoya schnappte sich Bucker und zerrte ihn zu Rosie. Als die ihren Sohn sah, schlang sie die Arme um ihn. »Was macht ihr zwei denn hier? Ihr müsst euch unter Deck verstecken!«

»Ich bleibe«, sagte Zoya. »Kane hat es immerhin auf den Kristall meines Vaters abgesehen. Ich kann nicht alle anderen für mich kämpfen lassen.«

Rosie sah sie streng an. »Zoya …«

»Das ist mein Ernst!«

Rosie schaute Bucker an. »Dann willst du mir wohl dasselbe sagen, was?«

»Jemand muss doch auf sie aufpassen.«

Rosie seufzte. »Na schön, ihr habt noch ungefähr …«, sie spähte zur *Shadow*, die bereits die halbe Strecke zur *Dragonfly* zurückgelegt hatte, »… fünf Minuten, bevor es hier vor Kanes Männern wimmelt.«

Zoya rannte in ihre Kabine und holte Sturm. Sie schnallte sich die Klinge um, überprüfte den Sitz und ging dann wieder nach draußen.

Inzwischen war das Deck voll. Überall rannten Piraten zu ihren Posten und bereiteten sich auf die bevorstehende Schlacht vor. Mitten im Getümmel fragte Vaspine den Doc aus.

»Alles, was ich wissen will«, sagte Vaspine, »ist, ob du die Minisonne neu gestartet hast!«

Der Doc druckste herum. »Sie brennt. Aber es gibt noch immer nur ein Segel.«

»Und das heißt im Klartext?«

Der Doc seufzte. »Wir werden nicht mehr so schnell sein wie vorher, aber nahezu.«

»Das reicht«, sagte Vaspine, schob sich am Doc vorbei und trat zu Cid. Der Pilot lehnte am Steuerrad des Schiffs, gelassen wie eh und je. An seinem Hals baumelte seine Glücksfliegerbrille und er warf eine Münze auf und ab. Als er den Kapitän sah, ließ er die Münze hoch in die Luft schnellen, fing sie wieder auf und hielt die Hand geschlossen.

»Kopf: Wir kommen noch mal ungeschoren davon«, sagte er.

»Zahl: Die anderen nicht«, sagte der Kapitän grinsend. »Cid, nicht, dass du auf falsche Gedanken kommst: Alles steht und fällt mir dir. Wenn du nicht fliegst, wie noch nie zuvor in deinem Leben, haben wie keine Chance.«

Cid lächelte und schob die Münze in seine Tasche. »Na, wenn das keine Herausforderung ist!« Er trat ans Steuer.

»Cid«, hielt Vaspine ihn noch einmal auf. »Was auch immer nötig ist.«

Cid nickte. Der Kapitän wirbelte herum und sah sich nach Rosie um, die mit ihren Schwertkämpfern die Köpfe zusammensteckte.

Als Vaspine nach ihr rief, schickte sie ihre Leute los. »Käpt'n?«

»Der Plan sieht vor, sie zu uns zu lotsen«, sagte er. »Sobald sie da sind, suchst du dir den Größten und schaltest ihn aus.« Vaspine verengte sie Augen.

»Und dann?«

»Nimmst du dir den Nächstgrößten vor. So machst du dann weiter, bis nur noch die Leute übrig sind, die auch hierher gehören. Verstanden?«

»Verstanden.«

Vaspine wirbelte noch einmal herum, warf einen prüfenden Blick auf das gesamte Schiff und ging im Kopf eine Checkliste durch. Nach einigen weiteren schnellen Befehlen schien er zufrieden. Er nickte und ging in Richtung seiner Quartiere.

Rosie entging das nicht. »Was machst du?«

Kurz sah Vaspine sie wortlos an. »Das Dümmste, was ich je getan habe.«

Dann war er fort.

64

Zoya und Bucker blieben allein zurück. Zoya überlegte, was sie noch helfen könnte, doch alle Aufgaben schienen bereits verteilt. Sie suchte das Deck nach Rosie ab und fand sie schließlich dabei, wie sie die Außenseite des Rumpfs mit spitzen Stacheln versah. »Rosie«, rief sie. »Können wir helfen?«

Rosie rammte den letzten Stachel ins Holz und marschierte davon. »Kommt mit!«

Zoya und Bucker folgten ihr zum Heck, wo Cid und einige seiner Gehilfen um eine Karte herumstanden. »Er wird versuchen, uns zu erwischen, bevor wir bereit sind, also müssen wir ihm zuvorkommen. Wir werden tief fliegen«, sagte er. »Dann wird er es schwerer haben, uns zu folgen. Ich will, dass ihr alle für mich die Augen offen haltet. Ich muss sehen, was ihr seht. Ihr müsst mir alles berichten: Berge, Glockentürme, Bäume, Wasserfälle, Felsen, Hügel. Himmel, von mir aus auch Kühe, falls die uns in den Weg kommen könnten!«

Dann scheuchte Cid alle davon und stellte jeden Einzelnen auf eine bestimmte Ausguckposition, die noch in Rufweite zur Brücke war. Zoya schickte er an eine Stelle auf der Steuerbordseite und Bucker auf selber Höhe auf die Backbordseite. Beide nahmen ihre Posten ein. Sobald Cid zufrieden war, trat er ans Steuer, setzte seine Pilotenbrille auf, zündete sich ein Pfeifchen an und packte fest zu. »Viel Glück allerseits!«

Damit warf er die Motoren an. Zum ersten Mal seit Tagen spürte Zoya, wie die Kraft der *Dragonfly* ihre Wirbelsäule zum Beben brachte, sodass sie und viele andere umgeworfen wurden. Der Doc hielt sich lächelnd am Mast fest, froh, dass er hatte helfen können, auch wenn er das niemals zugegeben hätte. Von allen Crewmitgliedern blieb allein Cid aufrecht stehen, die Hände fest am Steuerrad und der Rücken unbeugsam wie eine Eiche.

Als Zoya sich wieder halbwegs aufgerappelt hatte, ging ein weiterer Ruck durch das Schiff und sie verloren rasch an Höhe. Sie schaffte es, sich an der Reling hochzuziehen und linste über die Kante. Die *Dragonfly* flog nun auf einer Höhe von etwa dreißig Metern dahin.

Cid schaukelte das Schiff von links nach rechts, ging in den Sinkflug und riss es wieder hoch, je nachdem, was ihm seine Helfer zuriefen. Auch Rosie hatte sich zu denen gesellt, die Ausschau hielten, und wiederholte alles, von dem sie meinte, Cid könnte es durch das Dröhnen der Motoren überhört haben. Als sich die Gelegenheit ergab, linste Zoya zur *Shadow*, die inzwischen nur noch einen guten Kilometer hinter ihnen lag, und zwar viel niedriger als zuvor.

Während Cid darauf wartete, dass der Kapitän zurückkehrte, versuchte er es mit einer Reihe von Ausweichmanövern. Aber es half nichts. Wann immer er meinte, eine Lücke gefunden zu haben, die für die *Shadow* zu klein war, krachte Kane trotzdem hindurch. »Der Kerl ist verrückt!«, rief Cid, nachdem die *Shadow* eine weitere Brücke zerstört hatte.

»Genau darauf wollen wir hoffen!«

Zoya drehte sich um und sah den Kapitän. Um einen Arm

hatte er sich ein elastisches Seil gewickelt, in der anderen Hand hielt er einen Haltebügel. Nachdem er beides aufs Deck gelegt hatte, sprang er auf die Brücke. »Wie läuft's?«

»Wie sieht's denn aus?«, fragte Cid zurück.

Vaspine spähte zum Horizont. »Du hältst noch immer auf den Dalmantischen Pass zu, ja?«

»Ich versuch's«, meinte Cid. »Wenn vielleicht alle mal aufhören würden, mich ständig zu stören!«

Der Kapitän lachte. »Flieg gen Osten, hinter dem Bergrücken da liegt eine Schlucht. Eine Abkürzung. Bring uns dorthin und lass sie dicht an uns ran.«

»Ich kenne die Abkürzung«, zischte der Pilot. »Warum zum Teufel soll ich uns dahin bringen? Da sind wir doch leichte Beute!«

»Vertrau mir«, sagte Vaspine. »Wenn wir es nicht machen, sind wir sowieso tot.«

65

Cid grummelte vor sich hin, schwang das Steuerrad aber wie befohlen nach steuerbord. Das Luftschiff reagierte prompt und schnitt eine tiefe Schneise in den Wald unter ihnen. Etwa eine Minute später stießen sie durch den Eingang zur Abkürzung und Zoya beugte sich über die Reling, um besser sehen zu können. Sie sausten durch einen schmalen Korridor, der von gewaltigen Granitmauern eingefasst wurde, die sich bis in den Himmel erhoben. Aus den mächtigen Bergvorsprüngen erhoben sich teils in den Fels gehauene Fluss-Häuser, deren Besitzer verdattert aus den Fenstern schauten. Darunter schlängelte sich ein glasklarer Fluss durch die Schlucht und wand sich im Rhythmus mit den Felsen. Einige Boote, die flussabwärts geglitten waren, wurden vom Luftstoß des Himmelsschiffs erfasst und durchgeschüttelt.

»Den Menschen da unten wird er doch ganz bestimmt nicht ausweichen können«, meinte Zoya.

»Um Cid brauchst du dir keine Gedanken machen«, sagte Rosie. »Er könnte eine Badewanne durch einen Tornado manövrieren. Kane ist das Problem. Ihn werden die Menschen nicht kümmern.«

Zoya drehte sich im richtigen Moment um, um zu sehen, wie die *Shadow* den Eingang zur Schlucht durchbrach. Am Anfang war der Canyon schmaler als in der Mitte, daher schrammte Kanes Schiff an den Granitwänden entlang, als es sich mit Gewalt hindurchquetschte. Als das Schiff schließlich durch die Verengung glitt, verbrachte die *Shadow* erst einmal einen Moment damit, sich auszurichten, bevor sie wieder Fahrt aufnahm und zur Verfolgung ansetzte. Rechts von Zoya brach der Kapitän in Jubel aus und hieb mit der Faust in die Luft. »Sie haben's geschluckt!«

»Was geschluckt?«, wollte Zoya wissen, doch Vaspine war bereits weitergegangen.

»Rosie?«

»Käpt'n?«

»Wir haben eine einzige Chance. Ich will, dass du die Crew zum Kampf bereit machst. Kanes Männer werden gleich da sein.«

Rosie nickte. Vaspine lächelte, bevor er sich abwandte. Weit kam er allerdings nicht – plötzlich wurde er von einem Ruck, der das gesamte Luftschiff erfasste, von den Füßen gerissen. Beinahe jeden an Bord ereilte das gleiche Schicksal, einschließlich Zoya, die sich den Kopf an der Kante einer Laterne stieß. Kurz wurde ihr schwarz vor Augen, dann kam sie zu sich und fand sich auf dem Deck liegend wieder. Sie rieb sich die Stirn und versuchte, sich aufzusetzen, doch ein heftiger Schmerz durchzuckte ihren Kopf und zwang sie erneut zu Boden. Der Einzige, der noch aufrecht stand, war Cid.

»Was war das denn?«, fragte Zoya, obwohl sie die Antwort längst kannte. Rechts über Cids Kopf hing bedrohlich der schwarz-rote Rumpf der *Shadow* – mit einer Delle im Metall, dort, wo sie die *Dragonfly* gerammt hatte. Aus dem vorderen Ende des Schiffs ragte der Bugspriet, der die Form eines gewaltigen Dolchs hatte. Auf der Klinge dieses Dolchs hockte Lendon

Kane, die Haare vom Wind zerzaust und mit einem diabolischen Grinsen im Gesicht.

»Hätte ich gewusst, dass ich euch alle mit nur einem Schubs umhauen kann, hätte ich mir nicht die Mühe gemacht, meine Männer gefechtsbereit zu machen«, höhnte er.

Vaspine stand auf, genau wie Zoya.

»Ach, da steckst du«, spottete Kane.

»Es ist vorbei«, sagte Vaspine. »Wir werden dem Ganzen ein für alle Mal ein Ende bereiten.«

»Ein Ende?« Kane lachte. »Mit diesem Wrack? Wohl kaum.«

»Es ist vorbei, Lendon«, rief Vaspine noch einmal.

Kane hörte auf zu lachen, sprang auf und balanciere den Bugspriet entlang. Dann zog er sein Schwert und zielte damit auf die *Dragonfly*.

»Jupiter konnte mich nicht aufhalten, wie kommst du darauf, dass du es schaffst?« Kane zwirbelte das Ende seines Schnurrbarts. »Weißt du, Carlos«, sagte er und balancierte weiter, »bevor dein kleines Maskottchen vor der Höhle vor mir weggelaufen ist, hatte ich eigentlich vor, deine Crew am Leben zu lassen. Ehrenwort.« Er grinste schief. »Aber das war einmal. Für diese Beleidigung und die Umstände wird jeder von euch sterben.« Kane ließ seine Hand um den Kopf wirbeln und schwang das Schwert dann in Richtung der *Dragonfly*. »Rammt sie ungespitzt in den Boden!«

Damit verschwand er zurück an Bord der *Shadow*.

Vaspine wandte sich an Cid: »Es ist so weit, Kumpel. Kannst du uns über sie bringen?«

»Über sie?« Cid nahm einen Zug von seiner Pfeife. »Zum Teufel, Käpt'n, warum lasse ich die *Dragonfly* nicht einfach gleich in die Schlucht stürzen, damit wir's hinter uns haben?«

»Ja oder nein?«

»Wahrscheinlich«, antwortete Cid. »Nein«, korrigierte er sich, »sagen wir lieber: mit viel Glück. Aber weißt du, was soll's?! Wenn ich es schaffe, bin ich ein Held, und wenn nicht, gehen wir sowieso alle drauf und keiner wird's je erfahren. Klar schaff ich das!«

Vaspine lächelte. »Deine Zuversicht lob ich mir!«

»Ich bin zuversichtlich, dass du mich umbringen willst.« Der Pilot warf die Hände in die Luft. »Von mir aus! Ich flieg uns über sie, aber ich hoffe stark, dass dein kleiner Plan auch funktioniert!«

»Das wird er.« Vaspine wandte sich an Cids Gehilfen, die ihm noch immer beim Navigieren halfen. »Ich brauche einen Freiwilligen.«

Bucker warf die Hände in die Höhe. »Wir machen das. Ich und Zoya.«

Vaspine sah zu Zoya, die zustimmend nickte, dann zu Rosie. »Bei dir sind sie auch nicht in größerer Gefahr als anderswo auf dem Schiff«, sagte sie.

Vaspine hob das Seil und den Haltebügel auf, die er vorhin auf den Boden gelegt hatte. »Na gut, ihr zwei«, er zeigte auf die Kinder, »mitkommen!«

66

Sie folgten Vaspine zu einer ruhigen Stelle auf der Steuerbordseite, wo sie die Ausrüstung abstellten und über die Reling spähten, um die *Shadow* noch einmal genau zu betrachten. Noch lag das Schiff hinter ihnen, holte aber Sekunde für Sekunde auf, da Cid die *Dragonfly* für ihr Manöver abbremste.

»Wie ist der Plan?«, fragte Zoya.

»Kane wird nicht riskieren, seine Männer zu uns rüberzuschicken, solange er uns auch einfach vom Himmel rammen kann. Also nehmen wir ihm diesen Vorteil.«

»Und warum werden wir langsamer?«

»Manchmal muss man einen Gang zurückschalten, um an Fahrt zu gewinnen«, antwortete Vaspine. Er sprang von der Reling und rannte zur gegenüberliegenden Seite des Luftschiffs, sah von dort noch einmal zur *Shadow* und joggte anschließend zurück zu Zoya und Bucker. »Hört mal, uns bleibt keine Zeit für Diskussionen«, er hob Seil und Bügel auf und befestigte beides an einem der Metallhaken. »Ihr müsst auf die Verankerung aufpassen.«

»Wo gehen Sie denn hin?«, wollte Bucker wissen.

»Auf die *Shadow*.«

Zoya und Bucker rissen den Mund auf. »Allein?«, fragte Zoya.

»Ist eine Ein-Mann-Mission«, sagte der Kapitän und deutete auf eine Stelle des Rumpfes der *Shadow*. Das Schiff brachte sich in Position, um die *Dragonfly* erneut zu rammen. »Seht ihr die Pumpe da?«

Zoya nickte.

»Das nennt man ein Einspritzventil. Damit fliegt man so große Schiffe. Ich werde es kurzschließen. Wenn sie sich nicht mehr bewegen können, wird Kane seinen Männern den Befehl zum Entern geben, und dann … «

»Dann kämpfen wir«, beendete Zoya seinen Gedanken.

Der Kapitän zerrte am Seil, um sicherzugehen, dass es festsaß. Sobald er zufrieden war, befestigte er die Leine auf Taillenhöhe an seinem Gurt. »Wie sehe ich aus?«

»Große Klasse«, sagte Bucker.

»Ich springe runter, zerstöre die Pumpe und ihr zieht mich wieder hoch. Alles klar soweit?«

Zoya und Bucker nickten.

Vaspine zog sich auf die Reling hoch und machte sich zum Sprung bereit, bevor er die Hände wie einen Trichter an den Mund legte und brüllte: »Cid?«

»Käpt'n?«

»Jetzt!«

Ein plötzlicher Ruck ging durch das Schiff, als die *Dragonfly* abrupt das Tempo drosselte. Während sie langsamer wurde, steuerte Cid backbordseitig aufwärts auf die *Shadow* zu.

»Direkt darüber, Cid!«, schrie Vaspine.

»Ich mach mich gleich über *dich* her!«

Der Kapitän lachte, während Cid sich mit dem Steuer abmühte und sich alle Mühe gab, das höher steigende Schiff unter Kontrolle zu halten. Kurz kam die *Dragonfly* dem Rand der Schlucht zu nahe, sodass Cid sie herumreißen musste, bevor er weiter an Höhe gewann, bis sie tatsächlich über der *Shadow* schwebte. Mit aller Kraft packte er das Steuerrad, um das Schiff ruhig zu halten. Dann brüllte er zum Kapitän: »Du hast eine Minute. Dann haben sie sicher kapiert, was du vorhast.«

67

Vaspine stürzte sich rückwärts vom Schiff. Zoya und Bucker sausten zur Kante, um ihm nachzublicken, und entdeckten ihn kurz darauf, als er gegen den Rumpf der *Shadow* stieß. Ein paar Mal hüpfte er noch wie ein Jo-Jo auf und ab, bevor sie ihn vor dem dunklen Himmelsschiff aus den Augen verloren. Nahe der Einspritzpumpe tauchte er wieder auf. Er hakte sich an dem Ventil ein, damit er nicht den Halt verlieren konnte, und probierte dann, die Pumpe abzuhebeln, indem er seinen Dolch zwischen Metall und Schiffsbohlen schob und sich mit aller Kraft dagegenstemmte.

Zoya lugte zum Oberdeck der *Shadow*, wo Kane offenbar bemerkt hatte, dass etwas nicht stimmte. Unruhig lief er auf seinem Schiff auf und ab und beugte sich immer wieder über die Reling, um zu sehen, wo Vaspine gelandet war. Als er den Kapitän schließlich entdeckte, warf er die Hände in die Luft und winkte zwei seiner Männer herbei, die sich um ihn kümmern sollten.

Die beiden warfen ein Tau über die Reling der *Shadow* und seilten sich langsam ab. Andere suchten sich etwas zum Werfen und schleuderten es nach Vaspine, der sich Mühe gab, den Geschossen auszuweichen, während er alles daran setzte, die Pumpe zu sabotieren.

»Wir müssen ihm helfen«, sagte Bucker.

Zoya sah sich um. An der Reling lehnte ein Sack mit Holzstücken, die von den Reparaturen am Rumpf übrig geblieben waren. »Hier.« Sie warf Bucker einige zu. »Was die können, können wir auch.«

Zoya bewaffnete sich mit einer Handvoll und schleuderte die Holzstücke in Richtung der beiden Piraten, die auf Vaspine zuhielten. Die meisten Würfe gingen daneben, aber ab und an knallte ein Stück Holz gegen eine Schulter oder pfiff an einem Ohr vorbei, sodass die Halunken wenigstens innehalten oder ihre Position verändern mussten. »Beeil dich, Käpt'n«, murmelte Zoya leise.

Unter ihnen hantierte Vaspine noch immer an dem Ventil herum. Sekunde um Sekunde kamen Kanes Schurken näher.

»Er wird's nicht schaffen!«, rief Zoya. Doch kaum waren die Worte über ihre Lippen, war es dem Kapitän gelungen, die Verschalung der Pumpe aufzustemmen, sodass sie zur Erde hinabfiel. Mit einer Hand hieb er nach den Piraten, die ihn zum Abstürzen bringen wollten, mit der anderen schlug er auf das Ventil ein. Erst sprühte die Maschine Funken, schließlich loderten Flammen auf und dann explodierte sie in einem gewaltigen Feuerball, der den Großteil der Unterseite der *Shadow* erfasste.

»Nein!«, brüllte Zoya, während Bucker der Mund offen stand. Fassungslos sahen sie auf das Feuer, das sich über den Kiel ausbreitete und am Holz leckte. Wo einmal die Pumpe gesessen hatte, wallten nun große Rauchschwaden auf. Zoya wurde schlecht. »Nein.«

»Hochziehen!«, brüllte Bucker.

Zoya rannte zur Magnetbefestigung und setzte die Kurbel in

Gang. Meter für Meter wurde das Seil auf die Spule gewickelt, doch vom Kapitän fehlte weiterhin jede Spur. »Komm schon. Bitte«, stöhnte sie.

Plötzlich platzte das Sprungseil des Kapitäns aus einer Lücke im Qualm, an dem ein hustender und würgender Vaspine hing.

Sobald er nahe genug war, packten die Kinder ihn und wuchteten ihn über den Rand ins Schiff. Auf Deck brach er zusammen und blieb auf dem Rücken liegen, wo er gierig nach Luft schnappte. Zoya und Bucker lösten das rauchende Seil und den Gurt von seinem Oberkörper. Nachdem er einige Male durchgeatmet hatte, kam Vaspine unsicher auf die Beine und schüttelte den Kopf, um die Benommenheit zu vertreiben.

»Und jetzt?«, fragte Zoya.

»Jetzt?« Der Kapitän grinste. »Jetzt kämpfen wir.«

68

Inzwischen war die *Shadow* der *Dragonfly* so nahe, dass man die einzelnen Gestalten an Bord gut erkennen konnte. Zoya schnappte sich ein Fernglas und betrachtete das feindliche Schiff. Auf dem Deck herrschte hektisches Getümmel, während sich die Besatzung zum Entern bereit machte.

Vaspine führte Zoya und Bucker auf die Brücke, wo Rosie die Mannschaft versammelt hatte. Jeder war bewaffnet und steckte in irgendeiner Form von Rüstung. Sie reichte Vaspine seine Ausrüstung, die er sich überstreifte, bevor er sich zu den Übrigen stellte. Hinter sich hörte Zoya lautes Scheppern. Als sie sich umdrehte, sah sie einen Metallhaken, so groß wie ihr Unterarm, der sich auf der anderen Seite ins Schiff grub. Sie rannte hin. An dem Haken war ein Draht befestigt, der zur *Shadow* führte. Und über diesen Draht krabbelten wie zwei Spinnen bereits zwei von Kanes Männern. »Sie kommen.«

Zoya ging zurück zu den anderen, wo Rosie gerade die Reihen abschritt und den Himmelsdieben letzte Anweisungen zu ihren Waffen gab. Zoya und Bucker standen gemeinsam mit Vaspine in der vordersten Reihe. Als weitere dreißig Sekunden vergangen waren, hörte Zoya nahe dem Enterhaken einen lauten Knall am Rumpf, gefolgt von Kratzen, als Kanes Männer sich an Bord hievten. Zoya schaute zur *Shadow*, wo Kane mit verschränkten Armen stand und ungeduldig den Kopf neigte. Seine gesamte

Aufmerksamkeit war auf die *Dragonfly* gerichtet. Zoya legte die Finger um Sturms Griff.

Als Rosie zu ihnen trat, brachte sie Zoya und Bucker in die hinterste Linie. »Ihr bleibt hier.«

Zoya zog ihr Schwert. Es war ein komisches Gefühl, wenn sie daran dachte, es jeden Moment gegen einen anderen Menschen einsetzen zu müssen. Eine Hand, die auf der Reling auftauchte, riss sie aus ihren Grübeleien. Erst jetzt fiel ihr auf, dass sie den Atem angehalten hatte, also versuchte sie, auszuatmen, doch die Luft blieb ihr im Hals stecken. Sie wartete. Eine zweite Hand gesellte sich zur ersten, dann noch eine und noch eine. Während Kanes Männer an Bord kletterten, wechselte Vaspine einen Blick mit Rosie. Beide nickten sich zu.

»Dann wollen wir mal«, wisperte er und wandte sich an seine Mannschaft, bevor er das Schwert erhob. »Für Beebee!«

Wie aus einer Kehle erwiderten die Luftpiraten seinen Ruf. »Für Beebee!«

Wie eine eingeschworene Einheit stürmte die Crew der *Dragonfly* mit gezogenen Schwertern los und schlug nach allem, was ihr in den Weg kam. Ihre Entschlossenheit verdatterte Kanes Männer dermaßen, dass sie zurückwichen und zögerlich wurden. Angeführt wurde der Angriff von Vaspine und Rosie. Auch Zoya rannte los – all die Wut in ihrem Innern verschaffte sich nun Luft. Der größte von Kanes Räubern – ein hässlicher, kahlköpfiger Muskelprotz mit einer Kette in der Nase – stieß einen Kampfschrei aus, ein tiefes, donnerndes Brüllen, das Zoya durch Mark und Bein ging. Dann stieß er seine Kameraden einen nach dem anderen auf Vaspines Luftpiraten zu.

Der Kapitän ließ sich nicht beirren, schlug mit seinem Dolch nach einem Piraten in Reichweite und verletzte ihn schwer am Unterarm. Der Mann ließ seine Waffe fallen und sank zu Boden, wo er sich das Handgelenk hielt, während Vaspine sich schon den Nächsten vornahm. Mit hoch erhobenem Dolch ragte er über ihm auf und versetzte ihm einen Hieb, mit dem er ihm die Schulter aufritzte und ihn gegen ein Metallgeländer schleuderte. Rosie und Zoya gesellten sich zu ihrem Kapitän, und nach und nach gelang es ihnen, sich der Eindringlinge zu entledigen, abgesehen von dem Piraten mit der Kette und einem anderen, jüngeren.

Rosie trat auf sie zu, doch Vaspine hielt sie zurück. Er stellte sich vor den Riesen mit der Kette. »Wir wollen nicht mehr Menschen verletzen, als nötig ist. Ergebt euch!«

Der Hüne spuckte aufs Deck. »Wenn ich mich dir ergebe, tötet mich Kane sowieso. Dann kann ich genauso gut hier sterben.« Damit stürzte er sich auf den Kapitän, der die Waffe gesenkt hatte. Vaspine wollte den drohenden Schlag abblocken, doch Zoya war klar, dass er es nicht rechtzeitig schaffen würde. Sturm hoch in die Luft gerissen, warf sie sich auf den Angreifer und zielte auf seine Brust. Als der Mann begriff, was passierte, ging ein Ruck durch sein Gesicht. Mitten in der Luft versuchte er, sein Gewicht zu verlagern. Doch es war zu spät. Mit völlig verdutzter Miene sprang er geradewegs in das gezückte Schwert und brach zusammen.

Zoya wurde schwindelig. Sie versuchte zu schlucken, doch ihre Kehle war zu trocken. Bevor sie wusste, wo ihr der Kopf stand, klopfte Rosie ihr auf den Rücken. »Gut gemacht.«

Vaspine nickte und blickte dann zum letzten Angreifer. »Mein Angebot steht noch.«

»Ich g-g-gebe auf«, sagte der junge Bursche und ließ sein Messer aufs Deck fallen.

Vaspine warf Rosie einen Blick zu. Sie trat vor und fesselte den jungen Piraten. Solange sie damit beschäftigt war, richtete der Kapitän seine Aufmerksamkeit seinem Schiff zu – seine Crew hatte sich ähnlich gut geschlagen. »Kinderspiel«, meinte Zoya, die hinter ihn trat.

»Das war nur die erste Welle«, sagte Vaspine und saugte sich etwas Blut von den Fingerknöcheln. »Noch ist es nicht vorbei.«

Hinter der Lücke zwischen den Himmelsschiffen ertönte langsamer Beifall. Mitten auf dem Deck der *Shadow* stand Kane in seinem Anzug – vollkommen ungerührt. Er klatschte, bis alle Augen auf der *Dragonfly* auf ihn gerichtet waren. »Gute Arbeit«, sagte er zu Vaspine. »Aber wollen wir doch mal sehen, wie ihr euch in Runde zwei schlagt.« Ein wütender Ausdruck zuckte über sein Gesicht. Dann wandte er sich an seine Männer. »Alle, die noch da sind: Auf zum Entern! Wer mir den Anhänger und den Kristall bringt, bekommt die Hälfte der Beute!«

Sofort hasteten Kanes Männer zu den Drähten. Kane schaute zur *Dragonfly* und starrte Zoya an. »Bis gleich!«

69

Rosie steckte ihr Schwert ein. »Wie lange haben wir?«

»Ein paar Minuten«, antwortete Vaspine. »Machen wir das Beste daraus. Bewaffnet euch neu und haltet euch bereit.«

Rosie lief sofort los und Vaspine wirbelte herum. »Wo steckt Zoya?«

»Hier«, antwortete sie.

»Vor allem will er dich. Wir können dich nicht beschützen und gleichzeitig kämpfen. Also musst du dich verstecken –«

»Ich will auf die *Shadow*«, unterbrach Zoya ihn.

Vaspine verstummte. »Mach dich nicht lächerlich.«

»Aber das ist mein Ernst. Wenn ich da rüber gehe und ihn besiege, hat alles ein Ende und keiner muss mehr sterben.«

Der Kapitän schüttelte den Kopf. »Das ist zu gefährlich. Wir kümmern uns um die zweite Welle und dann gehen wir gemeinsam auf die *Shadow*.« Er wollte los, drehte sich dann jedoch noch einmal um. »Zoya, geh in meine Kajüte.«

Zoya wollte widersprechen, aber Bucker packte sie einfach. Ein Funkeln in seinen Augen sagte ihr, dass sie den Mund halten sollte. »Ich bringe dich«, beschloss er.

»Dann beeilt euch«, sagte Vaspine.

Bucker nahm Zoya an der Hand und zerrte sie auf die Mannschaftsquartiere zu. Als sie weit genug weg waren, um nicht mehr belauscht zu werden, blieb Zoya abrupt stehen. »Was wird das?«

Bucker warf einen Blick über die Schulter. »Manchmal muss man gegen den Wind fliegen«, sagte er. »Finden wir einen Weg auf die *Shadow*!«

»Du kannst nicht mit!«, bestimmte Zoya. »Es ist zu gefährlich!«

»Zum Teufel!«, schimpfte Bucker. »Glaubst du, ich lasse dich allein da rüber?«

»Das ist meine Aufgabe. Du musst hierbleiben.«

»Entweder ich komme mit oder ich gehe sofort zum Käpt'n und verpfeife dich!«

Zoya sah zu Vaspine, der geschäftig Befehle erteilte. Sie hatte keine Wahl. »Na gut, dann komm eben mit. Ich habe eine Idee.«

Zoya führte Bucker vom Hauptdeck, vorbei an der Kapitänskajüte und zur Vorderseite des Schiffs. Dort öffnete sie die Klappe, die zu den unteren Decks führte, und sprang hinab. Bucker folgte ihr. Zoya führte ihn durch die Dunkelheit, bis sie zu dem Abschnitt kamen, den sie vor einigen Tagen repariert hatten. Schmale Lichtfetzen fielen durch die wenigen Spalten, die sie übersehen hatten. Bucker verzog die Lippen. »Und das ist dein genialer Plan?«

Zoya ignorierte ihn und zog ihr Schwert. Mit dem Knauf schlug sie auf eines der übrig gebliebenen Löcher ein, bis sich zuerst einzelne Splitter und schließlich ganze Bretter lösten. Es dauerte nicht lange, da hatte sie es geschafft, die Öffnung so groß zu machen, dass sie hindurchpassten. »Schau!«

Bucker spähte durch das Loch. Zwei Meter vor ihnen lag der Metallrumpf der *Shadow*. Auf Augenhöhe prangte eine Reihe von gläsernen Bullaugen, die ums gesamte Schiff verliefen. Als

Bucker das sah, trommelte er aufgeregt aufs Holz. »Jetzt kapiere ich, was du vorhast.« Er überlegt kurz, dann riss er den Kopf hoch. »Warte hier.« Er verschwand im Gang und kam schließlich mit einer der Turnbänke seiner Mutter zurück. Zoya begriff und lief ihm entgegen, um beim Tragen zu helfen. Vor der Öffnung stellten sie die Bank ab. Bucker positionierte sich an dem Ende, das von dem Loch wegzeigte. »Hilf mir mal!«

Zoya stellte sich ein Stückchen vor ihn und packte mit an. Gemeinsam hievten sie die Bank hoch und bugsierten das schwebende Ende durch das Loch in die Lücke zwischen den beiden Luftschiffen. Da sie beide mehr oder weniger am selben Ende anpackten, fühlte sich das Turngerät extrem schwer an. Zoya ging ein Stück weiter zur Mitte, was aber wenig brachte. Und sie mussten sich beeilen.

Bucker atmete tief durch. »Drei, zwei, eins …«

Sie katapultierten die Bank auf das nächste Bullauge zu. Das hölzerne Ende zerbrach das Glas gleich beim ersten Mal, verschwand etwa dreißig Zentimeter weit im feindlichen Schiff und verhakte sich am Fensterrahmen. »Bingo!«, jubelte Bucker.

Zoya ruckelte an der Bank, um zu sehen, ob sie stabilen Halt hatte. Dann balancierte sie langsam darüber und gab sich Mühe, nicht in die gähnende Leere unter ihr zu sehen. Behutsam krabbelten sie über den Abgrund und durch die Glasscherben, die in den Überresten des Fensterrahmens steckten. Dann waren sie auf der *Shadow* – in einem großen hellen Raum, in dem überall Bierflaschen und Berge von Essen standen. Sobald Zoya auf den Boden gesprungen war, drehte sie sich zu Bucker um. »Ich schaff das alleine. Bitte geh zurück.«

»Spinnst du?«, sagte Bucker. »Wir sind so weit gekommen bisher, da gehe ich doch nicht wieder!«

Zoya seufzte, gab sich aber geschlagen. Sie verließen das Zimmer und wanderten durchs Schiff – zunächst noch vorsichtig, auf Zehenspitzen und um jede Ecke linsend, damit sie niemanden in Alarmbereitschaft versetzten. Doch nachdem sie einige Gänge hinter sich gebracht hatten, kamen sie zu dem Schluss, dass sie allein waren – Kane schien wirklich seine gesamte Besatzung auf die *Dragonfly* geschickt zu haben. Also bewegten sie sich ab da ohne besondere Vorsicht. Mehrere Wendeltreppen führten in die oberen Frachträume. Zoya und Bucker folgten ihnen in den Speiseraum der *Shadow*. Durch ein Fenster entdeckte Zoya das Hauptdeck. Sie rannte hinüber und ging in Deckung.

»Super«, meinte Bucker. »Und jetzt?«

Zoya linste vorsichtig nach draußen. »Zeit, es zu beenden.«

Sie suchte nach einem Weg ins Freie und fand rechts von sich eine Tür. Zoya kroch hinüber, stand auf, versicherte sich, dass Bucker ihr noch immer folgte, und lief dann nach draußen. Als sie das Deck betrat, wurde sie erst einmal von der Sonne geblendet, die sich auf dem vielen Metall spiegelte. Das Einzige, das sie deutlich sehen konnte, war das Deck der *Dragonfly*, auf dem Vaspine, Cid und Rosie standen. Überall verteilt befanden sich Grüppchen von Kanes Männern, die wie Pakete vertäut waren. Auch Tote waren zu sehen – einige gehörten zu Kanes Halunken, andere zu Vaspines Piraten. Der Anblick versetzte Zoya einen Stich. Am liebsten wäre sie sofort, jetzt und hier, auf Kane losgegangen.

Aber das ging nicht.

Sie musste es geschickt anstellen.

Nachdem sie einmal tief durchgeatmet hatte, lief sie aufs Zentrum des Oberdecks zu. Kurz darauf hatten sich ihre Augen an die Lichtverhältnisse gewöhnt und sie konnte den Umriss einer vertrauten Gestalt vor sich ausmachen. Groß, dünn und mit dem Zylinder auf dem Kopf, war Kane nicht zu verkennen. Zoya zog Sturm und richtete ihr Schwert auf ihn. »Kane«, sagte sie und trat selbstbewusst vor ihn. »Es ist aus!«

70

Ein Schrei drang von der *Dragonfly*. Rosie fiel auf die Knie. Vaspine rannte zu ihr, um zu sehen, was los war, und entdeckte Zoya und Bucker auf der *Shadow*. Ein stummes »Nein« formte sich auf seinen Lippen.

Kane nutzte die Ablenkung, um in Aktion zu treten. Es war nur eine kaum wahrnehmbare Bewegung, doch ausreichend, um auf einer Schalttafel neben seinen Händen einen kleinen Hebel umzulegen. Zoya bemerkte es aus den Augenwinkeln, konnte allerdings nichts mehr dagegen unternehmen. Ein blassblaues Leuchten hüllte das Schiff ein, legte sich wie eine Decke darum und verschwand über ihren Köpfen. Zurück blieb ein pulsierendes Glimmen, das sich vom Rumpf bis zu einer Stelle über dem Hauptmast, vielleicht zehn Meter über Deck, spannte.

»Ganz recht«, sagte Kane und drehte sich zu Zoya um. »Und zwar für dich!«

Zoya sah noch einmal zu der schimmernden Kuppel und dann zu Kane.

»Das ist ein Schutzschild«, erklärte er. »Er kommt kaum zum Einsatz, da mein Schiff kaum angegriffen wird. Wer es versucht, hat die unangenehme Gewohnheit, ums Leben zu kommen.«

Auf der *Dragonfly* hatte Vaspine sich vom anfänglichen Schock erholt. »Halte ihn hin, Zoya«, brüllte er. »Ich bin unterwegs!«

»Das glaube ich weniger«, meinte Kane. »Es würde alle Energie Dalmazias brauchen, um diesen Schild zu durchbrechen. Nein, die Kleine ist auf sich gestellt.« Er schaute zu Rosie, die inzwischen wieder auf den Beinen war und die Fäuste vor der Brust ballte. »Genau wie dein Junge.«

»Hör nicht auf ihn!«, rief Vaspine. »Halte ihn einfach nur hin!«

Vaspine sah sich auf dem Deck nach einem brauchbaren Geschoss um. Als er einen Stapel Bierfässer entdeckte, ging er hin und winkte zwei seiner Besatzungsmitglieder zu sich. Gemeinsam wuchteten sie eins der Fässer hoch und warfen es, so kräftig sie konnten, auf die leuchtende Blase, die Kanes Schiff umgab. Das Fass krachte in das Energiefeld und verursachte ein statisches Knistern. Funken rankten sich um das Holz, wie Schlingpflanzen, die einen Baum umwucherten. An der Stelle, an der das Fass aufgeschlagen war, wölbte sich das Feld nach innen, absorbierte die kinetische Energie, hielt das hölzerne Geschoss noch einen Moment fest und spuckte es dann zurück zur *Dragonfly*, als wäre es nicht mehr als ein Kiesel. Vaspine beobachtete, wie es kurz vor dem Rumpf an Schwung verlor und auf die Erde stürzte.

»Wie gesagt«, höhnte Kane. »Es bräuchte schon sämtliche Energie Dalmazias.«

Vaspine ignorierte ihn und suchte nach etwas Schwererem. Auf der *Shadow* wandte sich Kane Zoya und Bucker zu. Er entledigte sich seines Zylinders und der Anzugjacke und legte sie auf eine Kanone. Danach knöpfte er seine Hemdsärmel auf und rollte sie bis über die Ellbogen. Etwas an seiner ruhigen, systematischen Art ließ Zoya schaudern.

»Auf verschiedenste Weise«, begann Kane, während er auf

Zoya zutrat und sein Schwert zog, »haben du und deine Schiffskameraden mich wegen dieses Anhängers ganz schön auf Trab gehalten.« Er lief weiter, sodass Zoya und Bucker zurück zum Speisesaal gedrängt wurden. »Und wegen des Kristalls. Nicht viele konnten mich bisher von etwas abhalten, was ich will. Aber ich fürchte, nun ist euer Glück erschöpft.« Er sah Bucker an. »Ja, das gilt für euch beide. Du wirst mir jetzt die Kette geben.« Er zeigte mit dem Schwert auf Zoyas Hals. »Und dann werden du und dein Freund sterben.«

Ein klatschendes Geräusch zu ihrer Linken ließ Zoya zusammenzucken, als ein weiteres Geschoss der *Dragonfly* das Kraftfeld traf. Missmutig sah Vaspine zu, wie es abprallte, ohne etwas bewirkt zu haben. Mit ausgebreiteten Händen flehte er den Doc um einen Plan an. Doch der schüttelte nur den Kopf.

Zoya gab sich Mühe, nicht darauf zu achten, und hielt den Blick auf Kane gerichtet. »In den letzten Wochen«, sagte sie mit leicht zitternder Stimme, »haben Sie und Ihre Leute zwei der wichtigsten Menschen in meinem Leben ermordet.« Nun ging Zoya auf Kane zu, der kurz zögerte. »Und davor haben Sie meine Eltern getötet. Ich verspreche Ihnen, ich werde dafür sorgen, dass die *Shadow* nie wieder Unheil anrichtet!«

Zischend warf Kane sich mit dem gezogenen Schwert auf Zoya, die Zähne gefletscht und die Lippen zu einem hässlichen Grinsen verzogen. Zoya trat blitzartig beiseite, sodass Kane an ihrer rechten Schulter abglitt und gegen die Wand knallte. Wie ein Sack Mehl ging er zu Boden, das Schwert jedoch noch immer fest im Griff und auf Zoya gerichtet. Sie nutzte die Gelegenheit, machte einen Satz zur Seite und blockte noch in derselben

Bewegung Kanes Schwert. Doch er war schnell. Während Zoya zurückwich, war er schon wieder auf den Beinen und kam auf sie zu. Wild schwang er sein Schwert hin und her. Zoya wich den Hieben so gut wie möglich aus, duckte sich erst hierhin, dann dorthin und rollte unter der Klinge hindurch. Sie hörte, wie Vaspine das Kraftfeld mit allem, was er finden konnte, von der *Dragonfly* aus bombardierte – doch der Schild hielt stand. Hinter Kane bemerkte sie Bucker, der wie angewurzelt vor dem Speisesaal stand.

Kane drang immer heftiger auf Zoya ein, stach zu und schwang seine Waffe schneller, als Rosie es beim Training je getan hatte. Zoya parierte die Hiebe mit Sturm und versuchte selbst, einige Treffer zu landen, doch Kane war zu stark und so viel größer, dass Zoya einfach keinen Erfolg hatte. Allein ihn abzuwehren, kostete sie alle Kraft, die sie aufbringen konnte. Weiter und weiter wich sie zurück, brachte einen Tisch zwischen sich und Kane, sodass dieser stolperte, als er erneut ausholte. Zoya warf einen Blick über die Schulter. Hinter ihr befand sich eine Wand aus Tauwerk. Sofort fasste sie den Entschluss, dorthin zu sprinten, während Kane sich vom Boden aufrappelte. Sie sprang hoch und packte sich die Taue über ihrem Kopf. Jedes Mal, wenn sie neu zulangte, schrammte sie sich die Handflächen weiter auf, aber das war ihr egal – sie zog sich immer weiter nach oben, bis sie die Spitze erreicht hatte. Als sie sich auf den Querbalken hochzog, kam Kane unter ihr an. Zoya schaute erst zu ihm, dann zum Deck und sprang.

Wie eine Kanonenkugel stürzte sie durch die Luft und landete mit einem *Rumms* auf den Bohlen. Schmerz zuckte durch ihren linken Knöchel, doch sie ignorierte ihn und lief stattdessen weiter – weg von Kane. Der betrachtete das scheinbar undurchdringliche Netz vor ihm, lachte leise und hieb mit dem Schwert darauf ein. Zoyas Herz sank. Innerhalb von Sekunden hatte Kane ein Loch in das Tauwerk geschlagen, das groß genug für ihn war. »Du kannst nicht entkommen, Zoya. Gib auf.«

Er schob sich seitlich durchs Netz und hob sein Schwert. Stöhnend wuchtete Zoya Sturm in die Höhe, das sich schwer wie eine Hantel anfühlte und ihre Arme niederdrückte. Sie humpelte rückwärts und warf dabei absichtlich alles Mögliche um: Stühle, Tische, Truhen, Säcke, Laternen – alles, um Kane aufzuhalten. Doch der lachte nur über ihre Bemühungen und trat die Hindernisse mühelos beiseite.

Hinter Zoya befand sich die Treppe, die auf die Brücke führte. Unerwartet schnell hatte Zoya sie erreicht, sodass sie früher mit der Ferse an die unterste Stufe stieß, als sie damit gerechnet hatte. Sie verlor das Gleichgewicht und landete auf ihrem Hinterteil. Ein verschlagenes Grinsen huschte über Kanes Gesicht, als er sah, dass Zoya in der Falle saß. Siegessicher hob er sein Schwert. Zoya tastete fieberhaft hinter sich, auf der Suche nach etwas, das sie nach ihm werfen konnte. Auf halber Höhe stand ein Bierkrug auf der Treppe. Sie lehnte sich zurück, packte zu, schwang ihn herum und zielte mit Wucht auf Kanes Schienbeine. Krachend knallte er gegen sein Bein, woraufhin Kane vor Schmerz in die Knie ging.

Zoya nutzte die Gelegenheit. Sie schlug mit Sturm nach Kanes Klinge und traf kurz über dem Griff. Der Aufprall versetzte ihr einen Rückstoß durch Schulter und Arm, sorgte aber auch dafür, dass Kane sein Schwert fallen ließ, sodass es die Treppe hinunter und auf die Takelage zuschlitterte. Unverständnis spiegelte sich auf Kanes Miene, dann Wut, als ihm bewusst wurde, was geschehen war. Er griff in seine Weste und zog einen Dolch hervor, der so lang war wie Zoyas Unterarm. Mit einem höhnischen Lachen stürzte er sich auf sie. Zoya sprang aus dem Weg und stieß gegen das Steuer des Schiffs. Atemlos klammerte sie sich fest und hangelte sich daran entlang, bis das Steuerrad zwischen ihr und Kane war.

Er wollte es umrunden, um Zoya zu packen, doch sie schaffte es, immer ein Stück außer Reichweite zu bleiben. Kane trat einen Schritt vom Steuer zurück, nur um sofort wieder ruckartig nach vorne zu springen und mit seinem Dolch durch die Speichen zu stechen. Zoya begriff nicht schnell genug, was passierte – der erste Stich drang durch ihre Weste und ritzte über ihre Rippen. Mit schmerzverzerrtem Gesicht fasste sie an die Wunde. Ein kleines blutiges Rinnsal zeichnete sich ab, doch der Schnitt war nicht tief, also schüttelte sie lediglich den Kopf, um den Schmerz zu vertreiben. Kane griff erneut an, doch diesmal war Zoya vorbereitet und vollführte jedes denkbare Ausweichmanöver, das Rosie ihr beigebracht hatte. Schließlich wurde Kane so zornig, dass er auf das Steuerrad sprang, um von oben auf Zoya einzustechen. Instinktiv trat Zoya beiseite, allerdings zu weit; sie fiel von der Brücke und stürzte drei Meter in die Tiefe, bis sie hart auf dem Rücken landete.

Schon wieder wurde ihr die Luft aus der Lunge gepresst. Würgend und hustend lag sie auf dem Oberdeck. Während ihres Falls hatte sie Sturm losgelassen, das nun außer Reichweite lag.

Über ihr, nur ein Umriss vor der hellen Sonne, stand Kane. Er beugte sich über das Geländer der Brücke, entdeckte Zoya und sprang mit gezücktem Dolch zu ihr hinunter, sodass er ihr nun den Weg zu ihrer Waffe versperrte. Zufrieden machte er sich daran, seine Klamotten zu richten und sich das Haar glatt zu streichen. »Hat dir eigentlich schon mal jemand erzählt, was deine Eltern kurz vor ihrem Tod getan haben? Wie sie mich um Gnade angebettelt haben, bevor ich sie getötet habe?« Kane wartete auf eine Antwort, die jedoch ausblieb. »Du wirst genauso flehen.« Langsam kam er näher. »Das wird ein Spaß!«

Plötzlich bemerkte Zoya hinter Kane eine Bewegung. Sie reckte den Hals, um nachzusehen, was wiederum Kane dazu brachte, sich umzudrehen. Hinter ihm war Bucker, der, so schnell er konnte, mit erhobenem Dolch auf Kane zusprintete. Er prallte gegen ihn und gemeinsam stolperten sie aufs Deck. Mit geballten Fäusten hieb er auf Kane ein und stach mit seinem Messer zu. Die Klinge versetzte Kane einen Schnitt in den rechten Oberarm, zerfetzte sein Hemd und drang tief ins Fleisch ein.

Kane brüllte vor Schmerz. Er stemmte sich auf die Füße und schleuderte den Jungen gegen die Schiffswand. Bucker knallte mit dem Kopf auf und sackte reglos in sich zusammen. »Nein!«, schrie Zoya.

Sie sprang auf Sturm zu, doch Kane war schneller und drängte sie an die Reling. Das Schwert auf ihre Kehle gerichtet, schnitt er ihr jeden Fluchtweg ab.

Zoya fühlte sich wacklig. Sie blickte über die Schulter in den schwindelerregenden Abgrund und bekam eine Gänsehaut. Sie schloss die Augen und versuchte, ruhig zu atmen. Schon schwang Kane erneut mit seiner Waffe nach ihr, sodass sie einen weiteren Satz zurück machen musste. Hinter ihr befand sich eine Plattform, die von der Reling aus in den Himmel hineinragte, kaum breit genug, um darauf stehen zu können.

Kane sprang mit Zoya auf diese Plattform und zwang sie in das Kraftfeld, das die *Shadow* umgab. Zoya erwartete, dass der Schild ihr einen Stromschlag versetzen würde, wie zuvor dem Fass, doch sie glitt hindurch, als wäre es nichts als Luft. Dreißig Zentimeter trennten sie vom Abgrund. Sie war mit Kane und den Wolken ganz allein.

»Der einzige Ausweg, der dir noch bleibt, ist der nach unten«, höhnte Kane.

Noch einmal blickte Zoya in die Tiefe, dann zu Kane. Von der *Dragonfly* rief Rosie: »Jetzt!« Zuerst begriff Zoya nicht, was sie damit meinte, doch dann begriff sie. Sie dachte an das Training in der Turnhalle – all die langen, schweißtreibenden Stunden – und erinnerte sich an das, was Rosie ihr darüber beigebracht hatte, bei einem Kampf sämtliche Ebenen zu nutzen: links, rechts, oben und *unten*.

Zoya lächelte. »Na, das hoffe ich doch.«

Sie machte einen Schritt nach links, ließ sich von der Plattform fallen und war nicht mehr zu sehen. Im Sturz hielt sie sich mit der linken Hand an der Kante der Planke fest und nutzte den Schwung, um sich zuerst herum- und dann hinter Kane wieder heraufzuschwingen. Genau, wie Rosie es ihr gezeigt hatte. Sie landete in der Hocke und versetzte Kane einen wuchtigen Tritt gegen die Beine. Er verlor die Balance und stolperte über den Rand der Plattform. Ohne nachzudenken, streckte Zoya die Hand aus, um ihn festzuhalten. Kane packte zu und hielt Zoya fest, sodass sie von seinem Gewicht flach auf die Planke gedrückt wurde. Mit der freien Hand klammerte sich Zoya fest und schaffte es so, sie beide vor dem Sturz in den sicheren Tod zu bewahren.

»Schön festhalten, kleines Mädchen«, zischte Kane. »Wenn ich falle, fällst du auch.«

Kane grub die Finger in Zoyas Handgelenk. Sie wurde so fest auf das Brett gepresst, dass sie kaum noch Luft bekam. Sie verlagerte das Gewicht ein wenig, um besser atmen zu können. Dabei rutschte ihre Kette unter dem Hemd hervor und baumelte direkt vor Kanes Nase.

In seinen Augen blitzte es gierig. Er ließ Zoyas Arm los und schwang sich unter der Planke herum, wie Zoya es ihm vorgemacht hatte, sodass er das Brett mit seiner rechten Hand greifen konnte. Er hielt sich daran fest und angelte mit der Linken nach dem Anhänger, den er jedoch um Haaresbreite verfehlte.

Einen Moment lang sahen sie sich schweigend an.

Dann ertönte ein Knacken. Kanes ruckartige Bewegung und sein Gewicht hatten das Holz so weit durchgebogen, dass darin ein schmaler senkrechter Riss entstanden war, der sich langsam ausbreitete. Kane begriff noch vor Zoya, was vor sich ging, und versuchte, sich mit einem zweiten Satz in Sicherheit zu bringen. Allerdings bewirkte das nur, dass die Planke umso schneller brach. Und er fiel.

Zoya lag noch immer flach auf dem Brett, den Anhänger sicher an ihre Brust gepresst. Mit dem letzten bisschen Kraft, das ihr geblieben war, zog sie sich zur zersplitterten Kante und suchte den Himmel nach Kane ab. Einige Tausend Meter weiter unten entdeckte sie ihn. Kleiner und kleiner wurde er, bis er vor der unscharfen Oberfläche nur noch ein winziger Punkt war.

71

Irgendwie schaffte es Zoya, sich zurück auf die *Shadow* zu schleppen. Sobald sie sich einigermaßen erholt hatte und sich wieder auf den Beinen halten konnte, stolperte sie zu dem Hebel, mit dem Kane das Kraftfeld eingeschaltet hatte. Als sie daran zog, verschwand der blaue Schleier um das Schiff. Dann brach sie erschöpft zusammen. Augenblicklich waren Vaspine und Rosie bei ihr, die mit einem der Transporter nahe der Stelle gelandet waren, an der Zoya und Kane miteinander gekämpft hatten. Gemeinsam brachten sie Zoya und den noch immer bewusstlosen Bucker zurück auf die *Dragonfly*.

Die folgenden Stunden wichen Vaspine, Rosie, Cid und ein guter Teil der übrigen Mannschaft nicht von ihrer Seite. Man verarztete sie in verschiedenen Räumen, Zoya in ihrer Kabine und Bucker in der Kapitänskajüte, wo man ihm ein notdürftiges Bett hergerichtet hatte. Rosie passte auf beide auf und sogar der Doc war da und probierte jede Medizin aus, die sie an Bord hatten.

Zoya erwachte als Erste und schlug, einige Stunden, nachdem man sie aufgesammelt hatte, die Augen auf. Sie kam nur langsam zu sich. Das Erste, was sie hörte, war der Jubel neben ihrem Bett. Vaspine hatte den Befehl erteilt, Zoya nicht zu sagen, wie es Bucker ging, also gab man ihr stattdessen eine ordentliche Mahlzeit und nannte sie eine Heldin. Immer wieder fragte sie nach Bucker, doch mehr, als dass er sich erholte, erfuhr sie nicht.

Tatsächlich dauerte es einen weiteren Tag, bis Bucker zu sich kam. Das erste Gesicht, in das er blickte, war das seiner Mutter. Sobald der Doc sich vergewissert hatte, dass Bucker in Ordnung war, durfte auch Zoya zu ihm. Leise betrat sie das Zimmer. Sie schämte sich dafür, ihn in alles mit hineingezogen zu haben, auch wenn sie stolz war auf das, was sie zusammen gemeistert hatten. Sie trat an sein Bett und wollte etwas sagen, doch ihr fehlten die Worte. Was konnte sie dem Jungen, der sein Leben für sie riskiert hatte, schon sagen? Was konnte sie überhaupt sagen? Alle hatten so viel für sie getan. Am Ende beugte sie sich einfach vor, drückte Bucker einen Kuss auf die Wange und wisperte: »Danke.« Ohne ein weiteres Wort verließ sie den Raum.

Im Laufe der folgenden Wochen erholte sich das Schiff. Vaspine schickte einige Piraten an Bord der *Shadow*, um Vorräte und alles andere einzusammeln, was ihnen nützlich sein könnte. Dann nahmen sie das Schiff in Schlepptau, bis sie über einer Wüste ankamen, wo sie es abstürzen ließen. Alle sahen zu, während es wie sein Kapitän zu Boden sank und in einer gewaltigen Explosion in Flammen aufging. Die Hitze, die dabei entstand, war so mächtig, dass man sie noch Tausende von Metern über der Erde spüren konnte. Als die *Shadow* aufschlug, jubelten sämtliche Piraten an Bord der *Dragonfly*.

Einige Tage später stieß ein Schiff des Fliegerheers auf einer Streife durch das Gebiet rings um ihren Stützpunkt zufällig auf einen kleinen Transporter, der sich auffällig durch den Himmel bewegte. Der Kapitän des Streifengleiters stoppte den Transporter und ging mit fünf seiner Leute an Bord. Er fand eine

Gruppe Luftpiraten – von denen die Hälfte zu den meistgesuchten Banditen am ganzen Himmel gehörte – allesamt zu einem hübschen, großen Paket verschnürt. Bevor er ihnen Essen oder Wasser gab, wollte er von ihnen wissen, wie sie dort gelandet waren, noch dazu in diesem Zustand. Sie berichteten ihm von der *Dragonfly*, dem Angriff und dem tapferen Mädchen Zoya DeLarose, vom Ende der *Shadow* und dem Tod des gefürchtetsten Luftpiraten, den die Welt je gekannt hatte.

Mit der Zeit kehrte auf der *Dragonfly* der Alltag ein. Die Besatzung wurde es leid, sich über Zoya und Kane und den Angriff bei Dalmazia zu unterhalten, und plauderte stattdessen übers Wetter oder darüber, wer zuletzt beim Kartenspielen gewonnen hatte – oder über die widerwärtige Vanillesoße des Smutje. Vaspine befehligte das Schiff zur Insel im Himmel, wo sie während eines längeren Aufenthalts genug Vorräte einholten, um ein halbes Jahr in der Luft bleiben zu können (»Irgendwie habe ich das Gefühl, dass wir eine Weile von der Bildfläche verschwinden sollten«, meinte Cid). Außerdem ließ der Kapitän die Schäden am Schiff in einer Werft reparieren und gönnte allen etwas Zeit, um sich in der kühlen Luft über dem See zu erholen. Als sie diesmal in den Himmel stachen, war es nicht, um auf die Jagd nach Kane oder sonst wem zu gehen, sondern sie taten das, was sie immer getan hatten: Die Reichen bestehlen, um die Beute an die Armen zu verteilen, die sie nötiger hatten.

So vergingen Wochen – einige davon gut, einige davon schlechter. Nachdem Kane fort war, krochen neue Piraten aus ihren Löchern, um seinen Platz einzunehmen. Keiner war so böse wie der Mann mit dem Zylinder, aber es waren genug, um den Himmel so gefährlich wie eh und je zu machen. Mit der Zeit ging ein Gerücht herum – von einer bislang unbekannten Bedrohung auf der Oberfläche, einem bleichen Phantom, in schwarze Fetzen gekleidet, das auf einsamen Landstraßen Wagen ausraubte und ihre Besitzer ermordete. Die Oberflächenabteilung des Fliegerheers stellte Nachforschungen an, doch von der besagten Gestalt konnte keine einzige Spur gefunden werden. Also schrieb man die Gerüchte abergläubischen Bauern zu, die zu tief ins Glas geschaut hatten.

Für Zoya spielte das alles keine Rolle. Sie verbrachte nahezu ihre komplette Zeit mit Bucker und gemeinsam waren sie für jede Menge Unsinn und Ärger verantwortlich. Sie hatte das Gefühl, wieder im Waisenhaus zu sein, ein ganz normales Kind, das von Erwachsenen umsorgt wurde und sich um nichts weiter Gedanken machen musste, als was es zum Abendessen gab. Ihre Wunde verheilte gut, noch dazu hatte sie jetzt eine Narbe auf den Rippen, mit der sie angeben konnte, wenn die Piraten einmal wieder ihre Kampfverletzungen verglichen. Auch Bucker erholte sich schließlich. Rosie fand ihn sogar noch frecher als vor seiner Gehirnerschütterung, was Bucker aber rigoros abstritt – bevor er verschwand, um irgendwo auf dem Schiff den nächsten Unsinn anzustellen.

Wenn sie nicht bei Bucker war, verbrachte Zoya ihre Zeit auf dem Schiffsheck, wo sie auf einer Planke saß, ganz ähnlich der, auf der sie mit Kane gekämpft hatte. Dort saß sie dann mit ihrem Abendessen auf dem Schoß und sah nachdenklich zu, wie die Sonne am Horizont verschwand. Manchmal dachte sie an Mr Whycherley, der ihr einen so guten Start ins Leben ermöglicht hatte und der auf so grausame Art aus seinem eigenen Leben gerissen worden war. Andere Male dachte sie an Beebee – ein guter Freund und der tapferste Mensch, den sie je kennengelernt hatte. Meistens jedoch saß sie einfach nur da und dachte an gar nichts, wippte auf der Planke auf und ab und probierte aus, wie hoch sie hüpfen konnte, ohne dass sich das schreckliche Gefühl einstellte, gleich abzustürzen. Sie war froh, einfach nur da zu sein, am Leben zu sein, die frische Himmelsluft zu atmen und das gute Essen der *Dragonfly* zu genießen.

Eines Abends, als sie wieder einmal auf der Plattform saß, trat Vaspine von hinten an sie heran. »Irgendwann fällst du noch mal runter«, sagte er.

Zoya kicherte. »Vielleicht. Das wäre ein ganz schön übler Sturz.« Sie rückte ein Stück zur Seite, um dem Kapitän Platz zu machen. Vaspine setzte sich, klaute sich ein Sandwich von Zoyas Teller und biss ab.

»Wie geht's dir?«

»Gut«, antwortete Zoya.

»Das freut mich. Ich habe mich mit Rosie und Cid unterhalten. Sie wollen, dass ich mit dir rede.«

»Ach ja?«

»Seit der *Shadow* sind sechs Wochen vergangen«, fuhr Vaspine fort. »Ich wollte dir ein bisschen Zeit geben, um dich auszuruhen, dich zu erholen. Aber mir ist klar, dass es für dich nun keinen Grund mehr gibt, hier zu sein. Kane ist tot. Du kannst jetzt ein ganz normales Leben führen. Keiner wird dich belästigen. Du kannst zurück an die Oberfläche und wieder zur Schule gehen oder dir einen normalen Beruf suchen.«

»Ich weiß«, sagte Zoya.

»Komm ja nicht auf die Idee, dass du uns irgendetwas schuldig bist«, sagte der Kapitän. »Was wir für dich getan haben, hätten wir auch für jeden anderen gemacht. Glaub nicht, dass du dich irgendwie revanchieren müsstest.«

»Tu ich nicht«, meinte Zoya.

Vaspine lächelte. »Okay. Wir können dich absetzen, wo immer du willst. Wenn du nicht zurück ins Waisenhaus möchtest, kann ich das gut verstehen. Du hast eine Menge durchgemacht. Ein Neuanfang wäre vermutlich eine gute Idee. Ich kenne eine Menge Leute, die ein Mädchen wie dich aufnehmen würden …«

»Ich will bleiben«, unterbrach Zoya ihn bestimmt.

»… und ich bin sicher, du hast viel zu bieten, egal, wofür …« Vaspine hielt inne. »Sag das noch mal.«

»Ich will bleiben.«

Ein Grinsen trat ins Gesicht des Kapitäns. »Ich wusste es!«, rief er. »Hab's ihnen gleich gesagt. Bist du auch ganz sicher?«

»So sicher wie noch nie«, antwortete Zoya.

Vaspine hielt Zoya die Hand hin, riss sie dann aber weg, als Zoya sie schütteln wollte, und nahm sie stattdessen in den Arm. »Und wir hätten dich wirklich gerne bei uns.« Er hielt Zoya ein Stück von sich weg und betrachtete sie wie ein stolzer Vater. »Weißt du, jeden Tag erinnerst du mich mehr an Jupiter und Dominika. Sie wären stolz auf dich!«

Zoya lächelte. »Das wären sie auch auf Sie, Käpt'n.«

Vaspine grinste. »Willkommen an Bord der *Dragonfly*, DeLarose.«

»Ist mir eine Freude, hier zu sein, Käpt'n.«

Damit nahm Vaspine Zoyas leeren Teller, stemmte sich hoch und lief übers Deck zum Speisesaal. Zoya blieb noch sitzen und dachte über ihre Entscheidung nach. Das Leben eines Luftpiraten – voller Intrigen, Gefahren, Raubzügen und der andauernden Bedrohung durch das Fliegerheer. Ein Teil von ihr hatte das Gefühl, dass sie einen Fehler machte, doch ein viel größerer Teil hatte keine Zweifel, dass sie das Richtige tat. Selbst im Waisenhaus war sie sich wie eine Außenseiterin vorgekommen. Auf dem Piratenschiff jedoch, das Hunderte von Kilometern über der Erde durch die Wolken pflügte, mit dem Wind im Haar und stets einer neuen Aufgabe vor Augen – hier, wo sie noch alles zu lernen hatte, von Freunden und guten Menschen umgeben war, begriff sie, dass sich das Leben noch nie so … richtig angefühlt hatte. Noch nie hatte Zoya DeLarose sich so zu Hause gefühlt.

Walker, Dan:
Zoya – Heldin der Lüfte
ISBN 978 3 522 50587 1

Aus dem Englischen übersetzt von Nadine Mannchen
Umschlagillustration: Jann Kerntke
Umschlagtypografie: zeroMedia GmbH, München
Innentypografie und Satz: Tanja Haaf
Reproduktion: Digitalprint GmbH, Stuttgart
Druck und Bindung: GGP Media GmbH, Pößneck
Printed in Germany.

FSC
www.fsc.org
MIX
Papier aus verantwortungsvollen Quellen
FSC® C014496

Die englische Originalausgabe erschien unter dem Titel *Sky Thieves*
bei Oxford University Press, Oxford.
Sky Thieves was originally published in English in 2017. This translation
is published by arrangement with Oxford University Press.